醫統江山

第二輯

卷12

刺殺之夜

石章魚 著

真正的高手不會這樣
命懸一線
片刻的遲疑都會鑄成大錯

目錄

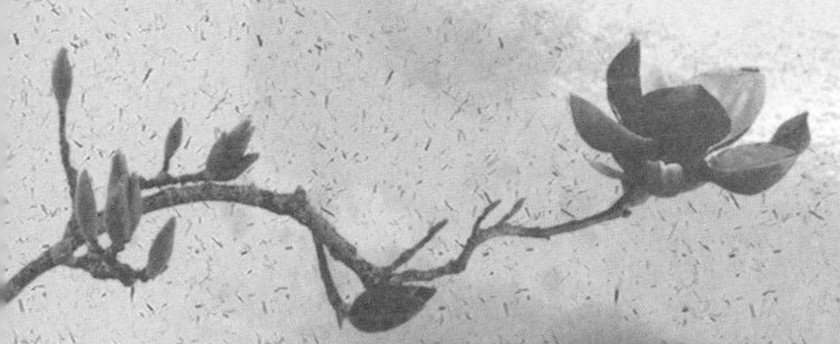

第一章

深不可測的心機

明知這裡藏有寶物，他偏偏能夠耐得住性子，
直到從喬方正那裡學到了全部的本領，
才出手對付喬方正，當年上官雲冲才十六歲啊，
一個十六歲的少年擁有深不可測的心機，真是讓人咋舌。

胡小天道：「找到地方了，可是你所說的秘密又在哪裡？」

喬方正道：「不急，不急，等到月上中天自然能夠發現。」

胡小天道：「若是今晚不出月亮呢？」

喬方正道：「守得雲開見月明，你不會連這麼簡單的道理都不懂吧？」

「呃……」胡小天也有被噎到的時候。

守得雲開見月明卻是胡小天和龍曦月現在的寫照，歷經層層磨難和等待，他們終於走到了一起，當晚雖然沒有下雨，可月亮卻遲遲不願從雲層中露出臉來，喬方正本來讓小歐陪著他等著，可小歐終於還是因為熬不住，靠在他的身上睡著了，喬方正小心讓她枕在自己的膝蓋之上，仰起頭來，雖然他孔洞的眼眶什麼都看不到，等待是一種態度，對他而言就是如此，也只能如此。

在熱戀中的情侶眼中，任何的環境都因為彼此的存在而變得美麗，龍曦月突發奇想，她想要去鎖龍台的峰頂去看看那棵樹，只是想想罷了，卻想不到胡小天有求必應，背著她當真來到了峰頂之上。峰頂並不寬闊，長寬各有五丈，只有來到這裡才能夠真切感受到望天樹的高大，龍曦月抬起頭來望著這棵高大的樹，驚歎道：「好高哦！」

胡小天笑道：「想不想上去再看看？」

龍曦月搖了搖頭：「高處不勝寒，還是站在這裡踏實。」

胡小天從身後摟住她的嬌軀，將她緊緊擁入懷中，龍曦月靠在他的胸前，陶醉地閉上美眸，身在高處，自然不用擔心別人的眼光，也不用擔心被任何人看到。

胡小天抬頭看了看烏雲密佈的天空，想起喬方正的那句話不由得笑了起來。

龍曦月小聲道：「笑什麼？」

胡小天將剛才的事情告訴了她，龍曦月道：「每個人心中都有自己執著的事情，我不覺得有什麼好笑，喬老前輩的這句話說得很在理，這些年我一直都在綠影閣，幾乎每天晚上我都會獨自一人仰望夜空，心中時常想起這句話，守得雲開見月明，我終於等到了，小天，你就是我心中的執念。」

胡小天因龍曦月的深情而感動，輕輕挑起她的下頜，龍曦月配合地扭過俏臉，兩人吻在一起。

此時天空中的烏雲悄然撕裂開一條細縫，銀色月光從細縫中無聲流淌了出來，一輪明月冉冉而起。月光無聲，兩人的身影在月光襯托下籠上了一層銀色光暈。

龍曦月黑長而蜷曲的睫毛因為害羞宛如風中蝴蝶翅膀一般微微顫動，投入胡小天的懷中，小聲道：「我再也不要與你分開。」

胡小天笑道：「不會，永遠都不會分開。」月光已經將兩人融為一體。

喬方正看不到月光，可是他卻能夠感知到，黑洞洞的眼眶朝著夜空，低聲道：

「出來了……」

梁英豪就在他身邊不遠處，小聲道：「喬老爺子，您說的是什麼出來了？」他也看到了脫離雲層的月亮。

喬方正的唇角露出一絲淡淡的笑意：「我就說過！」

「守得雲開見月明！」胡小天的聲音在他身後響起，他和龍曦月攜手走來，月亮已經出來了，只是不知喬方正所說的秘密在哪裡？

喬方正道：「你留意看山峰之上，會發現有一處和別的地方不同。」

胡小天盯著山峰望去，看了一會兒也沒發現哪裡有什麼特別。不但是他，龍曦月、梁英豪也幫忙一起看，結果還是沒有看到任何的變化。

喬方正道：「耐心再等等。」

胡小天道：「再等月亮又躲進雲層裡面去了。」他的話音剛落，卻見朝向月亮的山坡一面，光芒閃爍，似乎有一輪月亮要從山體中升起。

喬方正明顯有些緊張了：「有沒有看到？有沒有看到？」

胡小天道：「山上好像在發光呢。」

喬方正舒了口氣道：「就是那裡，就是那裡！快，帶我去看！」

胡小天和喬方正兩人一前一後向山體發光的地方攀爬而去，等到了地方，月亮又重新藏入雲層之中，剛才反光的山體看起來和周圍沒有任何的異常，只是一面一丈見方的光滑石壁罷了，應該是其中含有某種反光的礦物質，月光一照，就發出反光，在這石壁的下方有一個小洞，開口甚小，僅僅能夠容納一個人鑽進去。不過進入洞口之後馬上就變得寬敞起來，走了兩步，看到裡面居然擺著石桌石椅子，全都是直接利用洞內岩石雕琢而成，和山岩渾然一體。

喬方正道：「你幫我看看，這牆壁之上的東西還在不在？」

胡小天點燃火把，借著光芒望去，卻見岩壁之上浮雕已經完全損毀，他將所見告訴了喬方正，喬方正點了點頭道：「果然不出我所料，老三將這個秘密也告訴了他。」他摸索著來到一塊石壁前，用手摸到一處石縫，將手探了進去，在其中搜索了一會兒，又歎了口氣道：「這畜生果然將東西全都拿走了。」

胡小天暗暗猜測，看來這洞中乃是他們幾個傳功長老藏寶的地方，從目前的情況來看，有人捷足先登了。

喬方正掩飾不住內心的失望，緩緩在石凳上坐了下來。

胡小天道：「前輩究竟丟了什麼東西？」

喬方正道：「我曾經跟你說過，我們丐幫的傳功長老一共有五人，除了徐三省之外，我們四人分別掌握了九路打狗棒法，湊起來才是三十六路。」

胡小天心中暗暗好奇，記得外公乃是丐幫的首席傳功長老，何以他並不懂得打狗棒法呢？

喬方正道：「你外公雖然在幫中掛名長老之職，可他曾經救兩任幫主的性命，在丐幫的地位相當特殊，他這個傳功長老其實並不承擔丐幫傳功之責。我們四人都懂得九路棒法，可是十年之前，那三位傳功長老因為遭遇強敵，生死存亡之際，他們三人將內力全都傳給了上官雲冲，並將二十七路打狗棒法教給了他，上官雲冲得到打狗棒法之後，根本沒有看上一眼，他將棒法原封不動地交給了我，這才取得了我的信任。」

胡小天道：「你怎麼知道他沒有看，或許他早已倒背如流也未必可知。」

喬方正搖了搖頭道：「我們四人之間傳遞消息有自己的方式，他若是動了手腳，我一眼就能看出來，也是那時候這三十六路棒法全都回到了我的手中。」

胡小天道：「除了你之外，幫主也應當會吧。」

喬方正道：「我將這三十六路打狗棒法傳給了幫主，可是他悟性有限，只領悟了其中的三十二式樣，他死後，丐幫再也沒有其他人懂得這套棒法了，我只是負責保管這套棒法，可是我所掌握的只有九式，其他的二十七式，我從未看過。」

胡小天心中暗歎，如此說來喬方正倒是一個老實人，如果打狗棒法落在自己的手中，自己肯定要學個遍。

喬方正道：「因為上官雲冲立下大功，所以我才對他信任有加，將除了打狗棒法之外的武功悉心相授，還厚著這張臉皮向你外公討人情，讓他指點上官雲冲的武功，我一直以為上官雲沖是個誠實的小子，卻想不到一切都是假像，他十六歲時候居然就能夠沉得住氣，耐得住性子，面對二十七式打狗棒法無動於衷，看都不看一眼，正是這份對原則的堅守方才感動了我。」

胡小天道：「上官雲沖的武功也不過如此。」他和上官雲沖交過手，上官雲沖雖然稱得上年輕一代的翹楚人物，可終究距離頂級高手還有一段距離。

喬方正道：「你見過他？跟他交過手？」

胡小天點了點頭道：「當然見過。」

喬方正道：「你的武功雖然厲害，可是未必能夠勝得過他。」

胡小天呵呵笑了一聲，心中充滿不屑，上官雲沖的內力雖強，但還是不能跟自己相抗衡。

喬方正道：「上官雲沖癡迷於武學，意志堅如磐石，在武學上的造詣已經超過了我。」

胡小天認為喬方正的這句話有些誇大其詞，可能是他有意抬高自己徒弟的緣故才這樣說，上官雲沖跟喬方正還是不能比。

喬方正似乎察覺到了胡小天的懷疑，低聲道：「你可能並不知道，在這世上他還有一個一模一樣的孿生兄弟。」

胡小天聞言一怔：「什麼？」

喬方正道：「上官天火其實一共有兩個兒子，一個兒子叫上官雲沖，另外一個叫上官雲峰，因為他當年得罪了一個厲害的仇家，所以生下雙胞胎之後，對外宣稱只生下了一個兒子，上官雲沖幼年時就交由我們調教，而上官雲峰卻被他交給了他的大哥照顧，他的大哥乃是一位出家人，在大雍灰熊谷靈音寺為僧，那上官雲峰幼年時就在靈音寺做了小沙彌，也學得了一身的武功。」

胡小天聽到這裡心中一動，他當年和霍勝男兩人逃離大雍之時，曾經路過灰熊谷靈音寺，還在靈音寺內偶遇了天龍寺高僧緣木大師。想不到上官天火居然和靈音寺有著如此淵源。

喬方正道：「上官雲沖和上官雲峰兩人雖然是孿生兄弟，可兩人的性情完全不同，上官雲沖沉穩內斂，他以追求武道的至高境界為最終目標，對其他的事情都看得很淡，而上官雲峰卻對權力有著極其狂熱的執念。當年上官天火的本意是想讓上官雲峰隱姓埋名的活下去，成年後方才讓他大哥將身世告訴他，而上官雲沖交給我們的本意就是想培養他成為丐幫的棟樑之才，我等也沒有讓他失望，上官雲沖果然成了丐幫百年不遇的天才。連上任幫主都將上官雲沖視為理想的繼任者之一，但是上官雲沖對權力毫無興趣。」

胡小天道：「上官天火豈肯錯失這個絕佳的機會，於是他就想出了李代桃僵之計，讓他們兄弟兩人來了個換位，熱衷權力喜歡出風頭的上官雲峰搖身一變成了上官雲沖，而上官雲沖隱姓埋名繼續修煉？」

喬方正點了點頭道：「然也，上官雲沖將此事對我說得清清楚楚明明白白，我越發覺得他誠實，更喜他不貪圖名利，年輕輕能夠潛心研究武學，自然是傾囊相授，可是當他將我的武功完全學會……」說到這裡，他停頓下來，長歎了一口氣。

胡小天不用問就已經猜到，必然是上官雲沖對他下手了。

喬方正道：「一來他是要幫助他的父親成為丐幫幫主，掃清我這個障礙，二來他想要從我這裡問出三十六路打狗棒法剩下九式棒法的奧妙，當年他交還給我的二十七路棒法，我就藏在了這裡，這裡過去我幾乎每年都要來上一次，因為是我和其他三名傳功長老秘密議事之所，天下間除了我們四個，再無他人知道這個秘密。我本以為他們三人死了，世上再沒有人知道這裡的秘密，於是我將那剩下的二十七式棒法全都藏在了這裡，過去的十年間，我曾經多次來此，除了我之外，從來沒有他人來過，可現在……」

喬方正又歎了口氣，面前的一切足以證明，所有藏在這裡的東西全都被人盜走，上官雲沖不是不知道這裡，而是一直忍耐著，明知這個秘密，明明知道這裡藏有寶物，他偏偏能夠耐得住性子，直到從喬方正那裡學到了全部的本領，這才出手對付喬方正，當年上官雲沖才十六歲啊，一個十六歲的少年竟然擁有如此深不可測的心機，真是讓人咋舌。

胡小天心中明白，喬方正顯然被上官雲冲吃得死死的，他藏在這洞裡所有的寶貝已經讓上官雲冲取走，想想這上官雲冲還真是夠厲害的，從十六歲得到這個秘密，居然能夠忍住，將秘密保守十年。這份忍耐的功夫和自己所認識的上官雲冲似乎有所偏差，自己在飄香城多次將他成功激怒，難道自己遇到的是上官雲峰？

喬方正道：「他們父子，騙了丐幫的武功，得了綠竹杖，現在的丐幫已經完全在他們上官家的掌握之中了。」他的聲音中流露出莫名的悲哀，同時心中升起無助的感覺。

胡小天道：「你不是還有九式棒法嗎？」

喬方正的唇角露出一絲苦澀的笑意：「我那九式棒法傳給了他六式，以他的悟性……再加上竊走的二十七路杖法，只怕現在打狗棒法已經練成了。」

胡小天道：「不是還缺三招嗎？」

喬方正點了點頭道：「缺三招，然而近三代幫主，即便是學全了三十六路打狗棒法，領悟最多的也不過是二十九路，都未超過三十之限，上官雲冲已經掌握了三十三路，已經足以傲視群雄了。」

胡小天心中暗想，應該是群丐才對，除了丐幫弟子誰會對打狗棒法有興趣？他勸喬方正道：「前輩，咱們回去吧，這裡已經沒有什麼可留戀的了。」

喬方正歎了口氣道：「是啊！的確沒什麼好留戀的了。」來到洞口，他四處摸索了一下，摸到一處地方，用手撥開上面的碎石，露出下方的泥土，抽出隨身帶來的匕首開挖，挖了尺許深度，從中取出一個沾滿泥土的鐵缽，臉上的表情總算有了一絲安慰。

回到地面，各自休息，一夜無話。

喬方正這一夜卻難以安眠，想起昔日種種，心如刀絞。清晨天濛濛亮他就已經起來，聽到一旁小歐輕微的鼾聲，喬方正的唇角露出一絲慈祥的笑容，摸索著為小歐掖好被角，掀開帳門走了出去，他聽到東南角有舞劍的聲音，循聲走了過去。

卻是公主龍曦月一早起來練劍，她性情雖然溫柔，可骨子裡卻是倔強，自從在破廟遇險之後，便憋著勁要提升自己的武功，她要練成足以自保的能力，再不成為胡小天的累贅。

喬方正雖然看不到，可耳朵卻是能夠聽到，聽到龍曦月的出劍之聲，他笑道：「你好像很怕這把劍。」

龍曦月這才意識到身後有人，慌忙停下手中劍，看到是喬方正來到了自己的身後，知道自己偷偷練劍的事被發現，羞得俏臉緋紅，小聲道：「讓前輩見笑了。」

喬方正道：「想要練成一樣兵器，首先就不可以害怕，只有那樣才能達到人和兵器融為一體的境界，你雖然握著這把劍，可是對它畏懼，心中自然對它就有排斥感，又怎麼能夠練好呢？」

龍曦月原是聰明絕頂之人，喬方正所說的道理她一聽就明白了，小聲道：「不瞞前輩，我總覺得這把劍乃是殺器，一想到它會奪人性命，心中就忍不住害怕了，曦月真是沒用。」

喬方正笑道：「不僅你是這樣，許多人都是心懷仁慈，無法做到，不願拿起殺器，其實我們丐幫創立的初衷，只是為了討一口飯吃，別說是殺人，即便是對攔路的惡犬也不忍下殺手，所以才有了打狗棒，其實用刀劍來驅趕惡犬豈不是更佳。」

龍曦月道：「世上的每條生靈都有活著的道理，別人無權奪去他們的生命。」

喬方正道：「公主心地善良，體恤眾生，可是你對別人善良，別人未必會以同樣的心來對待你，公主殿下，若是不喜用劍，不妨用其他的武器替代。」他從一旁折了一根青竹遞給了龍曦月。

龍曦月接過，果然沒有了對劍的排斥感，握住青竹將靈蛇九劍使了一遍，可是仍然感覺有太多的不對勁，她正想請教喬方正。

喬方正卻已經聽出來了：「錯了，是老夫錯了，你對棍棒雖然不害怕，可是你使得是劍法，這就如同握著一柄大錘練劍是一樣，不合適，太不合適。」他皺了皺眉頭，似乎在思索什麼，過了一會兒他道：「公主殿下若是不嫌棄，就由老夫教你三招防身之術。」

龍曦月知道他過去的身分乃是丐幫傳功長老，欣喜道：「喬老前輩願意教我，當然最好不過。」

喬方正傾耳聽了聽周圍道：「不過你要答應我一個條件，我教你武功的事情，你不得告與任何人知道，胡小天也不例外。」

龍曦月有些為難道：「我任何事都不會瞞著他，他若是問我，我很難不說。」

喬方正歎了口氣道：「也罷，你只需答應我，他不問你不主動說就是。」其實他只要教龍曦月武功，早晚胡小天都會發覺。

龍曦月點了點頭：「好！」

喬方正也折了一根青竹道：「我教你三路棒法，這一路棒法就有七種變化，一共是廿一種變化，你今日先學一種，若是三路學成，以後自保應該沒什麼問題。」

龍曦月並不知道喬方正教給自己的卻是丐幫最為精妙的打狗棒法，打狗棒法共有三十六路，四名傳功長老各自掌握了九路，而這九路棒法，他們都有權利挑出其中的三路傳給弟子，喬方正當初傳給上官雲冲六路棒法，其實已經破壞了丐幫的規矩。今天他主動提出教給龍曦月棒法，事實上又壞了規矩，龍曦月本非丐幫弟子，可是喬方正和龍曦月相處這些天來，她對自己百般照顧，讓喬方正心中感動，他雖然平時寡言少語，可也非絕情之人，更何況他還欠胡小天一個大大的人情，利用這種方式多少補償了一些。

只是喬方正並沒有想到龍曦月的悟性如此高超，短短的半個時辰內竟然將他的三路棒法完全學會，而且能夠將三路棒法融會貫通，即便是被他稱為丐幫百年一遇天才的上官雲冲也沒有這樣的悟性。

喬方正聽龍曦月將棒法演練了一遍，點了點頭，默默向小溪邊走去，此時營地內的眾人已經陸續起來。

胡小天來到龍曦月的身邊，看到她俏臉緋紅，額頭見汗，伸出手去為她拭去額頭上的汗水道：「這麼用功？」

龍曦月笑道：「你不是說練武強身嗎？」她生怕被胡小天看出自己跟喬方正學武，輕聲道：「我先去洗臉！」

龍曦月來到小溪邊，看到喬方正在下游，濯洗手中的一個黑黝黝的鐵缽。

龍曦月道：「前輩，我幫你吧。」

喬方正點了點頭，將鐵缽交給她，龍曦月入手方才覺得鐵缽極其沉重，險些掉落在水中，驚奇道：「這鐵缽好重啊！」

喬方正道：「這叫鐵飯碗！也是我們丐幫的一件寶物。」打狗棒、鐵飯碗，乃是丐幫創立以來的兩大至寶，如果說打狗棒還算得上一件武器，這鐵飯碗就只有象徵意義了，外表上看不出任何的特別，只是入手沉重，被喬方正埋在地下多年也沒有生銹，材質乃是用玄鐵鑄成。

龍曦月將鐵飯碗洗淨擦乾，再還給了喬方正。

喬方正道：「剛才我說的事情，你千萬不要忘記了。」

龍曦月點了點頭，小聲道：「知道了。」

火樹城因城池內外遍佈楓樹而得名，每到深秋，楓樹的樹葉就全部變成了紅色，整個城池如同燃燒一般，到處都是火一樣的色彩。

除了喬方正之外，所有人都是第一次來到這裡，對這裡的景色讚賞不已，因為火樹城乃是紅木川的第一大城，所以這裡也是各族彙集之處，來自中原列國的商賈也將此地作為重要的中轉站。

目前火樹城由紅夷族的首領巴赫爾控制，天香國此前也曾經多次派來官員，可無一例外地被他所殺，無奈之下，天香國封巴赫爾為城主，代管火樹城的一切事務，可是巴赫爾卻根本不予理會，在他心中火樹城就是他的，他才是這裡的王者，什麼天香國和南越國都無權染指這裡。

沿途看到了不少的乞丐，看來火樹城並未像天香國其他城鎮一樣對乞丐大肆驅逐，天香國的政令在這裡不起作用。

胡小天來此之前對這裡就有過瞭解，雖然太后龍宣嬌答應將紅木川作為嫁妝送給自己，可實際上天香國並未對這一區域擁有管轄權，想要得到紅木川，必須讓巴赫爾低頭，紅木川一帶民族眾多，其中以巴赫爾統領的紅夷族數量最多，紅夷族又是出了名的團結和排外，想要讓他們心服口服的歸順自己，恐怕沒那麼容易。

他們來到城門處，就看到有一隊士兵迎了出來，為首一人居然是中原人，那男子三十多歲年紀，白淨面皮，三縷青髯，生得頗為儒雅，徑直迎向胡小天的隊伍，抱拳道：「敢問貴客可是映月公主及駙馬一行？」

胡小天心中一怔，自己還沒有通報，對方怎麼就知道他們的來歷？

那人沒等胡小天回答，又笑道：「您一定是駙馬爺了，在下蔣少陽，乃是火樹城的通譯，奉了城主之命，特地在此恭候公主殿下和駙馬爺的大駕。」

胡小天道：「蔣大人認得我嗎？」

蔣少陽笑道：「不瞞胡大人，在下有胡大人的畫像呢。」他從部下的手中接過一幅畫像，當著胡小天的展開，胡小天定睛望去，卻見畫像之上是一幅白描人像，雖然不如自己的素描那麼維妙維肖，可是八分像是肯定有的。在資訊傳達相對閉塞的時代，想不到自己的畫像居然這麼快就傳到了這裡，看來肯定有好事之人，說不定有人提前已經開始佈局，提醒巴赫爾做好準備。

事到如今胡小天想要低調入城，悄悄住下的計畫就算落空，他笑道：「畫得還真是有些像呢。」

蔣少陽道：「駙馬爺，城主已經為您和公主殿下準備好了住處，請隨我來！」

他翻身上馬，和胡小天並轡而行，為他引路。

這蔣少陽頗為健談，一路之上侃侃而談，不時為胡小天介紹火樹城的風土人情，這火樹城除了隨處可見的火紅楓樹，還有另外一樣特色，就是遍佈城池內外的碉樓，碉樓以白色石塊堆砌而成，外形為八角形狀，普通者約有十丈，最高的要有二十丈，碉樓建築集中於城牆四周，還有中間的部分，不僅用於居住，還可以起到戰時的防禦作用。

中心林立的碉樓群就是火樹城首府所在，也是巴赫爾居住的地方。

蔣少陽並沒有帶領他們進入內城，而是將他們帶到了臨近內城東南角的蝶園，這裡的建築最高不超過三層，風光秀美，小溪縈繞，火紅的楓樹和白色的建築相映成趣，蝴蝶在小溪邊翩翩起舞，處處都是一片醉人的美景。

蔣少陽向胡小天道：「公主殿下和駙馬爺請暫住這裡，一切的吃穿用度都已經安排妥當。」

胡小天道：「蔣大人，我還有要事在身，無法在此地長留，還望能夠儘快安排我和城主見上一面。」

蔣少陽滿臉堆笑道：「駙馬爺可能並不清楚，現在正是紅夷族的齋戒日，距離開齋還有三日，如果想見城主，最早也要在三日之後了。」

胡小天點了點頭道：「勞煩蔣大人了。」

蔣少陽離去之後，眾人暫時安頓下來，梁英豪負責在蝶園內檢查有無異樣，展鵬則帶人出去打探消息。

喬方正也沒有閑著，叫上小歐一起出去閒逛。

等到晚飯之時，眾人陸續回來，展鵬並沒有發現城內有何異樣，反倒是喬方正帶來了一個重要的消息，丐幫定在五日之後在紅海召開大會，到時候幫中重要人物都會前來。

胡小天道：「那豈不是說上官天火也會露面？」

喬方正恨恨點了點頭道：「他必然會來，丐幫如今被天香國步步緊逼，根基面臨受損之憂，此時若是不想出辦法解決，他在幫中的統治地位肯定會動搖，召開幫中大會也是在所難免，這兩日，還會有不少的重要人物前來。」

胡小天看到喬方正的表情已經知道他動了復仇的念頭，自己曾經答應過他要幫他報仇，清除奸佞，本來還以為不會那麼快，想不到這就迎來了機會，若是對付上官天火，恐怕又要引起一場驚天動地的劇變了。

胡小天並沒針對這個話題繼續下去，轉向展鵬道：「你打聽到了什麼情況？」

展鵬道：「這段時間的確是紅夷族的齋戒日，還有三日才能開齋，在此階段他們是不生爐灶的，連街上的店鋪都不做生意，不過有個例外，在城西的江南街，那裡是中原人彙集之處，所有店鋪仍正常營業，也是現在外來人最為聚集的地方。」

梁英豪道：「我剛才將蝶園裡裡外外檢查了一遍，一共有二十名僕人全都是黑苗人，他們沒有齋戒之說，暫時沒有發現任何的問題，不過……」

眾人將目光同時投向他，都聽出梁英豪還有話沒有說完，梁英豪道：「不過你們有沒有發現，這座蝶園雖然很美，但是其中並無碉樓，最高的建築也不過三層，而周圍四角都有碉樓存在。」

胡小天點了點頭道：「我也發現了這件事，就是說咱們住在這裡完全處於對方的監視之下。」他轉向一直都沒有說話的夏長明道：「長明，你怎麼看？」

夏長明微微一怔，他精神恍惚根本沒聽眾人在議論什麼，表情顯得異常尷尬。

胡小天知道他仍然在為小柔的事情傷心失落，心中暗歎，也沒有繼續追問他，微笑道：「大家暫時還是安心住下，聽說紅夷族人對齋戒日非常的看重，在此期間是決不允許殺生的，那紅夷族統領巴赫爾就算對咱們有惡意，在這三天之內也不會有任何異動，所以咱們只管放心，梁英豪，你和夏長明負責蝶園的警戒。」

「是！」梁英豪說完，發現夏長明又走神了，悄悄用手肘搗了他一下，夏長明這才回過神來，慌忙道：「屬下遵命。」

胡小天又向展鵬道：「你負責週邊的事情，將周圍碉樓的情況調查清楚，查清其中有沒有兵力，具體的人數。」

「是！」展鵬抱拳接令。

胡小天讓眾人出去，將喬方正單獨留下，低聲道：「喬前輩看來是要去參加這場紅海大會了？」

喬方正點了點頭道：「必然要去，關乎丐幫生死存亡，我豈能坐視不理？」他臉上的表情顯得有些悲憫，心中已然有了視死如歸的蒼涼味道，他當然記得此前和胡小天的合作約定，可是喬方正骨子裡的孤傲讓他無法低頭提起這件事，如果胡小天不提出主動想幫，他當然也不會說。

胡小天歎了口氣道：「前輩還請三思。」他居然沒有提出要跟喬方正一起前去的事情。

喬方正心中更是黯然，也許自己此次的紅海之行註定是有去無回了。

火樹城城主巴赫爾站在凌雲碉樓之上，這座碉樓位於整個火樹城的中心，也是火樹城的制高點，站在這裡，整個火樹城盡收眼底，巴赫爾俯視蝶園的方向，低聲道：「他們果然來了！」

蔣少陽恭敬道：「啟稟城主，按照您的吩咐，已經將他們安排到了蝶園入住，他們一行共有十五人，其中還有一個雙目失明的老人，一個六七歲的孩子。」

巴赫爾點了點頭。

蔣少陽又道：「在蝶園周圍的碉樓內已經佈置好了我們的射手，整個蝶園都在射程之內，只要城主一聲令下，就可以將他們盡數殲滅。」

巴赫爾道：「他們有沒有提出要接管紅木川的事情？」

蔣少陽道：「沒說，只是說要見城主，也許要等到跟城主見面之後方才提起這件事。」

巴赫爾的雙目中掠過一抹陰冷的殺機。

蔣少陽觀察入微，看得清清楚楚，低聲道：「城主，我看還是當機立斷，趁早將他們全部剷除，以免夜長夢多。」

巴赫爾有些不滿地瞪了蔣少陽一眼，蔣少陽嚇得慌忙垂下頭去。巴赫爾道：「齋戒日你竟敢提出殺戮之事，難道不怕天神降罪？以後再敢在我面前提起此事，休怪某家無情！」

蔣少陽嚇得魂不附體，顫聲道：「城主息怒，城主息怒。」

巴赫爾怒哼一聲，轉身走下碉樓，沿著樓梯來到六層的一個房間內，卻見一個女子跪伏在神像前方，額頭抵在地面上，雙手攤開朝向天空，口中念念有詞，正在祈禱著什麼。

巴赫爾在她身後站著，默默望著她，雙目中流露出痛苦的光芒。凝望良久，他終於忍不住道：「你心中始終還在想著他！」

那女子似乎沒有聽到他說話，依然靜靜祈禱。

巴赫爾被她的樣子觸怒，猛然向前跨出一步，一把將那女子從地上拖了起來，怒吼道：「尕諾，你看著我，你現在是我的妻子，我大哥他已經死了！他死了！」

那女子卻是他的夫人尕諾，尕諾靜靜望著他，表情麻木輕聲道：「你放開我，難道你不怕天神降罪嗎？」

巴赫爾怒道：「尕諾，我對你這麼好，為何你不肯對我露出一絲歡顏？為何你到現在都不肯接受我？他死了……」

「他是你害死的！」尕諾望著巴赫爾，目光中沒有仇恨只有冷漠，冷漠得像一尊沒有任何生機和感情的雕像。

巴赫爾道：「我沒有……」

尕諾搖了搖頭：「你既然敢做，為何不敢承認？你害死了你的大哥，嫁禍給天香國，你還害死了我的女兒……我無辜的嘉歐……」說到女兒，尕諾的淚水忍不住落了下來。

巴赫爾猛然將她推倒在地上，怒吼道：「為何你要活在過去的陰影裡？為何你要活在仇恨之中，你忘了，當初我們是如何相愛，是我大哥依仗著自己的首領身分將你從我的手中奪走，是他拆散了我們？我只是拿回本應屬於我的人，你為何要變？我們可以忘記過去，我們可以幸福的。」

尕諾忍著身體的疼痛從地上爬起，然後重新跪倒在神像前方繼續祈禱。

巴赫爾的面部因痛苦而扭曲：「我們可以幸福的，我們可以再生一個孩子。」

胡小天和龍曦月一起前往江南街閒逛，小歐提出要跟他們一起前去，龍曦月欣然應允，帶上了這個小燈泡。來到江南街，沒走幾步就可以看到乞丐，看來五日之後的那場丐幫大會正在吸引丐幫的諸般人物彙集於此，因為紅夷族正處於齋戒日的緣故，所以其他族人大都彙集於江南街，這裡更顯得擁擠不堪。

龍曦月牽著小歐的手走在前方，胡小天跟在兩人身後，確保她們始終處於自己的視線之中，以免走散，此時方才發現小歐的頸部居然有一個彩色的紋身。

胡小天好奇道：「小歐，你頸後紋的是什麼？」

小歐道：「一隻鳥兒！」她將領子向下拉了拉，讓胡小天看得清楚一些，卻是一隻在火焰中飛舞的鳥兒，絕不是鳳凰，看紋身的技藝，絕對是一流之作，胡小天心中暗忖，根據紋身的圖案，或許能夠找到小歐的身世秘密呢。

胡小天道：「小歐，你姓什麼？」

小歐搖了搖頭道：「不記得了，只是記得他們叫我小歐。」

龍曦月道：「你何必問她，我都已問過了，小歐能夠想起來的事也全說了。」

小歐指著前面笑道：「耍猴兒的。」她畢竟小孩子家心性，快步跑過去看熱鬧，胡小天和龍曦月慌忙跟上。

看到那猴兒在耍猴人的指揮下做出各種各樣的動作，小歐笑得開心無比。

胡小天對這種事沒多少興趣，四處張望，尋找吃飯的地方，卻看到遠處有一張熟悉的面孔經過，那人卻是南越國六王子洪英泰。看來他也是途經這裡返回南越，胡小天大聲道：「英泰兄！」

洪英泰聽到有人呼喊自己的名字，循聲望去，卻見胡小天就站在不遠處，他大喜過望，他和胡小天幾度相逢，對胡小天的印象一直都不錯，趕緊翻身下馬，將馬韁扔給手下，來到胡小天面前抱拳道：「想不到在這裡遇到了胡公子，真是幸會幸會！」目光落在龍曦月的身上，不覺一呆，馬上又想到非禮勿視的道理，趕緊垂下目光道：「這位想來就是映月公主了。」他屬於知難而退先行離開的那批人，之所以遷延至今，是因為他在天香國遊玩了幾日。

龍曦月聽胡小天介紹了他的身分，輕聲道：「見過王子殿下。」

洪英泰心中暗讚龍曦月美麗無雙，只可惜自己是沒有這個福分了，不過也只有胡小天這樣的英雄人物才配得上這樣的絕代佳人，自己也沒什麼好失落的，洪英泰本就是一位至誠君子，他笑道：「相請不如偶遇，我和胡公子雖然多次見面，可好像還未有過單獨飲酒的機會呢，不知胡公子和公主殿下可否賞我一個薄面？」

一旁響起小歐稚嫩的聲音道：「還有我哩！」

洪英泰這才看到他們還帶著一個小女孩出來，不由得心中迷惘起來，不可能這麼快連孩子都生出來了吧？想想也沒有任何的可能。

胡小天笑道：「好啊，我也正有此意呢。」

洪英泰過去就來過火樹城，對這裡的情況非常清楚，帶著他們一起來到了江南街秀水樓，這裡乃是一個康人開的酒樓，也是整條江南街上生意最好的一家。

幾人一起進入五層，雖然還是充滿江南韻味飛簷琉瓦的風格，可也入鄉隨俗，糅合了當地的建築特徵，在中原很少可以找到這種五層以上的建築，洪英泰出手闊綽包下了整個五層，讓人將周圍的竹簾捲起，四面來風，周遭景致盡收眼底。

胡小天向周圍看了看，目光卻定格在正西方向，他的目力本來就比一般人強勁，正西邊有一片氣勢恢宏的建築，從建築風格來看似乎是一座廟宇，吸引胡小天的地方卻並不是廟宇本身，因為他看到廟宇前方的兩根漢白玉柱子之上雕刻著兩支展翅欲飛的鳥兒，那鳥兒的形狀竟然和小歐頸後的紋身一模一樣。

洪英泰邀請眾人入座，他順著胡小天的目光看了看道：「那裡是紅夷族的神廟，周邊都以戒嚴，外族人是不得進入其中的。」

酒過三巡，兩人說起各自別後的經歷。洪英泰道：「我聽說，天香國王將紅木川作為嫁妝送給了胡公子。」

胡小天也不否認，微笑道：「英泰兄怎麼看？」

第二章

潛入神廟

兩年的時光說短不短說長不長，
可是卻足以讓一個小孩子發生莫大的變化，
但是五官眉眼方面終究還會留下過去的印記，
尕諾看到小歐，頓時定格在她臉上，淚水簌簌而落，
她大步向小歐奔去，小歐有些被嚇住了，
轉身抱住胡小天的大腿。

洪英泰道：「關於這紅木川我多少還是瞭解一些的，這些年來，我們南越和天香國一直因為此地的歸宿而鬧個不停，可事實上誰對紅木川都沒有取得真正的控制，這一帶民族眾多，各族之間互不服氣，誰都認為自己才是紅木川的真正主人，直到十多年前這火樹城方才被紅夷族人控制，當時控制火樹城的是紅夷族首領拔哥，那拔哥雖然是紅夷族人，不過倒也算為人慷慨公平，將火樹城打理得井井有條，因為他做事公平公正，各族對他也算服氣，在任之時也相安無事，可惜好景不長。」說到這裡他停頓了一下。

胡小天聽得心切，忍不住問道：「發生了什麼事情？」

洪英泰跟他碰了碰杯，飲了一杯酒道：「拔哥是紅夷族中不多有遠大眼光之人，他看出紅木川因為特殊的地理環境必然要成為多方覬覦的對象，以他們本族的實力必然無法在這塊土地上長久立足，早晚都是被人吞併的命運，於是他決定從周圍勢力之中尋找一棵足以乘涼的大樹，最後他選擇了天香國，決定歸附。」

龍曦月點了點頭，此事她倒也聽說過一些，拔哥主動和天香國接洽，只是不知道這件事為何不了了之。

洪英泰道：「拔哥兩年前親自前往天香國的椰風城，其實是和天香國太后約好了在那裡會盟，不知為何拔哥失約，後來就傳出他在途中遇害的消息，兇手不明，當時僥倖逃生的只有拔哥的夫人尕諾，其餘武士連同他們幼小的女兒全都遇害。」

胡小天道：「究竟是什麼人下手？」

洪英泰道：「此事就不清楚了，有人說是天香國下手，有人說是其他族人不同意投奔天香國所以才痛下殺手，還有人說是途中遭遇強盜，不過至今也沒有一個明確的說法。只是拔哥的夫人尕諾回來後不久就嫁給了拔哥的兄弟巴赫爾，巴赫爾在接管他嫂子的同時，也一併接管了火樹城。」

胡小天點了點頭：「這巴赫爾為人如何？」

洪英泰道：「冷血殘忍，性情暴戾，不過這個人最大的好處就是聽夫人的話，如果不是尕諾阻止，他的手上還不知要沾染多少的鮮血呢。」說完這些，他將手中的酒杯放下，望著胡小天意味深長道：「胡公子捨近求遠經由這裡返回故土，看來不是一時心血來潮吧。」

胡小天道：「不滿英泰兄，天香國王既然將紅木川贈給了我，我多少也要來這裡看看。」

洪英泰道：「火中取栗的事情最好還是不要做，胡公子何必為了一塊鞭長莫及的混亂之地而冒險呢。」他的這番話的確是忠告，不過其中也含有一些私念，雖然南越國沒有能力控制紅木川，可他也不想讓外人得到。但是以胡小天目前的實力，應該沒可能控制火樹城，他顯然是多慮了。

小歐聽到鑼鼓聲，又跑到一旁看熱鬧，龍曦月歉然笑了笑起身跟了過去。

胡小天道：「英泰兄，我看到那神廟前方有兩根柱子，柱子上各有一隻在火中飛舞的鳥兒，不知那是什麼意思？」

洪英泰道：「智慧鳥，智慧女神的標誌，紅夷族人信奉的神靈。」

胡小天點了點頭，心中暗忖，看來小歐必然是紅夷族人無疑，他又道：「紅夷族人是不是有將這智慧鳥紋在身上的習慣呢？」

洪英泰呵呵笑道：「怎麼可能，除非族中靈女，才有這樣的資格，據我所知，靈女卻是要族中長老指定，神廟大祭司就是現任靈女。」

胡小天極其八卦地問道：「靈女是不是終生都要保持處子之身不能嫁人呢？」

洪英泰道：「靈女並非終身，從出生起就開始指定，等到八歲正式進駐神廟，繼任大祭司之位，原來的靈女就自動退位，每位靈女在位二十年，擔任祭師第十二年頭就開始選定繼任靈女。」

胡小天道：「現任大祭司擔任靈女多久了？」

洪英泰道：「已經是第十八個年頭了。」

胡小天心中暗忖，也就是說這大祭司還有兩年退位，靈女也應該早已選定了。

洪英泰道：「繼任靈女本來是拔哥和尕諾的女兒，可惜兩年前一同遇害了。」

胡小天心中越發覺得奇怪，小歐的頸後不就是有一個智慧鳥的紋身，她的年齡好像也跟失蹤靈女相當，難道她就是拔哥和尕諾的女兒？如果真是這樣，那麼說不定就有了拿下紅木川的機會。

洪英泰見胡小天呆呆出神，不知他在想什麼，低聲道：「胡公子，胡公子！」一連叫了兩聲，胡小天方才回過神來，呵呵笑道：「聽你這麼一說，我還真是想去神廟看看呢。」

洪英泰道：「胡公子還是打消這個念頭吧，神廟乃是紅夷族人最為神聖的地方，更何況現在是齋戒日。」

胡小天笑道：「我也就是說說，可不是當真想要過去。」

辭別洪英泰回到蝶園，胡小天悄悄將從洪英泰那裡打聽到的消息告訴了龍曦月，龍曦月道：「小歐不是說她被爹娘遺棄嗎？更何況她根本就不會說紅夷話，應該不會是什麼靈女。」

胡小天道：「她現在還不到六歲，失蹤的時候也就是三歲多，兩年的時光已經可以讓一個小孩子忘記許多的事情，她四處流浪，接觸到的全都是中原人，忘記本族的語言再正常不過，她說被父母遺棄，真正的情況如何可能她也不清楚，或許當時是她的父母為了保護她，才將她丟下呢。」

龍曦月將信將疑道：「事情不會那麼湊巧吧。」

胡小天道：「不是湊巧，我問過，她頸後的紋身叫智慧鳥，除了紅夷族的靈女，別人是沒資格的。」

龍曦月仍然不肯接受這個事實：「也許有人崇拜智慧鳥紋在身上呢，皇家也有許多禁止民間穿戴之物，可是民間一樣私藏不少。」

胡小天道：「我準備去神廟看看，只要找到大祭司，一切自然就清楚了。」

龍曦月不捨道：「就算她是，你又能怎麼辦？難道她這麼小的年紀，就將她送入神廟之中當什麼靈女嗎？」

胡小天道：「每個人都有自己的命運啊，如果她沒有遇見我們，她或許一輩子都要流浪，命運讓她遇到我們，就是想讓我們將她送到親人的身邊，如果她當真是那位靈女，她的母親仍然活著，我們又有什麼權利不讓人家母女重逢？」

龍曦月咬了咬櫻唇，神情黯然道：「不錯，沒人可以決定他人的命運，咱們也沒有權利，小天，我只求你一件事，若是小歐不想當什麼靈女，你一定要幫她。」

胡小天道：「其實當靈女也不是什麼壞事，未必要一個人孤獨終老，只是二十年，這二十年中會學到很多的東西，等到期滿，她們自然可以尋求自己的生活。」他看出龍曦月內心中的難捨之情，摟住她的香肩安慰道：「其實現在還只是我的猜測，或許我猜錯了呢。」

龍曦月點了點頭，心中巴不得胡小天猜錯了才好。

胡小天道：「對了，在此事沒查清之前，千萬不可向喬老前輩透露這件事。」

龍曦月幽然歎了口氣道：「我明白的，如果一切真被你猜中，喬老前輩必然不捨得的。」這段日子以來，喬方正和小歐之間早已建立起相濡以沫的爺孫感情，只怕喬方正對小歐早已是難捨難離了。

入夜之後，胡小天獨自一人離開了蝶園，他清楚目前所處的環境，他們出入蝶園，一舉一動都應該在對方的監視之下，所以在城內兜了個圈子，又去人潮湧動的江南街轉了一圈，這才脫身前往神廟。

神廟周圈的道路之上密密麻麻跪著數萬名虔誠祈禱的紅夷族人，胡小天沒想到入夜之後還有那麼多人，暗歎這信仰的力量真是無窮，他繞了一圈，總算發現東南有一片草木茂盛的地方沒有人，悄然閃身進去，這裡也沒有道路，不過難不住胡小天，他在樹木之間縱跳騰躍，很快就來到神廟外面。

藏身在樹冠之上舉目望去，卻見神廟的外院也跪滿了虔誠祈禱的紅夷族人，密密麻麻，連插腳的空都沒有，每人手中都拿著一支蠟燭，星星點點煞是壯觀，不過神廟內苑並沒有這樣紛繁的燭火，看來裡面是神廟祭司靜修之所，外人不得打擾。

胡小天留意到神廟周圍並無碉樓，他尋了一棵最高的大樹，騰空飛掠，身軀在空中宛如一隻大鳥般無聲無息掠過。

胡小天悄然落在內苑牆角的陰影處，雖然和外面僅有一牆之隔，卻是截然不同的兩番天地，這內苑之中空空蕩蕩，舉目望去，偌大的院落之中竟沒有一個人在。

胡小天躡手躡腳向裡面走去，來到院門前，聽到腳步聲由遠而近，慌忙藏身在牆角後，卻見從東邊的側門走來了兩名白衣女子，兩人手中挑著燈籠，身後跟著一位窈窕女郎。

胡小天借著燈光望去，讓他驚奇的是，那女郎竟是閻怒嬌，胡小天不知她因何會到這裡來，因為還有外人在場，他自然不能過去馬上和閻怒嬌相認。

卻聽閻怒嬌和其中一名白衣女子說了些什麼，對話胡小天連一個字都聽不懂，胡小天悄然尾隨在她們身後，看到兩人將閻怒嬌引入了其中一個房間內。

等到那兩名白衣女子走遠，胡小天這才躡手躡腳來到閻怒嬌所在的房間前，輕輕敲了敲房門。

閻怒嬌以為剛才那兩人去而復返，起身開了房門，沒等她看清外面是誰，胡小天便一把將她的嘴巴封住，伸出食指在唇前做了個噤聲的手勢。

閻怒嬌被這突如其來的闖入者嚇得不輕，正準備反擊之時，這才發現這不速之客竟是胡小天，她幾乎不能相信自己的眼睛。不等胡小天關門，她就已主動將房門插上，牽著胡小天的手來到裡面的房間內，驚喜非常道：「你……你怎麼來了？」自從渤海國一別，已經許久不見，她對胡小天的感覺真可謂是相思刻骨。

胡小天也不多說，捧住她的俏臉低頭就著她的櫻唇吻了下去，閻怒嬌只是象徵性地掙扎了一下，就緊緊擁住胡小天，主動逢迎，兩人擁吻良久方才分開。

閻怒嬌一張俏臉嬌艷無匹，紅得發燙，貼在胡小天的胸膛之上，小聲道：「你怎麼知道我在這裡？」

胡小天笑道：「有緣千里來相會。」

閻怒嬌啐道：「你根本不是來找我的對不對？說，你究竟打什麼鬼主意？」

胡小天牽著她的手，將自己為何來到紅木川，又因何來到神廟的事告訴了她。

閻怒嬌聽完之後方才明白他們之間果然只是偶遇，撅起櫻唇道：「我還沒有恭喜你呢，現在已是天香國的駙馬爺了。」

胡小天在她鼻子上輕輕刮了一下。笑道：「滿嘴醋味，我本來打算路過天狼山的時候去找你，卻想不到在這裡就遇到你了。」

閻怒嬌道：「你都有老婆的人了，還找我做什麼？」

胡小天禁不住笑道：「我去西州的時候也已經和永陽公主訂親，可你不還是一樣主動將自己交給了我……」閻怒嬌一把將他的嘴封住，含羞道：「別胡說。我才不想提那些事情，反正啊，你我之間也沒什麼關係，我又沒要你承擔什麼。」

胡小天特別留意閻怒嬌的肚子，看來也是毫無反應啊，感覺自己的確可能有些問題了，霍勝男、維薩、閻怒嬌，自己在她們的身上可沒少耕耘，可只是播種不見收獲。

閻怒嬌哪知道他在想什麼，看到他呆呆出神，忍不住牽了一下他的手臂道：

「你發什麼呆啊？又在想哪個女人？」

胡小天笑道：「想你啊！」

「騙人！我才不信你！」閻怒嬌嘴上說著不信，可心中卻暖融融極為受用，女人都是這樣，明知這些情話都是謊言，可是仍然寧願相信。

胡小天道：「你還沒有告訴我。你在這裡做什麼？」

閻怒嬌道：「彤雲大祭司是我的師姐啊！」

胡小天道：「你師父究竟是誰？」他記得閻怒嬌的師父好像是五仙教的影婆婆，她的那手解毒功夫就是從影婆婆那裡學來。

閻怒嬌道：「這跟你好像沒有關系吧。不過我倒是可以帶你去見師姐。」說到這裡她又停頓了一下道：「還是不行，這兩天是齋戒日，我師姐任何人都不見，連我都見不到她呢。」

胡小天道：「我有重要事情要見她，今晚就得見。」

閻怒嬌道：「不行啊，就算我去也會被她的弟子攔住。」

胡小天道：「明的不行就來暗的。正大光明地走不進去，不能偷著進去？」

閻怒嬌瞪了他一眼道：「你這人從來都不教我做好事，我閻怒嬌堂堂正正為何要做這種偷雞摸狗的事？」

胡小天深情款款道：「為了我！」

閻怒嬌居然呵呵，明顯是冷笑。

胡小天馬上拿捏出一副兇神惡煞的樣子道：「你要是不做！」

「怎樣？你敢怎樣？」

胡小天道：「不敢怎樣啊，我就脫光衣服大搖大擺從這裡走出去。夠不夠光明正大？」

閻怒嬌瞪大了雙眸，彷彿才認識胡小天一樣。

胡小天自以為將了她一軍，卻想不到閻怒嬌道：「那你就脫光了走出去，胡小天，你要是說了不做，你就不是男人！」

胡小天反而被她反將了一軍，他本來也只想嚇嚇閻怒嬌，沒想到閻怒嬌如此潑辣，轉念一想閻怒嬌向來都是敢作敢當，性情灑脫豁達，當初還是處子之身的時候，為了救她的哥哥，也毫不猶豫地把清白之身交給了自己，事後也沒找他任何麻煩，可能和閻怒嬌本身就有異族血統有關，胡小天嬉皮笑臉道：「我是不是男人，你還不清楚？」湊上去攬了閻怒嬌的纖腰。

閻怒嬌狠狠瞪了他一眼道：「你不是男人，敢說不敢做！」

胡小天道：「我認輸，可今天這事特別重要，事關我的前途命運，你要是不幫我，我只能硬闖進去找你師姐了。」硬的不行馬上來軟的，說話的時候，大手順著閻怒嬌腰臀的曲線滑落下去，在她的俏臀之上捏了捏，閻怒嬌還在猶豫。

胡小天道：「怒嬌，你知不知道分開的這段時間，我無時無刻不在想念你，你有沒有發現我瘦了？」

閻怒嬌看了他一眼，的確比上次見到他的時候瘦了一些，可未必能夠證明就是因為思念自己的緣故。

胡小天望著她的一雙美眸深情道：「為伊消得人憔悴，衣帶漸寬終不悔。」

閻怒嬌聽到這廝當著自己的面如此深情款款地朗誦情詩，再看到他溫柔的眼波，頓感呼吸急促，心中暗嘆，怎麼辦？我怎麼對他一點的防御力都沒有，這該死的傢伙，為何要吟詩，不知道人家最受不了這個？

胡小天看到這招奏效，又趕緊來了一句：「天不老，情難絕。心似雙絲網，中有千千結。」緊握閻怒嬌的纖手：「嬌嬌，難道現在你還不明白我的心意嗎？」

閻怒嬌望著他，感動得眼淚都快流出來了：「天天，我知道的，我明白的……」撲入胡小天的懷抱中，哪管他這番話中到底有幾分真幾分假。

胡小天摟著閻怒嬌，臉上不由得露出幾分狡黠和得色，對女人當然要哄，這貨可不覺得自己的良心過不去，畢竟出發點是好的，自己這麼多紅顏知己，對誰一心一意也不公平啊！還是古代社會好啊，換成過去，自己豈不是典型的渣男。

有了閻怒嬌這位引路人，胡小天不費吹灰之力就來到了神廟的中心區域，兩人趴在圍墻上，確信周圍無人防守，這才悄然溜了進去，藏身在桂花叢中，聞著桂花淡淡的香氣，偎依在愛人的身邊，閻怒嬌感覺芳心中溫馨無限，此時心中生出一個感覺，任何的冒險都是值得的。

此時房門輕響，兩人慌忙矮下身形，卻見一個身材高挑的美麗女子從裡面探出身來，向外面張望了一下，然後再將房門關上，閻怒嬌附在胡小天的耳邊小聲道：「我師姐！」

胡小天點點頭，心中難免有些奇怪，彤雲大祭司剛才的舉動明顯充滿了警惕，難道她預感到外面有人？他以傳音入密向閻怒嬌道：「你等著，我過去看看。」

閻怒嬌搖了曳道：「不，我也要去。」

胡小天只能答應，兩人正準備向房間靠近的時候，胡小天卻一把摁住閻怒嬌的肩頭，讓她重新隱藏，卻見一道身影從東牆無聲無息滑落到了院落中，原來今晚夜探神廟的不僅僅是他們兩個，還另有他人。

兩人屏住呼吸，一動不動，從那黑衣人的身材來看分明是個男子，胡小天心中暗忖，難不成是彤雲大祭司的相好，哈哈，真要是如此可就熱鬧了，齋戒日啊，身為大祭司居然在這種時候跟情郎幽會，這膽兒也忒大了。

那黑衣男子蒙著面孔，只露出一雙眼睛，他向周圍看了看，然後才來到門前，人還沒有走到，房門就已經開了，彤雲大祭司原來早就在那裡等待，那男子的身影剛一出現在院落中，她就已經發現。

蒙面男子走入房內，胡小天從此人的呼吸步履已可判斷對方的武功不弱，他擔心閻怒嬌會被發現，以傳音入密向閻怒嬌道：「你別動，此人武功高強，若是被他發現總是不好，我去聽聽他們說什麼。」

閻怒嬌點了點頭，叮囑道：「小心！」

胡小天微微一笑，躡手躡腳來到窗外。

黑衣男子進入房間後，彤雲大祭司將房門關上，那男子將臉上黑布扯了下來，露出一張輪廓分明的英俊面孔，卻是丐幫少幫主上官雲冲，他的雙臂完好無恙。

彤雲撲入他的懷中道：「想死我了！」

上官雲冲擁住彤雲，低聲道：「我何嘗不是。」低下頭去吻住彤雲的櫻唇。

胡小天在外面聽到金魚吃水的聲音，已經猜到兩人在幹什麼，心中暗笑這彤雲大祭司不是靈女嗎？本該六根清淨，斷絕人世情感才對，想不到啊，原來這近乎神靈一般存在的大祭司也有七情六欲。

兩人熱吻良久方才分開，彤雲大祭司道：「你不該現在才來的，這幾天是齋戒日，若是被人看到你在這裡出現，豈不是麻煩？」

上官雲冲道：「我也知道不該來，可是我又無法抑制對你的思念，根本控制不住自己的腳步。」

彤雲大祭司聽到這句情話，如同被灌了迷魂藥一般，意亂情迷道：「雲冲……我知道你對我的心意，我知道，我明白……」

胡小天暗笑，這貨壓根就是花言巧語的騙你，難怪說戀愛中的女人智商等於零，這位大祭司應該是負數了，不過她無意間叫出的名字卻讓胡小天心中一怔，雲冲？哪個？難道是上官雲冲？

裡面傳來窸窸窣窣的聲音，不一會兒聽到女子壓抑的喘息聲，以胡小天的經驗一聽就猜到裡面在幹什麼，心中暗暗佩服，兩人還真是膽大，居然在神廟內就做起了這種事，為了感情彤雲大祭司居然連信仰也拋到一邊嗎？

上官雲冲道：「我已經找到一個合適的女童。」他的聲音異常冷靜，能夠在歡好之時仍然保持這份鎮定，足見此人的心態何其強大。

彤雲喘息的聲音卻越發急促，輕吟道：「不要……回頭再說……嗯……」

胡小天心中暗歎，這大祭司估計是徹底被上官雲冲控制了。

上官雲冲道：「你將她選定為靈女，我們就可通過這種方式來控制火樹城。」

彤雲道：「雲冲……我什麼都聽你的……呃……都聽你的……」

胡小天聽到這裡內心不由得一沉，今晚他本想過來和彤雲大祭司見面，將靈女的事情坦然相告，通過彤雲解決小歐的問題，現在看來事情只怕有變。

耐心等兩人雲消雨散，彤雲的情緒平復之後，聲音也冷靜了許多，她輕聲道：

「可是靈女之事還要取得城主和夫人的認同，夫人始終堅持她的女兒嘉歐仍然活著，想要宣佈新的靈女恐怕她未必同意。」

上官雲冲道：「這你不用擔心，一切障礙都由我來為你剷除。」

彤雲大祭司頓時明白他想做什麼，幽然歎了口氣道：「可是……可是我們這樣做，天神會不會降罪？」

上官雲冲捧起她的面龐道：「天神絕不會降罪於兩個真正相愛之人，縱有罪責，我一人承擔！」

胡小天暗罵，騙子！這貨絕對是個大騙子，彤雲大祭司偏偏相信這種人。聽到這裡已經沒有了繼續聽下去的必要，他回到閻怒嬌的身邊，剛剛回來，就看到上官雲冲從房內出來，重新戴上蒙面黑紗，借著夜色的掩護悄然離去。

閻怒嬌雖不知剛才具體發生了什麼，可也能夠看出自己的這位師姐是夜會情郎，現在當然不能再帶著胡小天去見她。兩人也悄悄沿著原路返回，胡小天和閻怒嬌約好在外面相見，先行離開。

閻怒嬌回到房內稍稍停歇片刻，提著燈籠經由側門離開了神廟。

胡小天並未走遠，就在神廟西邊的淨月潭邊等候，看到遠處閻怒嬌提著一盞蓮花燈披著深藍色斗篷走來，胡小天微笑迎了上去，閻怒嬌小聲道：「咱們去那邊說話！」她指了指東南角一座石塔，那座石塔乃是一座鐘塔，晚間並沒有任何人在。

胡小天隨同她一起進入石塔，拾階而上，兩人來到石塔高處，閻怒嬌將蓮花燈熄滅，站在鐘塔之上，可以俯瞰神廟全景，十多萬信徒仍然在神廟周圍虔誠祈禱，點點燭火燦若星河。

胡小天回想起剛才的情形不禁好笑，這些信徒如此虔誠，卻不知道他們敬若神明的靈女剛才正在裡面幽會情郎，顛鸞倒鳳。

閻怒嬌道：「剛才那人是誰？」

胡小天道：「如果我沒猜錯，應當是丐幫少幫主上官雲冲。」

「什麼？」閻怒嬌頗感驚奇。

胡小天這才將剛才的事情說了一遍，說到上官雲冲和彤雲幽會的情景這廝繪聲繪色添油加醋，說得閻怒嬌臉紅心跳。不知不覺中一雙玉兔已經落入他的掌中。

清風明月，鐘樓之上，俯瞰遠方燭火點點，卻有一種別樣不同的刺激，閻怒嬌只是象徵性地抗拒了幾下，就開始熱烈逢迎。

激情過後，閻怒嬌雲鬢蓬亂偎依在胡小天的懷中，小聲道：「你們男人全都不是好東西，甜言蜜語全都是謊話……」

胡小天笑道：「明知是謊話，為何還要聽？」

閻怒嬌揉了揉他的下巴：「沒辦法，被你灌了迷魂湯。」

胡小天一臉壞笑道：「我灌給你的可不僅僅是迷魂湯。」

閻怒嬌有些難為情地皺了皺鼻子：「別說，討厭！」她從胡小天的懷中站起身來，整理了一下秀髮，將斗篷重新披在身上，柔聲道：「你是說我師姐準備和上官雲冲弄一個假的靈女？」

胡小天道：「我看上官雲冲的目的絕不是弄個靈女來替代你師姐那麼簡單，他想要通過這件事來掌控火樹城。」

閻怒嬌道：「丐幫只是一個江湖門派，他們為何要這樣做？」

胡小天道：「丐幫最近的處境並不妙，天香國在全國範圍內驅趕乞丐，對丐幫的影響很大，過去天香國一直是丐幫總壇所在，根基所在，雖然丐幫勢力很大，可是面對天香國的舉國鎮壓也不得不選擇暫避風頭，所以他們很可能將目光放在紅木川，畢竟這裡距離天香國最近，將此地暫時發展成為他們的根據地。」

閻怒嬌歎了口氣道：「真要是如此，恐怕我師姐是被利用了，不行，我一定要提醒她。」

胡小天搖了搖頭道：「現在你提醒也是沒用，你設身處地想想，如果一個人勸你離開我，說我利用你，你會不會相信？」

閻怒嬌咬了咬櫻唇，她當然不會相信，不過胡小天的這句話卻讓她生出一絲疑心了：「胡小天你有沒有利用我？」

胡小天嘿嘿笑道：「你這麼美，我當然要利用，不但要利用你的身體，還要利用你的一顆芳心。」

「滾，我跟你說正事！」

胡小天道：「不如這次你就跟我一起回東梁郡好不好？」

一句話說得閻怒嬌居然忸怩了起來：「可是……可是我爹未必肯答應……」

胡小天笑道：「那我去天狼山親自跟他說好不好？」

閻怒嬌搖了搖頭道：「不好，我爹的脾氣相當暴躁，他才不會喜歡你，見到你油嘴滑舌，勾三搭四，十有八九會砍了你的腦袋。」

胡小天呵呵笑了起來：「如此說來，我倒是有興趣跟他見見面呢。」

閻怒嬌道：「還是別見了，我都不知道怎麼跟他介紹你。」

胡小天道：「你此次因何來到火樹城？難道僅僅是為了探望師姐？」

閻怒嬌道：「為了幫師父送祭品過來，我師父是紅夷族。」她走向胡小天，雙手搭在他的肩頭之上，綠寶石一般明澈的雙眸凝望胡小天道：「小天，我師姐不是壞人，她應該只是被那個人蒙蔽，你千萬不要傷害她。」

胡小天愛憐地拍了拍她的俏臉低聲道：「此事你無需過問，不如你先回天狼山，等這邊的事解決後，我馬上去天狼山找你。」他並不想閻怒嬌夾在中間難做。

閻怒嬌道：「我不想走。」

胡小天知道她擔心彤雲，他微笑道：「你放心，總之我答應你絕不會傷害她就是，可是我也不能讓她助紂為虐，弄一個假的靈女出來，幫助丐幫控制火樹城。」

閻怒嬌道：「你打算怎麼做？」

胡小天道：「既然你師姐這邊沒了希望，我只能先找城主夫人了。」

閻怒嬌道：「明日她會來神廟祭祀，如果想見她，這倒是一個絕佳的機會，不過她的隨行人員眾多，且我師姐會全程陪同，恐怕你沒有單獨跟她見面的可能。」

胡小天道：「那我就在途中等她。」

閻怒嬌搖了搖頭道：「或許我可以幫你轉告。」

胡小天望著閻怒嬌，知道她暫時絕不會離去，既然她已經下定決心，自己也沒必要勉強，有她在神廟中為自己當內應，做起事來也要容易許多，他微笑道：「好，就按照你說的辦，事成之後我好好謝謝你。」

閻怒嬌道：「拿什麼謝我？」

胡小天笑道：「以身相許好不好？」

閻怒嬌橫了他一眼道：「就知道你會說這種鬼話，不過我倒是有個要求。」

胡小天點了點頭道：「只管說就是，我這裡有求必應。」

閻怒嬌笑盈盈道：「等這件事辦完之後，我想見見你的那位寶貝公主！」

胡小天居然極其爽快地答應道：「沒問題！」

有了閻怒嬌在，一切都變得順利了許多，尕諾在得知消息之後，藉口和天香國映月公主見面，理所當然的來到了蝶園，她現在的身分是城主夫人，前往和貴客見面也是正常，並沒有任何人懷疑她的舉動。

尕諾雖然是城主夫人，可是進出都有手下跟隨，城主巴赫爾對她並不放心，時刻都讓人跟蹤。只有單獨面見龍曦月的時候，才有了將這些人攔在院外的可能。

龍曦月迎出門外，看到一位滿身銀飾的紅夷族美婦婷婷嫋嫋而來，正是城主夫人尕諾，尕諾在這位天香國公主的面前表現出相當的尊敬，恭敬道：「尕諾參見公主殿下。」

龍曦月微笑道：「夫人無需客氣，今日請夫人過來，只是為了相互認識一下，順便向夫人證實一件事情。」她邀請尕諾一起走入房間內，尕諾的侍女本想跟著進去，卻被展鵬伸臂攔住，只能眼睜睜看她們兩人進去了。

落座之後，尕諾俯首垂眉道：「不知公主殿下今日讓我來有什麼吩咐。」她乃是紅夷貴族，精通各種語言，和龍曦月交流並無任何的障礙。其實此前閻怒嬌就已經透露給她，此事和當年她女兒失蹤之事有關，不然尕諾也不會主動登門。

龍曦月道：「我聽說一件事，夫人兩年前在椰風城附近遭遇了一場伏擊。」

尕諾歎了口氣道：「公主勿怪，傷心往事不想再提。」

龍曦月道：「我本來也不想提，更不想勾起夫人的傷心往事，只是我們此次前來紅木川的途中，在椰風城遇到了一個小女孩，她叫小歐，年齡方才六歲左右。」

尕諾聞言情緒頓時激動了起來，顫聲道：「她……她現在身在何處？」

龍曦月道：「夫人，我想您先答應我一個條件。」

尕諾點了點頭道：「公主殿下只管說就是。」

「今日之事還請夫人一定要保密，此事若傳出去，對你我都沒有什麼好處。」

尕諾道：「我明白，公主殿下只管放心，今日之事我絕不外傳。」

龍曦月這才點了點頭，示意胡小天帶著小歐從屏風後出來。

兩年的時光說短不短說長不長，卻足以讓一個小孩子發生莫大的變化，但五官眉眼方面終究會留下過去的印記，尕諾看到小歐，目光頓時定格在她的臉上，淚水簌簌而落，她大步向小歐奔去，小歐卻有些被嚇住了，轉身抱住胡小天的大腿。

尕諾也意識到自己過於激動的反應可能嚇到了孩子，她強行抑制住內心的激動，顫聲道：「她的頸後紋身給我看看。」

胡小天揭開小歐的領口。

尕諾看到那紋身已經確定了七八分，頓時淚如雨下，哽咽道：「她……左肩之上還有三顆朱砂痣……」

龍曦月曾經幫助小歐洗過澡，對此一清二楚，知道尕諾就是小歐的親娘，她向胡小天點了點頭，胡小天放開小歐。

尕諾展開雙臂，滿臉都是淚水：「嘉歐……你不認得娘了……我是你的娘啊……」她說的是紅夷話。

小歐嘴巴努了努，猶豫好久，終於叫了一聲，竟然是標準的紅夷話呼喊娘親的聲音，她撲向母親的懷抱，母女二人抱頭痛哭。

龍曦月看到母女相認的情景，不由得想到了自己的母親，觸景生情，眼圈也紅了。胡小天來到她的身邊，攬住她的香肩，輕聲安慰。

尕諾和小歐母女二人痛哭良久，方才說話，小歐將紅夷話多半都忘了，所以母女二人只能改用漢話交談。

尕諾聽過女兒的別後經歷，知道她一個人孤苦伶仃流落街頭，受了那麼多的苦，心中更是歉疚，緊緊摟住女兒道：「娘以後再也不跟你分開，再也不會……」

情緒稍稍穩定之後，她方才想起向龍曦月和胡小天致謝。

胡小天讓龍曦月先將小歐帶到後院，他有些話要單獨跟尕諾說。

尕諾也意識到對方或許還有其他的要求，她也不是尋常的女子，輕聲道：「胡公子放心，你們的大恩大德尕諾絕不會忘記，不如你們說說想要尕諾為你做什麼？」關於天香國將紅木川送給未來駙馬的消息她也已經聽說，心中暗自猜測十有八九就和這件事情有關。

胡小天道：「我聽說小歐乃是靈女，不知這個消息可否屬實？」

尕諾點了點頭道：「是，再有兩年她就要進駐神廟，擔任靈女之位二十年。」

胡小天道：「靈女是不是只有一個？」

尕諾道：「當然！」

胡小天道：「我聽說一個可靠消息，彤雲大祭司很快就會推出一位新靈女。」

尕諾搖搖頭道：「不可能，嘉歐仍活在這個世界上，不可能出現新的靈女。」

胡小天道：「小歐失蹤了那麼久，或許別人認為她永遠都不可能回來，又或者宣佈她已經不在人世，再選新人取而代之。」

尕諾聽他說得如此肯定，也不禁暗暗心驚，她對彤雲大祭司從未有過任何的懷疑，這些年來彤雲大祭司也一直都安慰她，或許女兒尚在人世，她因何會這麼做？

胡小天道：「夫人這兩天就會見到分曉，為了安全起見，我想夫人暫時不要向任何人透露已經找到小歐的事情，否則很可能會危及到她的安全。」

尕諾鄭重點了點頭道：「胡公子放心，我知道應該怎麼做。」

喬方正默默坐在院子裡，沒有任何人向他道明發生了什麼，可是他心底深處卻已有了預感，耳邊傳來一聲犬吠聲，卻是夏長明牽著一隻黑毛犬來到他身邊，微笑道：「喬老前輩，我幫你找了條狗，這條狗非常有靈性，可以幫你帶路呢……」

「滾！」喬方正對夏長明還從未發過這麼大的火。

夏長明被他給弄懵了：「前……」

喬方正揚起打狗棒怒吼道：「信不信我連你的狗腿也一併打斷？」黑毛犬也被喬方正嚇了一跳，兩隻眼睛望著這個瞎眼的老乞丐，哇嗚，低嗚了一聲，也是相當的委屈。

夏長明無可奈何地搖了搖頭，真不知道自己到底哪裡觸痛了這老乞丐的逆鱗，他今天居然發這麼大的火。

胡小天和龍曦月也被喬方正的這聲怒吼驚動，胡小天本想過去勸勸，卻被龍曦月攔住，小聲道：「還是我去。」她看出就算胡小天過去也免不了要被罵個狗血噴頭的下場，自己去相對來說好一些，喬方正應該不會對自己發脾氣。

「前輩！」

喬方正的臉色依然陰鬱，可是聽到龍曦月溫柔的聲音，終於按捺住沒有發作，低聲歎了口氣道：「你們就讓我靜一靜吧。」

龍曦月道：「曦月知道前輩此時的心情，其實曦月心中又何嘗好過？可是小歐畢竟在這世上還有親人，我們總不能不讓她見到母親，讓她們親人離散，無論我們怎樣關愛她，終究代表不了她的娘親，前輩說是不是？」

喬方正道：「老夫活了大半輩子，什麼道理不懂？小歐能夠找到娘親，我也為她高興，我只是恨那胡小天，這個混蛋，為何要將小歐帶到我的身邊，現在連說都不說又將她帶走，分明是故意在折磨老夫，我恨不能狠狠揍他一頓才好。」

龍曦月聽到這裡禁不住向遠處的胡小天看了一眼，胡小天指了指自己的鼻子，他已經猜到喬方正一定是在埋怨自己，果不其然龍曦月點了點頭。

胡小天朝夏長明招了招手，夏長明牽著那條黑毛犬跟著胡小天一起退了出去。

龍曦月道：「前輩，其實他絕沒有針對您的意思，這次也是不得已而為之，本來他想親自來對您說，可是又擔心您生他的氣。」

「我自然生他的氣！」喬方正餘怒未消。

龍曦月莞爾笑道：「前輩知不知道丐幫上官雲冲意欲染指火樹城，他和大祭司彤雲聯手準備推出新的靈女呢。」

「什麼？」喬方正花白的雙眉皺了起來。

龍曦月這才將胡小天查探到的事情向喬方正說了一遍，喬方正聽完心中的怒氣也消了大半，轉而變成了對小歐命運的擔心。

龍曦月道：「所以還需您來保護小歐，前輩可答應嗎？」

喬方正毫不猶豫地道：「那是自然，只要老夫在，誰也別想傷害這孩子。」

尕諾返回府邸之後，巴赫爾將她找了過去，看得出他今日心情不錯，笑道：「夫人，告訴你一個好消息，靈女找到了！」

敔諾心中一驚？難道自己和女兒重逢之事這麼快就傳到了他的耳朵裡？不對，沒可能啊！她提醒自己一定要平靜，輕聲道：「不知城主所說的是哪位靈女？」

巴赫爾道：「夫人不肯和我一起同去神廟祭祀，我去神廟之事，彤雲大祭司親口對我說，她已經得到了天神的啟示，找到了靈女，目前正在將靈女送來火樹城，預計三日之內就能到達呢。」

敔諾方才知道巴赫爾所說的並非是自己的女兒，看來果然如胡小天所說，彤雲大祭司和外人勾結，意圖通過靈女來控制火樹城。想到這裡，她果斷道：「此事她說了也未必算！」

巴赫爾禁不住笑了起來：「夫人此話怎講啊？大祭司說了不算，難道你說了才算？須知歷代靈女都是上任靈女指定。」

敔諾道：「靈女從古至今都只有一個，嘉歐才是靈女。」

巴赫爾面色一沉，他歎了口氣道：「夫人，你難道至今仍然不肯接受現實嗎？嘉歐早已死了，大祭司已經感知不到她的靈念，不然又豈能找到另外的靈女……」

「她撒謊！你又怎知她不是在騙你？」敔諾一改昔日的冷漠和平靜，情緒變得激動起來。

巴赫爾雙眉皺起，一臉不解，要知道在紅夷族內大祭司乃是神靈一般的存在。

巴赫爾道：「我對彤雲大祭司素來敬重，夫人，這些話你我知道即可，千萬不可以去外面亂說。」

孬諾道：「嘉歐仍然活著，我知道她一定還活在這世上，所以大祭司所選的那個靈女必然是假的。」

巴赫爾的表情已經開始有些不耐煩，沉聲道：「夫人還是回去休息吧。」

孬諾不知如何向他解釋，苦於無法吐露真相，只能跺了跺腳轉身離去，走了兩步卻聽巴赫爾在身後道：「明日我就會向所有族人宣佈靈女的消息。」

孬諾霍然轉過身來，大聲道：「不可以！嘉歐還活著！」

巴赫爾抿了抿嘴唇：「你是不是瘋了？」

孬諾用力搖搖頭：「我沒瘋，我見過我的女兒，她還活著，她就在火樹城！」

巴赫爾唇角的肌肉猛然抽搐了一下，他歎了一口氣道：「夫人，你先去休息一下，等醒了，我們再商談靈女之事。」

孬諾看到他對自己的話無動於衷，也唯有離開。

巴赫爾等到孬諾離去之後，馬上讓人將通譯蔣少陽叫到自己的面前。剛才孬諾的異常表現已經引起了他的疑心，巴赫爾低聲道：「今天夫人自從去了蝶園之後，情緒就變得很不正常，不知胡小天那幫人到底跟她說了什麼？」

蔣少陽道：「此時卑職倒是知道一些，當時夫人和映月公主單獨談了一些事，不過停留的時間不長，也不允許任何人進去，談話的內容我等就無從知曉了。」

巴赫爾道：「胡小天此次的隊伍中有沒有一個小女孩？」

蔣少陽想了想道：「倒是有的，是個瞎老頭的孫女，一直牽著那老頭的手，為他帶路來著。」

「多大年紀？」

蔣少陽仔細思索後方才道：「五六歲吧，生得倒是粉雕玉琢，煞是可愛呢。」

巴赫爾道：「她是不是嘉歐？」

蔣少陽微微一怔，回想良久，雖然他在過去也曾經見過嘉歐，可畢竟是數年前的事情，他充滿猶豫道：「此事……我無法肯定……小孩子看起來都差不多。」

巴赫爾一把抓住他的領口，怒視他道：「蠢貨，難道你不會看看她頸部後面有沒有智慧鳥的紋身？」

蔣少陽心中暗罵，你才是蠢貨，我總不能如此冒昧衝上去就掀開人家小女孩的衣領看？別人會怎麼看我？嘴上卻道：「屬下無能，屬下無能。」

巴赫爾放開他道：「快去，馬上給我查清這件事，務必要在最短的時間內查出那小女孩的身分。」

「是！」蔣少陽匆匆離去。

今日已經是齋戒日的倒數第二天，前來火樹城朝拜祭祀的人也達到了最高峰，蔣少陽離開城主府之後並未前往蝶園，而是來到了位於江南街的一間茶館，原來他早已約好了和友人在這裡相見。

挑開竹簾，進入雅閣，一位青衫男子盤膝坐在那裡，那男子靜靜望著窗外，右邊的臂膀空了一塊，卻是少了一條右臂，此人正是丐幫少幫主上官雲冲，其實他的真名乃是上官雲峰，一直以來他都是以孿生兄弟的身分出現人前，前往天香國應徵駙馬的也是他，只是此番出師不利，非但沒有選上駙馬，還丟掉了一條右臂。

蔣少陽來到房間內，向上官雲峰深深一揖，恭敬道：「小的參見少幫主！」

上官雲峰轉過頭來，臉上的表情淡漠中帶著些許的憂傷，姬飛花的一劍不但斬斷了他的臂膀，同時斬去的還有他的驕傲。上官雲峰微微揚起下頜：「坐吧！」

蔣少陽頗有些受寵若驚，點頭哈腰地在上官雲峰的對面坐下，拿起茶壺先給上官雲峰添滿茶，然後自己倒了一杯，飲了一口茶，方才將剛才從巴赫爾那裡得到的消息原原本本告訴了上官雲峰。

上官雲峰聽完心中不禁一驚，這個消息不但及時而且重要，靈女已經按照他們的計畫選定，只等正式宣佈，卻想不到中途發生這樣的偏差如果此事敗露，彤雲大祭司在紅夷族中的威信必然毀於一旦，而他們控制整個紅木川的目的也會破滅。

上官雲峰低聲道：「此事是否屬實？」

蔣少陽道：「還未證實，巴赫爾就讓我去查這件事。」

上官雲峰想了想向蔣少陽道：「你去回稟他，那女孩就是嘉歐！」

蔣少陽眨了眨眼睛：「能夠確定？」

上官雲峰唇角現出一絲陰冷的笑意：「無論能否確定，都要告訴他，那女孩就是嘉歐！」

蔣少陽此時終於明白了上官雲峰的意思：「屬下明白！」

黑吻雀披著晚霞的光芒落在夏長明的手上，嘰嘰喳喳了一會兒，又振翅飛走。

夏長明臉上的表情卻突然變得凝重起來，他快步來到胡小天的身邊，低聲道：「主公，咱們周圍的碉樓內調來了不少的武士。」

胡小天點了點頭，抬起頭仰望碉樓的方向，低聲道：「看來這位城主夫人終於還是沒能守住秘密。」

夏長明道：「主公，怎麼辦？」

胡小天淡淡笑了笑：「區區一個火樹城當然不必擔心，就怕有人趁機作亂。」

夏長明道：「主公懷疑丐幫？」

胡小天道：「既然丐幫想要在靈女之事上做文章，我看他們應該籌畫了不止一日，再有三天就是紅海大會，丐幫的頭面人物陸續來此，其勢力不可低估，或許他們的人早已滲入到火樹城的各個層面，我們不得不防。」

第三章

彤雲大祭司護法

胡小天望著這師徒二人離去，心中暗叫不妙，
他雖然和影婆婆並未有過交手經歷，可是聽閻怒嬌說過，
影婆婆乃是五仙教四大護法之一，在五仙教輩分很高，
即便是五仙教主也要對她尊敬有加，
這樣的一位人物若是為彤雲大祭司護法，
就意味著自己的劫持計畫增加了不少的變數。

夏長明環視周圍的碉樓道：「我們所住的地方，全都處在他們的監視之下，一旦他們決定攻擊我們，從碉樓之上發動進攻，利用弓箭就可以將整個蝶園封鎖。」

胡小天微笑道：「越是以為一切都在他們的掌握之中，越是容易麻痹大意，任何事都有兩面，有優勢就有劣勢。」

此時梁英豪來到兩人的面前，恭敬道：「主公，事情已經安排好了。」

胡小天點了點頭道：「進屋裡說！」他又讓夏長明將喬方正、展鵬和龍曦月請進來。

幾人到齊之後，胡小天將碉樓開始集結兵力的事情告訴了他們。

龍曦月秀眉微顰道：「難道尕諾將小歐的事情洩露了出去？」

胡小天道：「也許是無心，她太想跟女兒在一起，只是並不瞭解巴赫爾的豺狼本性。」

喬方正道：「難道他們想要攻擊咱們嗎？」

胡小天道：「不排除這個可能，當年拔哥死得蹊蹺，我打聽到了一些情況，這巴赫爾曾經和尕諾是一對戀人，後來尕諾卻嫁給了拔哥，奪妻之恨，他害死這位同胞兄長也有充分的理由。」

喬方正道：「他只要敢對咱們下手，老夫就要了他的狗命。」

龍曦月道：「他們人太多，畢竟這裡是火樹城，我們總共才有十五個人，不可能跟這麼多人抗衡，不如咱們先離開這裡，讓他們誤以為我們已經離開，然後再殺個回馬槍，打他們一個出其不意。」

幾人紛紛點頭，龍曦月的這個主意非常合情合理，雖然自己這邊有幾個高手，可畢竟眾寡懸殊，眾人的目光都聚集在胡小天的身上，最終的決定權還在他這裡。

胡小天道：「我們今次前來火樹城的目的是什麼？」

梁英豪道：「當然是掌控火樹城拿回紅木川。」

胡小天微笑道：「暫避鋒芒雖然是明智之舉，但是躲得過一時躲不過一世，終究我們還要迎來面對挑戰的一刻，更何況我們若是走了，一旦讓他們的奸計得逞，選定靈女之後，再想翻盤必然難於登天。」他停頓了一下又道：「我們只有十五個人，憑什麼掌控火樹城拿回紅木川？紅夷族有數十萬人，想要收服他們只剩下唯一的途徑。」他的目光投向龍曦月。

雖然胡小天接下來的話並沒有說出來，可龍曦月也已經明白他要說什麼，唯一的途徑就是小歐，只要確立了小歐的靈女身分，他們就可以通過小歐進而掌控整個紅夷族，只要紅夷族歸順了他們，那麼整個紅木川就可以不費一兵一卒平定。

喬方正道：「你說得雖然很有道理，可是如何讓他們承認小歐的靈女身分呢？」他說出了所有人的共同想法。

展鵬道：「想要他們承認靈女的身分，必須由大祭司出面，如果再加上城主夫人尕諾證明小歐就是失蹤的女兒，那麼這件事就自然沒有任何的疑義。」

胡小天微笑點頭道：「展鵬說到了點上，巴赫爾雖擁有了不少的紅夷族猛士，但他並非紅夷族真正的精神領袖，只要靈女在咱們這一邊，一切自然迎刃而解。」

喬方正忍不住潑冷水道：「可惜大祭司並不站在你這邊。」

梁英豪道：「看他們的架勢，用不了太久時間就會對我們發起進攻。」

胡小天道：「所以咱們要先下手為強，打他們一個出其不意。」

眾人不知他所說的先下手為強是什麼？就憑著他們現在的人數恐怕不足以支持發動一場戰爭。

胡小天道：「我準備將彤雲大祭司請到這裡來，只要她身在蝶園，我看巴赫爾膽子再大也不敢向咱們發動攻擊。」

龍曦月擔心道：「神廟周圍有近十萬名紅夷族人，你難道不怕事情敗露？」

胡小天笑道：「百萬又如何？有大祭司在我手中，那些信徒絕不敢輕舉妄動，他們只要敢追過來，就剛好讓他們做個見證。」胡小天向喬方正道：「喬老前輩負責坐鎮蝶園，展鵬和梁英豪率領其他人協助，我和長明兩人前往神廟將彤雲大祭司帶回來。」

夏長明點了點頭道：「主公讓我去我就跟著去！」雖然知道此行必然冒著極大的風險，可既然胡小天提出，對他而言就是義無反顧的事情。

胡小天哈哈大笑，拍了拍他的肩頭道：「不入虎穴焉得虎子！」

胡小天和夏長明出發前，龍曦月送到門前，抓住胡小天的手久久不願鬆開，胡小天笑著安慰道：「你不用擔心，我這次去必然成功，神廟內部有我的內應呢。」

龍曦月將信將疑道：「你又沒有來過這裡，怎會有內應？」胡小天並沒有告訴她閻怒嬌的事情，微笑道：「等此事結束之後，我介紹你們認識。」

龍曦月美眸轉了轉，咬了咬櫻唇道：「莫不是你跟裡面的某位祭司也是……」她本想說老相好這三個字，可話到唇邊終覺不雅，又硬生生咽了回去。

胡小天笑著放開了她的手，和夏長明離開，兩人走出一段距離，夏長明低聲向胡小天道：「主公，有人跟蹤咱們？」

胡小天以傳音入密道：「發現了，不必回頭。」他看到前方拐彎處有一道小巷口，快步走了進去，兩人一進巷口就扶著兩邊的牆壁攀爬上去，沒過多久，就看到兩名身穿紅夷族服飾的男子鬼鬼祟祟進入了小巷。

那兩人看到前方失去了蹤影，以為自己跟丟了，不由得摸了摸後腦勺，卻聽頭頂傳來一聲呼哨，兩人同時抬頭望去，卻見兩道身影猶如神兵天降般撲落下來，胡小天和夏長明同時出手，將兩名跟蹤者擊暈在地，將他們拖到無人角落，迅速扒光兩人的外衣換上。

換好紅夷族服飾的兩人大搖大擺向神廟的方向走去，最好的隱蔽方法就是融入到群眾的汪洋大海中去。

胡小天在途中向夏長明講述了他的詳細計畫，由他潛入神廟抓住大祭司，等控制住大祭司之後，夏長明負責接應，想要衝出這些紅夷族信徒的包圍圈，單憑走路是沒有任何可能的，必須依靠空中飛行，這就得倚重夏長明的馭獸術。

夏長明道：「這沒有問題，到時候我召喚群鳥，利用群鳥帶著咱們突圍。」

胡小天此前已經來過一次神廟，此次已經是輕車熟路了，帶著夏長明來到神廟外的叢林中，他讓夏長明在這裡等待，自己則悄然翻牆而入，沿著此前的路徑來到了閻怒嬌所住的院子裡，還沒等他靠近，卻見閻怒嬌和一位黑衣蒙面的老嫗一起出來，胡小天慌忙隱匿身形，卻聽那老嫗道：「小嬌，為師看你總是神不守舍，究竟是什麼緣故？」

閻怒嬌道：「哪有的事情？師父一定是誤會了。」

胡小天心中一怔，從兩人的對話中可以判斷出那老嫗必然是閻怒嬌的師父，五仙教元老級的人物影婆婆，不是說她此次不會前來嗎？為何親自過來了？這下只怕麻煩了，本想閻怒嬌協助自己一臂之力，現在影婆婆既然過來了，自己根本沒有接近她的機會。

影婆婆道：「小嬌，最近你的內力提升了好多呢，是不是有什麼奇遇？」

閻怒嬌被問得有些驚慌，她總不能實話實說，小聲道：「可能是弟子最近悟性提升的緣故。」

胡小天心中暗笑，小妮子把我的功勞全都抹殺了，還不是我射日真經的緣故。還好影婆婆並未繼續追問下去，低聲道：「走吧，今日未時你師姐就要公開繼任靈女，難免會有意外情況發生，我們為她護法。」

胡小天望著這師徒二人離去，心中暗叫不妙，他雖然和影婆婆並未有過交手經歷，可是聽閻怒嬌說過，影婆婆乃是五仙教四大護法之一，在五仙教輩分很高，即便是五仙教主也要對她尊敬有加，這樣的一位人物若是為彤雲大祭司護法，就意味著自己的劫持計畫增加了不少的變數，更何況閻怒嬌被看得死死的，自己又缺少了一個內應，果然是計畫不如變化，必須及時想出應對之策。

胡小天正準備離去之時，又看到一名紅衣蒙面女子從院門出處探出頭來，她叫了一聲什麼，胡小天聽不懂紅夷話，不知她說的是什麼，可閻怒嬌所住的房間內卻傳來一聲回應，原來房內還有一人。

胡小天隱約猜到應該是催促裡面女子快走的意思，那紅衣蒙面女子喚了一聲之後馬上離去，胡小天躡手躡腳來到門前，卻見果然有一名紅衣女子在裡面收拾整理衣服，胡小天悄聲無息地溜了進去，伸手點中那女子的穴道，在女子倒地之前將她扶住，卻見她也是一身紅袍，罩得嚴嚴實實，只露出一雙眼睛，胡小天心中萌生出一個大膽的計畫，迅速將那女子的紅袍扒了下來自己換上，不過自己的身形要比這女子魁梧許多，這可難不住胡小天。

他迅速用易筋錯骨將身體縮小到和那女子相仿，又拿起睫毛筆刷了刷睫毛，這樣看起來差別就不大了。

方才將那女子藏起，又聽到外面的催促之聲。

胡小天低著頭走出門去，看到那外面的紅袍女子並沒有看出破綻，顯得頗不耐煩嘰哩咕嚕地說了幾句，又將手中其中一捧鮮花遞給了胡小天。胡小天捧著那束鮮花，跟著她一起走出院子。

兩人來到後院，卻見後院已經有四十多名紅袍蒙面女子在那裡等候，易筋錯骨改變體型之後的胡小天站立其中並不違和。

在院落的正中間立著一隻白象，白象身上披著精美的坐鞍，胡小天心中暗忖，這白象可能是大祭司的坐騎，他首先想到的卻是如何利用這頭白象回頭奪路而逃。

就在胡小天打著自己的小算盤的時候，房門輕響，身穿白色長袍的大祭司彤雲從裡面走了出來，她的兩旁有兩名紅衣女郎扶著她的手臂，身後長袍裙擺甚長，有兩名紅衣女郎在後面負責抬起，在最後出來的是影婆婆和閻怒嬌，她們兩人今日充當的卻是護法之責。

馭者做了個手勢，那白象跪倒在了地上，四名紅衣女以膝蓋和背部形成階梯，彤雲緩步登上白象的背部，姿態極盡優雅地坐下，看起來宛如出淤泥而不染的白蓮，胡小天看到她清高不凡的樣子心中暗暗好笑，這女人表面純潔無暇，其實背後卻是一個小蕩婦，紅夷族人若是知道他們敬若神明的大祭司居然早就成了丐幫少幫主的胯下玩物，不知要憤怒成什麼樣子。

白象緩緩起身，載著大祭司彤雲向外走去，四十名神廟侍女分成兩列開路跟隨，胡小天恰恰屬於跟在後面的那一列，他穿著長袍混在眾侍女之中，儘量保持和對方步調一致，這廝的適應能力超強，在眾目睽睽之下居然沒有流露出任何的破綻，不過這也和眾人大都是虔誠的信徒，根本不會關注其他的事情有關。

彤雲大祭司騎著白象緩緩而行，出了神廟內苑，來到外苑，那成千上萬的信徒全都匍匐在地上，彤雲大祭司走走停停，時而口中念念有詞，時而揮舞手中的孔雀翎，胡小天聽不懂她在說什麼，可看情形應該是祝福，從內苑到神廟大門，短短的一段路途就走了一個時辰，當大祭司的隊伍出現在神廟大門之時，場面更是恢弘壯闊，數萬人夾道跪拜祈福，胡小天不得不感歎信仰之力，心中同時也為這些信眾感到不平，彤雲大祭司根本就是個騙子，騙了這些信眾不算，現在還打算幫著上官雲冲騙取火樹城。

彤雲大祭司的隊伍從人群中的神道經過，一路向南，向前方的靜心潭走去。

與此同時，一支由一千名紅夷勇士組成的隊伍將蝶園團困起來，統領這支隊伍前來的乃是有紅夷族第一勇士之稱的晃扎，不過他們雖然將蝶園圍困，卻並沒有急於發動進攻，而是秉承著先禮後兵的策略，先派出通譯蔣少陽前往交涉。

蔣少陽通報自己的身分之後進入蝶園，映月公主龍曦月接見了他。

蔣少陽至少在表面上還保持應有禮數，躬身抱拳道：「卑職參見公主殿下。」

龍曦月淡然道：「是蔣大人呢！不知你們派出這麼多武士將這蝶園層層圍困又是為了什麼？難道這就是紅夷族的待客之道？」

蔣少陽微笑道：「公主殿下勿怪，在下此來就是專門向公主解釋這件事。」

「說吧！」

蔣少陽道：「皆因我們收到了消息，說我家城主夫人失蹤的女兒就在你們這裡，所以奉了城主夫人之命，特地前來迎接。」

龍曦月道：「你哪聽來的消息，這裡可沒有你要找的人。」

蔣少陽呵呵冷笑道：「公主殿下還是不要為難在下的好，這裡是火樹城，並不是天香國，在下前來勸說也是為公主殿下著想，依著紅夷族人的意思，他們早就衝了進來。」

素來溫柔的龍曦月卻表現出前所未有的堅強，冷冷望著蔣少陽道：「火樹城又如何？火樹城難道不是紅木川的一部分？紅木川隸屬天香國管轄，現今朝廷已經將紅木川送給了本宮，你們這樣做，就是對本宮不敬，就是對朝廷不敬！」

蔣少陽笑了起來：「公主殿下，在下必須提醒您一句，雖然天香國將紅木川列為自己的領地，可是紅木川上的百姓卻從未承認過，只有生活在這裡的百姓才是這片土地的真正主人。」

龍曦月並不否認他這句話充滿了道理，但是現在並不是講道理的時候，她柳眉倒豎道：「你沒資格跟我說話，讓你們的城主和城主夫人過來！」

蔣少陽陰惻惻笑道：「看來公主殿下是敬酒不吃吃罰酒……」威脅的話還沒說完，一條身影已經從一旁飛掠而至，卻是展鵬。

蔣少陽只覺得眼前一晃，臉上已經挨了一記響亮的耳光，這一巴掌將他抽得倒飛了出去，重重跌倒在了地上，臉上熱辣辣的痛。

展鵬怒視蔣少陽道：「混帳，一個醃臢貨色竟敢對公主無禮，信不信我一刀砍了你？」

蔣少陽嚇得坐在地上不停向後挪動，顫聲道：「兩國交兵不斬來使……你……你講不講規矩……」

梁英豪走了過來照著他的胸口就是一腳：「這就是規矩！」

龍曦月歎了口氣道：「算了，他也只是替人傳話，你們不必為難他。蔣大人勞煩你回去代我轉告你們的城主，有什麼事情讓他自己過來，這外面的武士限他半個時辰之內撤去，不然本宮會定他謀反之罪。」

蔣少陽心中暗笑，這映月公主也實在太單純了，都已經是泥菩薩過江自身難保，還要定巴赫爾的謀反之罪？說出來不怕人笑話。不過他也不敢在蝶園多留，看得出這些人全都是狠角色，真要衝突起來，倒楣的人首先就是自己。

蔣少陽灰溜溜退出蝶園。

蝶園的花園內，喬方正靜靜坐在陽光下，小歐就在不遠處和蝴蝶嬉戲著，她忽然停了下來，來到喬方正身邊，嬌聲道：「喬爺爺，我娘說要來接我，可為何還沒有過來？」

喬方正笑了笑，伸出手去，輕輕將小歐的身軀攬入懷中，柔聲道：「會來的，她此刻說不定已經來了。」

尕諾充滿憤怒地望著巴赫爾：「你放我出去！」

巴赫爾冷冷望著她道：「這麼急著出去做什麼？真以為找到了女兒？你給我聽著，你女兒已經死了，你和拔哥所生的賤種已經死了！」

尕諾用力搖了搖頭道：「她還活著，我知道她還活著……」

巴赫爾忽然伸出手去，一把抓住了尕諾的脖子，扼得她就快透不過氣來，尕諾終於開始反抗，拚命抓住他粗壯的手腕，如果換成過去，她或許會選擇逆來順受，一死了之，可是女兒的出現讓她的心中重新煥發了生機，她不可以死，不可以拋下女兒孤零零的一個。

巴赫爾的表情因憤怒而變得猙獰，最終他還是選擇放手，低聲道：「你本來有選擇的，你可以跟我好好生活，做我的妻子，我們可以生下屬於自己的孩子。」

尕諾用力搖了搖頭：「是你害了他，是你害死了他……」

巴赫爾怒吼道：「他該死！是他將你從我的身邊奪走，奪走了你，奪走了我的幸福！」

尕諾流淚道：「就算他得罪了你，可是我的女兒是無辜的。」

巴赫爾搖了搖頭道：「那賤種活在這世上一天，你的心就不會真正屬於我，所以我要讓她死，別以為我不知道她就在蝶園！」

尕諾驚恐萬分：「你……你想幹什麼？」

巴赫爾的目光中充滿了殺機。

尕諾撲通一聲在他的面前跪了下去：「求求你，求求你放過她，她還只是個孩子，她……她還是靈女，你傷害靈女會遭天譴的！」

巴赫爾一字一句道：「馬上我就親自帶著她的人頭過來見你！」

「不要！」尕諾尖叫了一聲，忽然抽出藏在靴筒中的匕首向巴赫爾刺去，巴赫爾眼疾手快，一把將她的手腕抓住，劈手奪下匕首，然後狠狠給了她一記耳光，將她打得橫飛了出去，頭重重撞在了石牆上，竟然發出骨骼斷裂的聲音。

看到尕諾躺在那裡手足不斷抽搐，巴赫爾這才意識到自己的出手實在太重，他慌忙走了過去，抱起尕諾，卻看到她的頭頂鮮血不斷冒出，頓時慌了神，大吼道：「來人！來人！」

尕諾用盡全身的力量抓住巴赫爾的領子：「放過……我……我的……」話未說完她的頭已經軟綿綿垂落下去，聲息全無，竟然撞死了。巴赫爾看到自己竟然親手殺了心愛的女人，一時間悲從心來，緊緊抱住尕諾，任憑她的鮮血染紅了自己的衣衫，懊悔的淚水滾滾而落，忽然他抬起頭來爆發出一聲撕心裂肺的悲吼。

巴赫爾心中的痛苦難以名狀，很快這種悲傷和痛苦就化為刻骨銘心的仇恨，他認為所有一切噩運都是胡小天一行所帶來的，如果胡小天沒有出現，那麼嘉歐就不會重新出現在火樹城，尕諾就不會產生這樣的勇氣來和自己對抗，自然也不會死，一切都是胡小天造成的，巴赫爾咬牙切齒，字字泣血道：「我要將你們斬盡殺絕，一個不留！」

彤雲大祭司的隊伍走過通往靜心潭的蓮花橋，眾人開始吟唱經文，胡小天也跟著嘴巴一張一合，他連最簡單的紅夷話都不會說，又怎麼可能跟著吟唱，好在那麼多人一起唱，也沒人注意他有沒有發出聲音。

隊伍走過蓮花橋，來到靜心潭最中心的三層祭台前方，白象緩緩跪了下去，彤雲大祭司姿態極盡優雅地從大象背上走了下去。

胡小天更注意的是影婆婆，她始終不離彤雲左右，想要衝上去將彤雲控制住，首先就要過她這一關，雖然胡小天對自己的武功有信心，可畢竟沒有十足的把握，影婆婆乃是五仙教元老級的人物，其詭異手段必然層出不窮，縱然自己在武功上可以勝過她，可是交手之中也會存在一定的變數。

胡小天決定耐心等待時機，沒有十足的把握絕不輕易出擊。

彤雲大祭司一步步走上祭台，四十名紅衣侍女也開始圍繞祭台排列，胡小天跟著前方那女子一步步走去，看到她上了二層，也走上台階，衣袖卻被人扯了一下，胡小天剛剛邁上台階的腳，慌忙縮了回去，才發現二層已經站滿了，幸虧同伴及時提醒，不然肯定要穿幫了。

胡小天暗自慚愧，裝模作樣地找到自己的位置站好，此時覺察有人似乎正看著自己，他悄悄望去，正和閻怒嬌的目光相逢，剛才雖然胡小天及時補救了回來，仍然被站在祭台外圈的閻怒嬌發現，胡小天朝閻怒嬌擠了擠眼睛，慌忙又垂下頭去。

閻怒嬌本來尚在懷疑，可看到這廝擠眼，頓時猜到了他的身分，她知道胡小天擁有易筋錯骨的本事，可以自由變換身形，只是沒料到他的膽子居然這麼大，竟敢偽裝成侍女混入祭祀的隊伍之中。

彤雲大祭司來到祭台中間，她張開雙臂，口中念念有詞，隨著她的誦念，周圍侍女開始圍繞祭台逆時針轉動，胡小天跟著依葫蘆畫瓢，也學著別的侍女的樣子。閻怒嬌的目光忍不住向他飄去，胡小天在這種時候居然還能抽空向她拋出一個媚眼，閻怒嬌差點沒笑出聲來，馬上意識到自己千萬不能在此時發笑，若是引起懷疑，豈不是對胡小天不利，只是這小子葫蘆裡究竟賣的什麼藥？

彤雲大祭司的身軀原地旋轉起來越轉越急，周圍侍女也是越轉越疾，原本平靜的靜心潭中，九道噴泉衝天而起，噴泉的圍護之中，一朵金色蓮花冉冉升起，噴泉的雨霧灑落在金色蓮花之上，金色蓮花緩緩舒展開來。

圍觀信眾看到眼前奇景，一個個匍匐在地，連連祈禱。

胡小天暗讚這彤雲大祭司會玩花樣，眼前這神奇的一幕根本就是人為製造，那朵金色蓮花早已暗藏在靜心潭內，搞得那麼神秘無非是糊弄那幫信徒，胡小天過去也曾經見過類似這樣的情景，那金色蓮花雖還沒有開啟，他就已經猜到，那含苞待放的花骨朵中必然藏著一個人，彤雲大祭司為了推出假靈女也可謂是煞費心機了。

胡小天心中明白，一旦讓那朵金色蓮花展開，所有信徒必然對其中的靈女深信不疑，他要及時阻止這件事，引開所有信徒的注意力。此時胡小天已經旋轉到另外一個角度，剛好可以避開影婆婆，胡小天當機立斷，猛然啟動，胡小天可謂是動如脫兔，他要搶在影婆婆做出反應之前拿下彤雲大祭司。

眾人的注意力都集中在那朵緩緩開啟的金色蓮花之上，誰也沒有想到會突然發生這樣的變化，等他們意識到，胡小天已經跨越眾人衝到彤雲大祭司的面前。倉促之中，彤雲揚手向胡小天抓去，指甲上的金屬指套，脫離手指宛如勁弩激發，咻咻咻近距離向胡小天射去。

胡小天的動作如同鬼魅一般，瞬間消失在彤雲的面前，只留下數道虛影，射出的金屬指套全都落空，有兩顆竟然射在侍女的身上，兩名侍女慘叫一聲無辜送命。

胡小天繞到彤雲大祭司身後，摟住她的肩膀扣住她的脖子，足尖一點，向祭台下飛去。

影婆婆此時已經無聲無息逼近胡小天，正欲發動進攻，卻聽閻怒嬌一聲嬌叱：「哪裡走！」她揚起右臂，接連射出袖箭，看似射向胡小天，可實際上卻全都貼著胡小天的身後飛了出去，其實是封住了胡小天後方的道路，等於阻擋了影婆婆。

胡小天趁機飛掠而出，帶著彤雲大祭司宛如大鳥一般，飛到那白象的背上，揚起右手，照著白象的屁股就是狠狠一拍，那白象雖然皮糙肉厚，可是被他這重重一拍也痛得慘叫了一聲，撒開四蹄向前方狂奔起來。

原本那些信徒準備衝上來營救大祭司，可是看到那白象突然發狂，一個個嚇得向兩旁退去，誰也不敢在這種時候衝上去，衝上去也只有被踏成肉泥的份兒。

白象甩動長鼻，忽閃著兩隻蒲扇大小的耳朵，四蹄狂奔，雖然動作幅度不快，但是因為身高體長的緣故速度也不容小覷。

影婆婆在一名信徒頭頂踏了一下，借力飛起，閻怒嬌也追到了她的身邊，佯裝驚慌道：「師父，師姐被人給擄走了！」

影婆婆滿臉狐疑地看了她一眼，這小妮子剛才根本是故意封住自己的去路，現在又有意拖延，真當老身看不出來嗎？她沉聲道：「還不趕緊追！」

此時白象載著胡小天和彤雲大祭司已經奔出一段距離，在場的近十萬信徒看到大祭司被擄，誰也顧不上靜心潭水面上的那朵金蓮花，一個個全都跟著白象追逐起來。這種雄壯的場面也只有在兩軍對壘的戰爭中可以見到。

胡小天卻是孤身一人，面對身後近十萬追兵，他絲毫不見慌亂，望著臉色蒼白的戰利品，他哈哈大笑，轉身望去，卻見影婆婆和閻怒嬌兩人在人潮之上凌空飛躍，兔起鶻落，正從兩個不同的方向逼近自己。

胡小天心中暗暗叫苦，這影婆婆的身法好快，夏長明啊夏長明，你小子也該到了，你再不來，我恐怕就要被拖住了！

就在胡小天期盼夏長明到來之際，晴朗的天空中飄來一大片烏雲，撲啦啦的振翅之聲有若悶雷，眾信徒抬頭望去，卻見頭頂哪是什麼烏雲，乃是數以萬計的鳥兒集結而成，遮天蔽日，連日光都被牠們的身影擋住，條然那鳥兒從空中俯衝而下，向下方信徒們展開一場瘋狂攻擊。

影婆婆眼看就要追上那隻白象，前方的通路又被鳥群封堵，她不得不慢了下來，驅散那些紛繁而至的鳥兒。

胡小天駕馭白象，信馬由韁，此時一片白色鳥群從上方俯衝而至，卻是夏長明驅策著一片鳥群來到他的身邊，胡小天笑道：「你總算來得及時。」他將彤雲大祭司扔給了夏長明，夏長明帶著彤雲大祭司在鳥兒的簇擁下飛起，按照胡小天的計畫，鳥群保持在三十丈的高度，緩緩向蝶園的方向移動。

胡小天則繼續駕馭白象向前方狂奔，有些人看到彤雲大祭司被鳥群帶走，還有一些人以為彤雲大祭司還在白象的身上，所以追逐的人群出現了分流。

胡小天哈哈大笑，殊途同歸，他也要將這群人引向蝶園，一步步實施自己既定的計畫。

巴赫爾跨坐在一匹黑色的高頭大馬上，凝望蝶園的大門，目光中充滿了刻骨銘心的仇恨，他咬牙切齒道：「晃扎？為何還不發動進攻？」

晃扎道：「城主，您不是說入夜後他們還不交人才開始進攻嗎？」他的內心有些不解，巴赫爾怎麼突然改變了念頭。

巴赫爾恨恨點頭道：「傳令下去，踏平蝶園，將裡面所有人給我斬盡殺絕！」

晃扎雖然是紅夷族第一勇士，可並非有勇無謀之人，聽到巴赫爾的這個命令心中不由得一驚，圍困蝶園是一回事，將蝶園裡面的客人斬殺殆盡又是另外一回事，他低聲提醒巴赫爾道：「城主，裡面的是天香國的映月公主和駙馬，此事……」

巴赫爾怒視晃扎道：「連你也要違背我的命令嗎？紅木川從來都不屬於天香國，這裡是我們紅夷族的，我要砍下他們的腦袋懸掛在望天樹的枝頭，我要讓天香國的那幫混帳知道，我紅夷族的土地絕不容外人侵犯！」

晃扎沉默了下去，稍有理智的人都會看出巴赫爾正處於瘋狂的邊緣，紅夷族雖然勇猛頑強，但是他們還不足以和天香國對抗，若是當真血洗蝶園，斬殺天香國的公主和駙馬，恐怕將會為整個紅夷族帶來滅頂之災。

巴赫爾猛然拔出腰間彎刀指向晃扎道：「你有沒有聽到？有沒有聽到？」

晃扎點了點頭，他揮了揮手，傳令道：「蒙格勒、蓋鐸，你們兩人各領一百人從前後門突入蝶園。」

「是！」

就在眾人準備展開進攻時，蝶園的大門卻緩緩打開了，一個雙目失明的老者拄著一根拐杖出現在大門前，淡然道：「這麼大陣仗，欺負我這個瞎子看不到嗎？」

晃扎濃眉皺起，冷哼一聲道：「來人，把他抓起來！」

兩名彪形大漢雄赳赳氣昂昂地走了過去，兩人伸出手去想把這瞎子抓起，可手剛一觸及對方的身體就感覺到一股無形潛力撞在他們的胸口，兩人四仰八叉地飛了出去。

眾人壓根沒有搞清發生了什麼事情，也沒見這瞎老頭兒動手，怎麼就把人給打飛了？喬方正歎了口氣道：「無恥之徒，以為老叫花子當真那麼好欺負嗎？」足尖一點，身軀已經衝向對方的人群之中。他身法奇快，雖然雙目已盲，可是竟如同能夠看到一樣，身軀在人群之中自由穿梭，手中打狗棒左抽右打，一時間門前千餘名武士陷入混亂之中，紛紛下馬去圍堵這瞎老頭，可這些紅夷族的武士在喬方正眼中根本不值一提。非但沒有對他造成一絲一毫的傷害，一會兒功夫地上已經躺倒了幾十人，一個個哀嚎不已。

喬方正雖然手下留了幾分情面，沒有使出殺招，但是他但凡出手都要讓對方骨斷筋折，胡小天給他的任務就是在接到黑吻雀通報之後馬上製造混亂，胡小天成功劫持彤雲大祭司，由夏長明帶著返程，而夏長明在返程之時就已經放出黑吻雀，黑吻雀抵達蝶園就等於給出了信號。

喬方正按照預先制訂的計畫出來製造混亂，按照喬方正的脾氣，就算殺光這幫紅夷族武士也不算什麼難事，可胡小天專門交代，一定不要輕易殺人，喬方正這一路走來對胡小天的智慧很是服氣，嘴上雖然不承認，可在執行他的計畫時候卻絕不擅作主張。

喬方正在這群武士之中大發神威，展鵬的身影也已經出現在蝶園東南角的望天樹上，也只有這裡剛好可以避開碉樓的監視。展鵬彎弓搭箭，瞄準了被護衛在人群中的巴赫爾。喬方正大殺四方的時候，自然有紅夷族武士去保護巴赫爾，這樣一來巴赫爾的身分暴露無遺。

射人先射馬，擒賊先擒王，這樣的距離下，展鵬有一箭射殺巴赫爾的十足把握，可是殺死火樹城主並不在他們計畫中，他們的最終目的是要控制紅木川，殺掉巴赫爾或許可以解一時之氣，對他們控制這一區域卻沒有任何的幫助。

展鵬目光覷定敵陣，猛然一箭射出，咻！這一箭追風逐電般射向敵陣，晃扎第一時間察覺到了危險來臨，他橫跨一大步，發出一聲虎吼，手中彎刀向奔若疾電的羽箭劈去，在晃扎出刀的同時，展鵬射出了第二箭。晃扎的彎刀劈在箭桿之上，令羽箭改變了方向，可是接踵而至的第二箭已經成功突破了他的防禦，鏃尖射入巴赫爾坐騎的右眼，貫顱而入，駿馬一聲哀鳴撲倒在了地上，巴赫爾馬失前蹄，也從馬背上滾落了下去，狼狽不堪。

身邊武士慌忙衝上去將他扶了起來，而此時空中一群飛鳥掠過，徑直投入蝶園之中。卻是夏長明帶著被制住穴道的彤雲大祭司安然返回，展鵬在樹冠內看到夏長明已經得手，馬上吹響呼哨。

喬方正聽到這聲呼哨，隨手就是兩棍，將身邊的兩名紅夷族武士擊倒在地，轉而向蝶園的大門退去。

眾武士早已被這瞎老頭打得膽戰心驚，雖然圍攏在周圍呼喝連連，卻都是虛張聲勢，沒有一個膽敢靠近。

坐騎被射殺，摔得七葷八素的巴赫爾大吼道：「殺了他……殺了他……」聲音中明顯透著恐懼，他又不是傻子，剛才展鵬那一箭，如果要射殺他根本就是輕而易舉，得虧人家射的是馬。

一幫紅夷族武士只是吆喝並沒有多少實際動作，此時眾人感覺地面顫抖了起來，卻聽潮水般的喊殺聲從遠處傳來，同時轉身望去，卻見遠處數不盡的紅夷族信徒宛如潮水般向這邊包圍而來，最前方一個蒙面紅袍人騎著一頭白象正在朝著蝶園的方向亡命狂奔。不用問這騎象之人就是胡小天。

眾人看到大象瘋狂奔來，誰也不敢攔截，慌忙向兩旁散開。巴赫爾和他手下的那些武士，也不清楚這數萬名信徒因何而來，看到眼前情景，一個個嚇得面無血色，雙腿發軟，他們雖有一千人，可是面對這近十萬名信徒，根本沒有抵擋之力。直到他們聽清，信徒高呼，放下大祭司，放下大祭司的聲音，方才明白，原來信徒跟著跑過來是要營救大祭司的。

胡小天哈哈大笑，揚聲道：「大祭司在我的手裡，你們若是想要她活命，就給我乖乖留在外面。」那白象已經從人們散開的道路之中衝入蝶園的大門，喬方正也隨之閃身而入。

梁英豪看到他們全都安然返回，慌忙指揮武士將蝶園大門重新關閉。

那頭白象仍然處在瘋狂之中，亡命向裡面奔去，胡小天雖然有辦法讓牠奔跑，卻無法讓牠冷靜下來，還好此時夏長明及時趕到，飛身來到白象背上，輕輕撫摸牠的大耳，不知念叨了一句什麼，那白象的情緒居然漸漸平復下來，放緩腳步停在院落之中。

胡小天從白象背上跳了下去。

龍曦月聽說胡小天回來也出來見他，看到胡小天不倫不類的樣子，忍不住笑了起來，胡小天把蒙在頭上的紅布扯下，笑瞇瞇道：「大祭司呢？」

展鵬指了指房間內，胡小天點了點頭，轉身向外面朗聲道：「爾等都給我聽著，你們的彤雲大祭司就在我的手裡，如果你們任何人膽敢進入蝶園半步，我就把她殺了！」他中氣十足，聲音遠遠送了出去。

胡小天的聲音傳遍四方，可是真正能夠聽懂的不多。巴赫爾也聽不懂，問過通譯蔣少陽方才明白胡小天說的究竟是什麼，此時那些信徒也已經來到蝶園外，聽聞火樹城城主在此，馬上推選代表過來向他稟報神廟發生的事情。

在這些紅夷族人的心中，大祭司顯然要比這位城主的地位更加重要，城主死了還可以再選，可大祭司若是被人殺了，可就是驚天動地的大事。

巴赫爾本來已經佈置完畢，剛才陣型被攪亂，不過他還有備選方案，只要他一聲令下，埋伏在周圍碉樓內的弓箭手亂箭齊發，整個蝶園無處可以倖免，保管一隻蝴蝶都飛不出去，可本該完全佔據主動的局面，卻被對方扭轉，彤雲大祭司被抓，他們投鼠忌器，若是強攻，萬一傷害到大祭司，這近十萬族人豈肯放過自己？

巴赫爾正在猶豫的時候，神廟那邊也來人了，卻是彤雲大祭司的師父影婆婆和閻怒嬌一起到了。巴赫爾此前是見過影婆婆的，影婆婆是紅夷族人，在紅夷族內也算得上是德高望重，來到巴赫爾面前，影婆婆道：「城主大人，千萬不可輕舉妄動，彤雲在他們的手上。」

其實影婆婆到現在都不清楚對方因何要抓走彤雲，巴赫爾將胡小天一行的來意簡單告訴了影婆婆，他不說自己前來圍攻蝶園的目的，只說胡小天等人劫持彤雲大祭司的目的就是為了霸佔紅木川。

閻怒嬌對這件事的來龍去脈心知肚明，等影婆婆離開巴赫爾之後，她低聲建議道：「師父為何不親自問個清楚？」

影婆婆早就看出這妮子今天的表現有些反常，輕聲道：「你讓我如何去問？」

閻怒嬌道：「師姐既然在他們的手上，不能強攻，只能採取其他的途徑解決問題，我看最好的辦法就是談判，至少要搞清對方的真正目的，我們才好再想應對之策，我看那巴赫爾不像好人，他說的話未必都是事實。」

影婆婆唇角露出一絲意味深長的笑意：「你好像很清楚內情似的。」

閻怒嬌這才意識到自己的話有些多了，慌忙道：「弟子只是為了師姐的安危著想，絕無其他的想法。」

影婆婆道：「也罷，既然如此，你便代我進去約胡小天相見，順便看看你師姐是否無恙。」

閻怒嬌咬了咬嘴唇，師父一向疼愛自己，今天卻一反常態居然讓自己身涉險境，看來一定是自己不慎露出了破綻，師父已經開始懷疑自己了，她點了點頭道：「那弟子就進去看看！」她轉身欲走，卻想不到影婆婆又伸手搭在她的肩頭之上，輕聲道：「跟你開個玩笑，師父怎麼捨得你過去，小嬌，你在外面等著，我進去會會那個胡小天，我倒要看看，他究竟有什麼本事！」

閻怒嬌本想跟著過去，又擔心自己提出之後讓師父更加懷疑自己的動機，所以只能硬生生壓下這個念頭，小聲道：「師父務必要多加小心。」影婆婆在眾人的注目下獨自一人來到蝶園大門前，叩響門環道：「胡小天，老身特來拜會，不知你有沒有這個膽子跟老身見上一面？」她的聲音雖然不大，卻清清楚楚傳遍了蝶園的每一個角落。

喬方正的耳朵抖動了一下，低聲道：「五仙教中居然也有這樣的內功高手，老夫一向以為他們只懂得下毒呢。」

胡小天道：「來了反倒是好事，影婆婆可能並不知道她徒弟做過的壞事吧。」他向眾人道：「我一個人去會會她！」

喬方正提醒他道：「五仙教擅長下毒，這影婆婆又是五仙教元老級的頂尖人物，你要小心，千萬別大意著了她的道兒。」

胡小天笑道：「她徒弟在咱們的手上，又有什麼好怕。」

龍曦月聽喬方正這樣說，也不由得擔心起來，咬了咬櫻唇向胡小天投以關切的目光，可是礙於眾人在場，她並沒有多說什麼。胡小天看出她的擔心，微微一笑，表示安慰。

胡小天來到院落之中，示意兩名武士打開大門。

卻見身材瘦小的影婆婆緩步走了進來，但凡影婆婆走過的草地，綠色的小草瞬間變得枯黃，胡小天看到眼前一幕也不禁心中一驚，這影婆婆下毒的功夫果然厲害，根本沒有看出她如何下毒，這草居然就被毒死了。影婆婆這麼幹也是為了給對方一個下馬威，在紅木川一帶膽敢招惹她的人可沒有幾個。

此時的胡小天已換回了自己的裝扮，負著雙手，笑眯眯望著影婆婆道：「時常聽說有人經過的地方寸草不生，只是百聞不如一見，今日婆婆才讓我開了眼界。」

影婆婆眼窩很深，雙目冷冷望著胡小天道：「想開眼界還不容易，老身保證還有許許多多的景象公子沒有見過，老身經過的地方甚至連一個活口都剩不下。」

胡小天哈哈大笑道：「看來婆婆果然可以做到六親不認了，您的大徒弟，彤雲大祭司還在蝶園呢。」是提醒更是威脅。

影婆婆在胡小天對面一丈左右的地方站定，打量著這個年輕人，輕聲道：「你知不知道，老身這輩子最恨別人威脅我！看來你並不瞭解我，老身最擅長的就是以彼之道還施彼身，別人利用怎樣的手段對付我，我一定可以用同樣的手段施加到他的身上。」她停頓了一下，陰惻惻道：「你不相信啊！那只管殺了彤雲就是，老身馬上就將怒嬌的心挖出來給你看看！」

胡小天內心一沉，此時方才意識到影婆婆的老辣，看來剛才閻怒嬌在幫助自己逃離的時候終究還是露出了破綻，被影婆婆發現，不過這老太婆應該沒什麼證據，之所以這樣說，很可能意在使詐，自己若是表現出關切，豈不是正中了她的圈套。

想到這裡，胡小天微微一笑道：「那麼影婆婆豈不是就沒了徒弟？親手殺了自己的徒弟，這樣大義滅親的場景可不多見，動手的時候一定要叫上我，我剛好可以跟著飽飽眼福。」

影婆婆道：「怒嬌這樣幫你，你對她的安危卻無動於衷，若是讓她知道，不知會有多傷心呢。」胡小天說得如此幸災樂禍，反倒讓她有些動搖了。

胡小天道：「影婆婆過來找我，只怕不是為了說這種無聊的話給我聽吧？你難道不想知道我和彤雲大祭司無怨無仇，為何要將她抓過來？」

影婆婆冷冷道：「識相的儘快放了她，不然就是跟整個紅夷族為敵，就是跟我們五仙教為敵，老身保證你們所有人都無法活著離開紅木川。」她的這番話並沒有誇大，紅夷族的勢力遍佈紅木川，五仙教的勢力更是遍佈整個西南，而影婆婆在部族和教眾之中都擁有著強大的號召力。

胡小天毫不畏懼道：「影婆婆知不知道，你的這位大徒弟，紅夷族的大祭司跟外人勾結，意圖通過選定靈女來控制紅木川的事情呢？」

影婆婆怒道：「你胡說！」

胡小天道：「影婆婆既然是紅夷族人，就應當知道靈女選定的規則，此前你們紅夷族的靈女嘉歐雖然失蹤，可是並沒有任何確鑿的證據可以證明她死亡，為何彤雲大祭司就急著選出新的靈女？難道你對此事就沒有一絲一毫的懷疑嗎？」

影婆婆的表情顯得將信將疑，此次選出新的靈女，乃是因為彤雲說過去失蹤的靈女嘉歐已經死去，再也感知不到她的靈犀。

胡小天道：「不瞞影婆婆，我在椰風城已經找到你們紅夷族失蹤的靈女，而你的這位大徒弟彤雲大祭司和丐幫少幫主有染，意圖通過兩人安排的靈女來獲取紅夷族的信任，進而達到控制整個紅木川的目的。」

影婆婆怒道：「空口無憑的話你最好不要亂說，彤雲乃是神廟靈女，乃是完璧之身！」

胡小天道：「是不是完璧之身我不知道，不過想要查證這件事應該不難，只需找個穩婆過來查驗，若是影婆婆願意，可以親自去查驗。」

影婆婆道：「大膽狂徒，你根本就是信口雌黃，想要侮辱我徒兒清白。」

胡小天道：「如果你徒弟沒有問題，為何靈女明明還活著，她又要選出另外的靈女？難道她不清楚一任靈女只有一個的道理？」

影婆婆道：「你既然說靈女在你這裡，不如讓我見見她，讓老身親自驗證此事的真假。」

胡小天點了點頭：「跟我來！」雖然影婆婆是五仙教元老，可她也是紅夷族人，信奉本族宗教，如果她得知事情的真相，未必會站在彤雲大祭司的一方，在眼前的情況下，必須要團結一切可以團結之人，更何況今天的事情不但關係到他在紅木川的利益，更關係到紅夷族數十萬人的利益，如果讓上官雲冲的計策得逞，紅夷族人就會被他和彤雲聯手蒙蔽。

影婆婆跟著胡小天來到房間內，喬方正早已陪著嘉歐在那裡等著，雖然他們想要通過證明嘉歐的靈女身分，達到和影婆婆合作的目的，可畢竟影婆婆此人性情喜怒無常，為了小歐的安全考慮，兩大高手同時在小歐的身邊進行保護，避免一切可能發生的危險。

聽到影婆婆的腳步聲，喬方正冷冷道：「你最好不要搞什麼花樣，否則我不但會屠盡你的門下弟子，還會殺掉我所能找到的每一個紅夷族人。」

影婆婆聽到他的聲音，再仔細看了看他的樣子，禁不住桀桀笑道：「我當是誰？原來是丐幫的喬長老，不是說你已經死了？原來還活在這世上，你的眼睛呢？什麼人這麼厲害，居然將你的眼睛給挖掉了？莫不是看了什麼不該看的東西？」影婆婆說話也是極盡刻薄。

喬方正冷哼一聲，並不理會她。

胡小天向小歐招了招手，讓她轉過身去，伸手將小歐的領子拉了下來，當影婆婆看清小歐頸後的紋身，不由得微微一怔，智慧鳥紋身的標誌只有靈女才有資格，而且這種紋身工藝相當的特殊，整個紅夷族中也只有一脈掌握。

影婆婆道：「老身可不可以走近看一看？」

喬方正冷冷道：「不可以！誰知道你抱有怎樣的目的？」

影婆婆怒道：「若是證明她是我紅夷族的靈女，老身豈會對她不利？你這瞎子當真混帳！」

喬方正將手中的打狗棒重重在地上一戳，地上青磚頓時龜裂開來，他冷哼一聲：「別人怕你，老夫可不怕你，你教徒無方，縱容包庇，竟然做出這種蒙蔽族人，喪盡天良的事情，徒兒如此，師父也好不到哪裡去。」說完這句話他自己的老臉居然有些發燒，因為他意識到自己何嘗不是教徒無方，教出的徒弟連師父都害。

影婆婆怒道：「瞎子，你活膩歪了！」

胡小天看到兩人發生爭執，慌忙當和事老道：「兩位前輩不必激動，影婆婆，以你的目力，應該是看清楚了，事情到底怎樣，只要我盤問一下彤雲，一切自然水落石出，不如前輩先去屏風後稍作迴避，我把彤雲叫過來仔細問問如何？」

影婆婆此時也已經對胡小天的話信了三分，她點了點頭，也不再勉強走近小歐查驗她頸後的紋身，胡小天說得不錯，以她的目力，在這樣的距離下足以分辨紋身的真偽，也的確沒必要勉強，事情到底如何，還是問問彤雲再說。

胡小天也讓喬方正去屏風後躲起來，一來是喬方正在場多有不便，二來也有讓喬方正盯住影婆婆的意思。

影婆婆看到這老瞎子又跟上來，心中暗罵胡小天狡詐，到現在對自己還是充滿戒心。

展鵬和夏長明兩人將彤雲大祭司帶到了胡小天面前。

胡小天先將小歐帶到彤雲的面前，讓她仔細看了看小歐的頸後紋身，然後又讓展鵬和夏長明兩人將小歐帶了出去。

彤雲並不知道屏風後還藏著兩個人，以喬方正和影婆婆的修為，想要瞞過彤雲的感知還不容易。

胡小天解開彤雲的啞穴道：「大祭司，剛才那小女孩你應當認得吧？」

彤雲沒有理會他。

胡小天道：「你不要裝出聽不懂的樣子，你彤雲大祭司學識淵博，精通多族語言，你和上官雲冲談話的時候也是毫無障礙呢。」

彤雲大祭司聽他提到上官雲冲的名字頓時顯得有些慌張了，怒視胡小天道：「你是誰？為何要將我擄到這裡？你知不知道這裡是什麼地方？知不知道得罪我們紅夷族人的下場？」

胡小天道：「大祭司，如果不知道你是誰我也就不會抓你，既然敢抓你，我也就不怕得罪任何人，我再問你一遍，剛才那小女孩你認不認識？」

彤雲搖了搖頭，以沉默應對。

胡小天道：「就算你不認識她，也應當認得她頸後智慧鳥的紋身，你自己的頸後就有同樣一個，彤雲，你身為紅夷族大祭司，竟然勾結外人，在明明知道靈女還活在世上的情況下，居然意圖指定一個假的靈女來蒙蔽族人，你該當何罪？」

彤雲冷哼一聲道：「紅夷族的事情不需你一個外人來過問！」

胡小天道：「紅夷族的事情我當然沒興趣過問，可是小鷗的事情我卻不能不管，門口的那支軍隊也一定是你引來的吧？你居然如此惡毒，為了達到你自己的目的竟然要害死真正的靈女。」

彤雲大祭司道：「你血口噴人，門口的軍隊跟我又有何關係？」

胡小天道：「彤雲，你可敢跟我出門對質？當著外面數萬紅夷族人解釋一下你今日所選的靈女究竟是怎麼回事？真正的靈女嘉歐仍然活著，你又因何斷定她已經死去？莫非你這位通曉靈力的大祭司根本就是個騙子？」

彤雲大祭司怒道：「焉知你不是找了一個冒牌貨來蒙蔽我的族人？對質？你以為他們會相信你還是相信我？」她的心態也非同一般，在占盡劣勢的情況下仍然不肯屈服。

胡小天呵呵笑道：「你當真是死不悔改，不用我提醒你和上官雲冲的關係吧？聽說身為靈女，成為大祭司之後，入主神廟期間必須保持完璧之身，你彤雲大祭司自然應當是冰清玉潔，驗證靈女的真假或許有些難度，可驗證這件事應該不難。」

胡小天的這句話有若重錘狠狠擊中了彤雲的軟肋，她柳眉倒豎，怒吼道：「大膽狂徒，你知不知道褻瀆神靈的後果？」

胡小天卻看出她叫的聲音越大，內心越是慌張，微笑道：「現在外面的那些人或許還將你當成不可侵犯的聖女，可是一旦他們知道真相，知道你在神廟內做過的那些骯髒苟且之事，他們就會知道褻瀆神靈的人是誰，你以為他們會放過你嗎？」

彤雲此時內心的防線已經幾近崩潰，她用力咬了咬嘴唇，終於軟化下來，顫聲道：「你究竟想怎樣？」

第四章

族人公敵

晃扎懊悔不已，剛才射殺巴赫爾的那一箭必然有鬼，
胡小天不可能主動挑起戰事，自己中了他人的奸計，
還好影婆婆阻止及時，沒有鑄成大錯，
若是錯手射殺了大祭司和靈女，
恐怕自己要成為族人公敵了。

藏身在屏風後偷聽的影婆婆聽到這裡心中已經完全明白了，胡小天並沒有騙她，他所說的一切都是事實，影婆婆對自己的兩個徒兒一向視如己出疼愛有加，相比較而言，她對彤雲的愛還要更多一些，內心的悲傷和憤怒難以名狀，她再也按捺不住，一個箭步從屏風後竄了出去，厲聲喝道：「你這個褻瀆神靈的賤人！」

彤雲看到師尊突然現身，頓時被嚇得肝膽俱裂，魂飛魄散，顫聲道：「師父救我……」事到如今她還想欺瞞過去。

影婆婆揚起手來照著她的面龐就是狠狠一巴掌，這一巴掌打得極狠，彤雲嘴角沁血，半邊面頰都高高腫起，影婆婆還不解恨，化掌為爪，照著彤雲的頭頂插落。

胡小天看到影婆婆當真要痛下殺手，心中暗叫不妙，真要是殺死了彤雲，自己豈不是前功盡棄，他及時伸出手去，用手腕擋住影婆婆的這一抓，兩人手腕相撞，發出蓬的一聲悶響，影婆婆瘦小的身軀微微一晃，目光中充滿詫異，這才是今天她和胡小天真正意義的第一次交手。這讓她不禁感到困惑，這小子即便是從娘胎裡開始練功，也不過二十幾年，怎地內力會修煉到如此渾厚的境地。

胡小天微笑道：「影婆婆請聽晚輩一言，殺了她也未必能夠解決問題，不但靈女之事無法解決，而且還會讓你們的族人誤會。」

影婆婆剛才只是惱羞成怒，聽胡小天這樣說不由得冷靜了下來，胡小天說得不錯，如果殺了彤雲，固然可以掩蓋住她做過的醜事，可是又如何向外面的族人交代，那些瘋狂的族人必然會將這裡夷為平地，不但胡小天這群人要遭殃，只怕真正的靈女也會受到波及。

影婆婆道：「賤人，我且留你一命，你應當知道該怎樣做？」

彤雲閉上雙眸揚起面龐，露出雪白的脖頸道：「師父，弟子自知罪孽深重，你殺了我就是。」看到事情敗露，她明白自己終究難逃一劫，索性一心求死。

影婆婆呵呵笑道：「殺了你未免便宜了你，想死哪有那麼容易？就算你死了，事情也不會結束，你以為那個禍害你的男人會有善終？老身會那麼容易將他放過？我至少有一千種辦法來折磨他，讓他求生不得，求死不能！」

影婆婆的這番威脅明顯對彤雲起到了作用，她睜開雙目，流露出惶恐的光芒，顫聲道：「師父，徒兒知錯了，我一人做事一人當，您不要再遷怒他人。」

影婆婆看到她都落到了這番田地仍然不忘為情人開脫，心中越發惱怒，強忍憤怒道：「你應當知道自己在族人心中的地位，趁著事情還可以挽回，你還是亡羊補牢，迷途知返吧！」

彤雲含淚道：「師父需答應我，此事過後，您不可再繼續追究他的責任。」她也是癡心一片，根本沒有考慮到自己的安危，仍然記掛著上官雲冲。

看到彤雲如此，胡小天心中反倒有些同情她了，這彤雲從八歲進入神廟，至今已經待了整整十八年，人誰能沒有七情六欲，那上官雲冲也是一個出類拔萃的少年才俊，不知利用什麼手段接近了彤雲，彤雲被他矇騙也是很正常的事情。

影婆婆道：「剛才你也見過靈女，告訴我，她的身分到底是不是真的？」

彤雲含淚點了點頭道：「她就是靈女嘉歐。」

影婆婆長舒了一口氣，在靈女失蹤了兩年之後終於找到，而且她還安然無恙，對整個紅夷族來說都是莫大的喜訊，影婆婆道：「我要你親口將這件事向所有族人宣佈。」

彤雲道：「徒兒願意遵從師父的吩咐，只請師父信守承諾。」

影婆婆點了點頭道：「老身素來說一不二，我有生之日都不再找他的麻煩。」

影婆婆心中暗忖，我不殺你的情郎，我一樣可以殺掉他的親人朋友，老身必然要讓他求生不得求死不能，活著比死去更加痛苦。

彤雲稍稍放下心來，她輕聲道：「師父，徒兒馬上就向族人宣佈靈女之事。」她向胡小天看了一眼，畢竟現在還是在胡小天的控制之中。

影婆婆道：「你讓巴赫爾將門前的兵馬撤了！」

彤雲道：「巴赫爾率兵前來的事情跟我無關，我根本就不知道他為何來此。」

胡小天點了點頭道：「靈女的事情還有城主夫人尕諾知道，應該是她不小心走漏了風聲，巴赫爾此次前來不僅僅是要針對我們，還要對靈女不利。」

影婆婆有些不解道：「他因何要對靈女不利？」

胡小天道：「靈女還是昔日城主拔哥和尕諾所生，拔哥當年死在椰風城，據說直到今日死因尚未查明，你們紅夷族的事情我本不想過問，可這紅木川卻是我的領地，拔哥的死因我必然要查個清清楚楚。」

影婆婆對紅木川的歸屬並無半分興趣，她所關心的只是靈女，冷冷道：「老身現在就帶你出去公佈靈女之事。」她伸手想要拉起彤雲，卻被胡小天再度攔住，胡小天笑道：「影婆婆，在巴赫爾的人退去之前，彤雲大祭司尚需留在這裡，你放心，我對她絕無惡意。」

影婆婆怒視胡小天，胡小天絲毫沒有退讓的意思，影婆婆心中暗歎，自己想要將彤雲現在就帶走應該沒有可能，且不說胡小天的武功如此高強，在屏風後的那個老瞎子武功也是深不可測，自己在他們兩人手上肯定討不到好處，她點了點頭道：「也罷，老身這就出去讓巴赫爾退兵。」

胡小天道：「只怕他未必肯聽影婆婆的差遣。」

影婆婆冷哼一聲道：「任何人都不得對靈女不利，他若是敢有加害之心，老身一樣殺了他！」她說完便轉身離去。

胡小天望著影婆婆離去，心中暗自欣喜，信仰果然是個好東西，影婆婆顯然也對靈女深信不疑，靈女小鷗在自己的這邊，就等於多了一個克敵制勝的王牌，自己現在已經完全佔據了主動，只等彤雲宣佈小鷗的靈女身分，就可以輕易扭轉乾坤，事情比預想中還要順利。

彤雲大祭司充滿怨毒地望著胡小天道：「我跟你無怨無仇，為何如此害我？」

胡小天微笑道：「你雖然跟我無怨無仇，可是那上官雲冲卻得罪了我，你幫他做壞事就是跟我作對，現在你明白了嗎？」

彤雲大祭司恨恨道：「我絕不會放過你！」

胡小天道：「身為神廟大祭司，應當以族人的幸福為己任，而不是幫著外人禍害自己的族人，你還有什麼資格跟我說話？」

彤雲被他說得無言以對，此時龍曦月牽著小歐的手走了過來，小歐有些害怕地抓緊了龍曦月的手道：「這位姐姐怎麼了？生病了嗎？」

龍曦月搖了搖頭，胡小天向她招了招手，示意她們走到近前，胡小天拉開彤雲的領子，露出她頸後的紋身，小歐驚奇道：「原來這位姐姐和我一樣，都有一個鳥兒的紋身呢。」小歐忽閃著雙眸道：「姐姐，您為什麼不說話？你病了嗎？」

望著小歐純淨無暇的目光，彤雲心中一陣羞愧，她從出生起便信奉本族宗教，可是到最後卻因為情人而犯下大錯，實在無顏面對族人，更加無顏面對天神了。彤雲咬了咬嘴唇道：「姐姐的確病了。」

影婆婆走出蝶園，身後的大門重新關閉，閻怒嬌慌忙迎了上來，關切道：「師父，您沒事吧？」

影婆婆冷冷看了她一眼道：「只怕你關心的不是老身吧！」

閻怒嬌俏臉一熱，心知自己和胡小天的事情已經被師父看出，這可如何是好？回頭應當怎樣向她解釋？

影婆婆低聲道：「你馬上去城主府一趟，將城主夫人尕諾請來，記住，一定要儘快，若是誰敢阻止你，殺無赦！」

閻怒嬌點了點頭，轉身去了。

影婆婆緩步向巴赫爾走去。

巴赫爾道：「影婆婆，大祭司怎樣了？」

影婆婆道：「她沒事，正在裡面陪著靈女說話呢。」

巴赫爾聽到靈女二字心中不由得一驚，看來拔哥和尕諾所生的女兒果然就在裡面，想到被自己誤殺的尕諾，巴赫爾心中一陣難過，繼而這難過又演變為對胡小天等人的刻骨仇恨，他這種人向來不會將錯誤歸咎到自己的頭上，只會把所有的錯誤推給別人。巴赫爾道：「影婆婆搞錯了吧，嘉歐早已死了，哪會有什麼靈女？」

影婆婆道：「可彤雲大祭司已經確認了她的身分，靈女說她的父親拔哥城主是被人害死的。」雙目冷冷望著巴赫爾。

巴赫爾不寒而慄，影婆婆在紅夷族內乃是一個相當可怕的存在，巴赫爾儘管身為火樹城主也對她忌憚三分。

影婆婆道：「你知不知道是誰害死了他？又是誰害靈女孤苦伶仃漂泊在外？」

巴赫爾內心惶恐之極，強裝鎮定道：「此事我一直都在查，我大哥就是天香國人害死的，他們意圖吞併我們的土地，奴役我們的人們，現在又讓人冒充靈女，今日我必將這幫用心險惡的賊子全都斬盡殺絕……」

影婆婆冷冷道：「不如你將夫人請出來，靈女是真是假，她一看即知。」

巴赫爾意識到影婆婆應該是對自己產生了疑心，唇角露出一絲冷笑道：「影婆婆還請退後，此事還是由我來解決。」

影婆婆點了點頭，緩緩向一旁神廟陣營中走去，從剛才的對話之中，已可看出巴赫爾絕對有問題，搞不好真讓胡小天說中了，當年的拔哥之死和巴赫爾有關。

巴赫爾使了個眼色，手下將領晃扎面露不忍之色，終於還是揚起手中的黑色鑲紅邊的三角小旗，只要小旗揮下，四周碉樓內埋藏的弓箭手就會千箭齊發，飛蝗般的羽箭就會封鎖住整個蝶園。

晃扎剛才就在巴赫爾身邊，將影婆婆和巴赫爾的對話聽得清清楚楚，他雖然舉起了小旗卻遲遲沒有揮下，猶豫道：「城主，影婆婆說真正的靈女在裡面呢，而且彤雲大祭司也在裡面。」

巴赫爾怒視晃扎，冷冷道：「你再敢抗命，我先把你抓起來……」他的話還沒說完，就有一支羽箭咻的向他射來，羽箭的速度追風逐電，撕裂空氣發出尖銳的嘶鳴，鏃尖因為和空氣高速的摩擦竟然發紅，噗的一聲正中巴赫爾的咽喉，挾帶著強大的力量穿透了他的頸部，鏃尖蘊含的強大內力將巴赫爾的頸椎擊得粉碎。

變化實在太過倉促，鮮血濺了晃扎一臉，晃扎的目光投向蝶園，他大吼一聲，猛然揮動手中的小旗。

四周碉樓內埋伏的千餘名弓箭手接到指令，馬上開始向蝶園發射，千箭齊發，箭雨如蝗，帶著一聲聲尖嘯向蝶園飛去。

展鵬始終藏身在望天樹的樹冠內觀察著外面的動靜，巴赫爾被射殺的那一箭並非他所發，展鵬看到巴赫爾被一箭穿喉，心中的震撼也是難以形容，看到四周碉樓之上的箭雨鋪天蓋地落下，展鵬暗叫不妙，他的身體沿著望天樹倏然滑落，同時高呼道：「隱蔽！隱蔽！」

這樣的射擊根本不需要追求精確度，這些紅夷族武士只要將箭準確射入蝶園就行，羽箭從碉樓上射下，強攻施加的力量再加上地心引力，殺傷力無疑增加數倍。

羽箭輕易就穿透了屋頂，射入胡小天等人用來藏身的房間內。

在影婆婆到來之後，胡小天本以為局勢已經逆轉，自己正在逐步取得控制權，這樣的突變卻是他沒有想到的。

喬方正將一根打狗棒揮舞得風雨不透，掩護嘉歐撤退，梁英豪在房間的地下已經挖掘了一個地洞，這本來是為了不時之需，現在果然派上了用場，胡小天手中破風來回抵擋，將射向他和龍曦月的羽箭撥打開來。

梁英豪推開櫃子，掀開青石板，協助眾人進去躲藏，幾人掩護龍曦月、小歐、彤雲大祭司進入其中，這會兒功夫已經有兩名武士先後中箭身亡，梁英豪的左腿也被射了一箭，胡小天慌忙上前為他拍落射向他心口的一箭。向梁英豪大吼道：「你先進去！」

夏長明大叫道：「誰來掩護我！」他抽出腰間的玉笛，可是密集的箭雨讓他根本無暇吹奏。

喬方正一言不發，護著小歐進入地洞之後，馬上來到夏長明身邊，手中打狗棒在夏長明的頭頂形成了一面無形屏障。夏長明終於得以抽身出來，他吹響玉笛。

胡小天揚起長刀，連續劈斬，將房門和格窗劈開，讓夏長明的笛聲傳得更遠。

成千上萬隻鳥兒開始向蝶園的上方聚集而來，彙集成大片的烏雲，然後又分成不同的陣列，鳥兒分別向碉樓內飛去，從碉樓的各個箭孔內進入，瘋狂攻擊著那些埋伏在其中的射手。

影婆婆宛如鬼魅般出現在晃扎面前，晃扎都沒有看清她的出手，就感覺到影婆婆尖銳的手指抵住了自己的咽喉，影婆婆的聲音冰冷無情：「讓他們停止攻擊！」

蝶園西北側的碉樓之上，一名黑衣蒙面男子傲然而立，他手中的長弓，弓弦猶自顫抖，剛才射殺巴赫爾的一劍卻是他所發。看到現場的情況陷入僵局，他感覺事情不妙，必須要儘快挑起紛爭，要讓雙方火拚，戰火雖然被他挑起，可是熄滅的速度要比他預想中迅速，先是鋪天蓋地的鳥兒向碉樓內的射手展開了攻勢，然後又看到紅夷族的將領吹響了停戰的號角。

黑衣男子的目光流露出幾分失落，他搖了搖頭，騰空飛掠而起，宛如一隻大鳥般斜行向下俯衝而去，中途足尖輕輕點在一棵大樹之上，然後身影迅速沒入林中。

他的身體剛剛進入密林，卻忽然感覺到一股森然的殺機逼近了自己周圍，咻！咻！咻！三支羽箭旋轉著呈品字形射向身在空中的男子。

男子從腰間抽出青鋼劍，手腕微微轉動，劍鋒宛如電光石火般輕點在三支羽箭的鏃尖，噹！噹！噹！噹！三聲清脆的鳴響，羽箭被他盡數擊落在地，他的力量和準度都拿捏得精確到了極致，若非有強大的信心和本領，誰敢用這樣的方式擊落飛襲而至的箭鏃。

展鵬向前跨出一步，弓如滿月，一箭射向男子的咽喉，這一箭才是他凝聚全身力量而發的必殺之箭！

男子手中青鋼劍瞄準追風逐電般奔向自己的羽箭，猛然揮去。羽箭在距離男子還有三尺距離的時候，一分為二，箭中藏箭，展鵬臉上的表情充滿了強大的自信，天下間沒有人可以在這麼短的距離下躲開自己的必殺之箭。

男子看到近距離分裂開的鏃尖，雙目中閃過一絲驚訝，可他手上的反應甚至超過了他表情的變化，手腕微微一抖，劍刃以驚人的速度左右擺動，將射向自己的兩支羽箭盡數擊落，然後他一劍劈向展鵬。一道無形劍氣脫離劍身飛出，展鵬第一時間感到對方傳來的森然殺機，他以手中的長弓去格擋，長弓應聲而斷，無形劍氣從他的上臂掠過，右臂被齊齊切斷，鮮血從臂膀中噴射而出。

男子向前一個箭步，逼近展鵬，數十道虛影團團住展鵬周身，手中青鋼劍，連續劈刺，虛影散盡，那男子的身形已經到了距離展鵬十丈以外的地方。

展鵬遍體鱗傷，周身傷口鮮血汩汩流出，全憑強大的意志支撐方才沒有倒下，寧肯站著死，絕不跪著生！

男子高傲的背影立在前方，緩緩將青鋼劍插入劍鞘之中，沉聲道：「我不殺你，幫我轉告胡小天，你的今天就是他的明天！」

箭雨停歇之後，胡小天和喬方正兩人一左一右護衛著彤雲大祭司來到門外，這是為了以防萬一，確保彤雲的安全。彤雲當眾宣佈靈女就在蝶園的消息，那幫紅夷族信徒看到大祭司無恙，又聽到靈女就在這裡，一個個匍匐在地感謝上天，包括晃扎在內的那幫紅夷族武士也全都跪了下去，晃扎此時也是懊悔不已，剛才射殺巴赫爾的那一箭必然有鬼，胡小天一方不可能主動挑起戰事，自己中了他人的奸計，還好影婆婆阻止及時，沒有鑄成大錯，若是錯手射殺了大祭司和靈女，恐怕自己要成為族人公敵了。

在眾人跪拜祈禱之時，一個人影卻在紅夷族武士的隊伍中鬼鬼祟祟向外退去，這些紅夷族人全都虔誠跪拜，並沒有留意到此人的舉動，可是胡小天卻關注著前方的變化，他看得真切，那人正是通譯蔣少陽，此人絕不是什麼好東西，胡小天將彤雲交給喬方正，一個箭步就衝了上去，蔣少陽看到巴赫爾被射殺當場，料到事情不妙，正想趁亂溜走，卻想不到有人擋住了他的去路，抬頭一看，正是胡小天。

蔣少陽擠出一絲笑容道：「都是同宗同族，行個方便。」

胡小天冷笑道：「這會兒你懂得套關係了。」他抓起蔣少陽的衣領，拎小雞一樣將他提了起來，重重扔到了地上，此時周圍眾人方才察覺發生了什麼。

晃扎走了過去，指著蔣少陽的鼻子問道：「不是你跟城主說這裡面的靈女是假的嗎？」

蔣少陽苦笑道：「我何時說過……」

晃扎勃然大怒，上前一腳將他踹翻在地：「我親耳聽到你在城主面前搬弄是非，現在你居然不肯承認，信不信我一刀砍了你！」

胡小天火上澆油道：「這種吃裡扒外的小人殺了也沒什麼可惜的。」

蔣少陽嚇得面如土色，顫聲道：「別殺我，別殺我，所有事情都是城主做的，跟我沒有任何關係，他……他還殺了夫人……」

胡小天聞言一怔，難道尕諾死了？

此時閻怒嬌縱馬奔來，她的身後還帶著一人，頭上包裹著白色紗布，竟然是城主夫人尕諾，原來尕諾剛才只是撞得昏死過去，巴赫爾本以為自己錯手殺了她，可是在他離去之後不久，尕諾竟然又醒轉過來，府內醫生為她處理傷口之時，閻怒嬌趕到，將外面的緊急狀況向她說明，尕諾聽說情況如此緊急，顧不上有傷在身，跟著閻怒嬌一起來到現場。

影婆婆看到尕諾前來，心中暗自欣慰，看來今日之真相必可大白，影婆婆也不想族人自相殘殺，當然這其中也有私心在內，雖然彤雲行為不端，勾結外人危害本族，可畢竟她是自己的弟子，影婆婆也不想此等醜事暴露出去。

尕諾在閻怒嬌的攙扶下來到晃扎的面前，目光在地上巴赫爾的屍首上掃了一眼，竟沒有流露出絲毫悲傷，她指了指巴赫爾的屍首道：「就是這個人害死了我的丈夫，害得我女兒顛沛流離，還無恥霸佔了我……」她說到這裡聲淚俱下。

周圍紅夷族人本就因為巴赫爾不顧大祭司和靈女的安危強攻蝶園而對他心生厭惡，現在又聽到尕諾親口說出巴赫爾的惡行，更是群情激奮，連帶著將晃扎為首的這幫紅夷族武士也憎恨起來，一個個咬牙切齒揮拳相向，恨不能將這些武士撕碎。

影婆婆道：「大家冷靜一下，且聽夫人怎麼說！」她內力渾厚，在人聲鼎沸的狀況下居然輕描淡寫地就將聲音傳了出去，胡小天心中暗暗佩服。

尕諾目光投向蔣少陽，蔣少陽嚇得魂不附體，他忽然發現自己成了眾矢之的。

尕諾道：「蔣少陽，你幫著他做了多少的壞事？」

蔣少陽叫苦不迭道：「夫人，我什麼壞事都沒做過，所有的事情都是城主做的，跟我毫無關係啊！」

此時龍曦月和夏長明陪同嘉歐，從裡面走了出來。

尕諾看到女兒無恙，含淚迎了上去，母女二人抱頭痛哭。圍觀中人看到眼前情景，心中已經完全明白了，這小女孩自然是尕諾的女兒無疑。

影婆婆冷冷看了彤雲一眼，以傳音入密向她道：「孽障，此時你還不將功折罪？」

彤雲心中暗歎，眼前大局已定，自己根本無力改變，再說她畢竟心懷歉疚，此時良知已經戰勝了感情，當下展開雙臂，揚聲道：「在場的所有族人，我今日將你們引到這裡，就是為了讓你們保護蝶園，保護靈女，她就是我們紅夷族的靈女，她就是未來神廟的主人！」

在場的紅夷族人一下全都拜服在地，彤雲大祭司代表過去，嘉歐才是未來。

胡小天和龍曦月對望了一眼，兩人都流露出欣慰的表情，雖然今天的事情有所波折，可畢竟最後的結果還是圓滿的，此時夏長明來到胡小天的身邊，低聲道：

「展鵬不見了！」

胡小天微微一怔，讓他儘快去找。

夏長明率領武士找到展鵬的時候，展鵬已經躺倒在血泊之中，夏長明本以為他死了，可探了探他的鼻息，才驚喜地發現展鵬還有微弱的聲息。

胡小天正在忙著幫手下人處理傷口，剛剛為梁英豪取出了腿上的箭鏃。看到夏長明背著鮮血淋漓的展鵬回來，所有人都關切圍了上去，胡小天和展鵬感情甚深，看到展鵬被人傷成了這個樣子，連眼睛都紅了，恨不能馬上就去為展鵬復仇。

對方將展鵬的手筋腳筋盡數斬斷，胡小天必須儘快為展鵬將斷裂的肌腱和血管神經全部接駁，還有他的那條手臂。在他的身邊尚且缺少一個熟練的助手，外出的時候都是展鵬充當這個角色，可現在展鵬受了傷，胡小天想到了閻怒嬌，他讓夏長明去請閻怒嬌過來幫忙。

閻怒嬌聽到胡小天找自己幫忙，馬上就要過去，可又想到師父，來到影婆婆面前，小聲道：「師父，胡公子那邊有人受了傷，他想請我幫忙過去醫治。」

影婆婆冷哼了一聲，閻怒嬌心中一顫，以為她會拒絕自己前往，卻想不到她居然點了點頭道：「老身跟你一起過去看看。」

胡小天正在指揮手下做準備，展鵬的傷勢讓人觸目驚心，影婆婆見慣風浪，看到展鵬之後，也不禁皺了皺眉頭，到底是誰人如此殘忍，竟然下此狠手？她湊到展鵬身邊看了看，不由得倒吸了一口冷氣道：「他的手臂乃是被無形劍氣斬斷的。」

胡小天點了點頭道：「只要抓緊治療，還有機會。」

影婆婆道：「有什麼機會？就算你將他救活也只能是一個廢人。」

胡小天充滿信心道：「我要治好他，我不但要讓他恢復如常，我還要讓他比過去更加健壯！」

影婆婆不知誰給胡小天這麼大的信心，不過她也聽說過胡小天治病的本事，之所以決定跟著過來，也有想親眼見識的打算，影婆婆不但擅長解毒，她的醫術也非常了得，有道是醫毒不分家。

胡小天向閻怒嬌道：「怒嬌，回頭你來給我當助手。」

閻怒嬌當著師父的面被胡小天如此親切地稱呼，俏臉不由得一熱。影婆婆似乎並沒有生氣，她低聲道：「你打算怎麼做？」

胡小天道：「將所有斷裂的地方接起來！」

此時夏長明帶著手下武士走了過來，他們準備給展鵬獻血。

影婆婆得知他們的想法之後，主動去幫忙查驗血型，胡小天的這幫手下只有一人的血展鵬可用，一直在守候的龍曦月聽說此事，馬上向尕諾求助，尕諾即刻調撥了一百名紅夷族武士供他們調遣。

日落月升，展鵬的這場手術已經進行了整整三個時辰，龍曦月和其他人全都在外面等候，此時小歐跟著喬方正一起走了過來，來到龍曦月的身邊，小歐牽住她的手道：「姐姐，我娘讓我過來問問，展叔叔怎麼樣了？」尕諾也留在蝶園未曾離去，只不過她也有傷在身，不能在外面等候。

龍曦月輕聲道：「應該會沒事，相信他吉人自有天相。」

喬方正向龍曦月道：「公主殿下，請借步話說。」

龍曦月讓夏長明陪小歐先回去，和喬方正一起來到僻靜之處，小聲道：「前輩有何吩咐？」

喬方正道：「展鵬應該是被我的那個逆徒所傷。」

龍曦月歎了口氣道：「他之所以留下展鵬的性命，就是要給小天一個警示。」

喬方正道：「沒想到他的武功進境如此之快，劍氣外放居然已經達到了收放自如的地步。」

龍曦月道：「那豈不是說你們要對付他難上加難了？」

喬方正道：「公主殿下，老夫有個想法，不知你是否願意？」

龍曦月微笑道：「前輩只管說，只要曦月能夠辦到的，必然盡力而為。」

喬方正道：「老夫生平沒有佩服過什麼人，可胡小天算得上一個，他的武功心計都稱得上年輕一代之中翹楚人物，就算是我的那個逆徒也未必是他的對手。」

龍曦月聽到他誇讚胡小天，心中自然開心，只是不知素來不輕易表達心中喜好的喬方正因何會突然這樣說？

喬方正道：「老夫只是擔心有朝一日胡小天會對丐幫大開殺戒。」

龍曦月此時方明白喬方正找自己單獨相商的用意，他也知道胡小天對展鵬視如兄弟，必然要為展鵬復仇，上官雲沖將展鵬傷成這個樣子，胡小天絕不會善罷甘休，或許會因此而對丐幫幫眾大開殺戒，喬方正雖然同樣仇恨丐幫幫主上官天火父子，但是他畢竟是丐幫元老，對同門仍然擁有感情，不忍看到幫眾受到牽連。

龍曦月道：「前輩放心，小天為人胸懷廣闊，不會因為展大哥的事情遷怒他人，曦月也會從旁勸說。」

喬方正緩緩點了點頭道：「公主性情善良，悲天憫人，胡小天得妻若此，實在是他的福分。」

龍曦月有些害羞道：「前輩折殺曦月了。」

喬方正道：「公主，老夫還有個想法。」

龍曦月道：「前輩有什麼話直說就是。」

喬方正道：「老夫有意收你為徒，只是不知能否高攀得起？」

龍曦月聞言欣喜萬分道：「師父在上，請受徒兒一拜！」她現在學武的願望格外強烈，因為只有擁有了自保能力，才可以不讓胡小天為自己如此擔心。

喬方正制止她道：「你不可拜我，老夫收你為徒之事不想第三人知道。」

龍曦月點了點頭道：「師父放心，徒兒謹遵教導。」

影婆婆全程都在旁觀，對胡小天這手神乎其技的醫術簡直是歎為觀止。胡小天花了整整三個時辰，方才將展鵬的手臂，和周身斷裂之處接駁。影婆婆取出一瓶傷藥悄悄遞給了閻怒嬌，示意她給胡小天送過去，閻怒嬌欣喜非常，師父這麼做顯然是對胡小天改變了看法，或許她對自己和胡小天來往不會反對。

這瓶傷藥乃是影婆婆特製的金創藥，可以促進傷口癒合。

胡小天完成手術，將影婆婆贈與的傷藥為展鵬塗上。

影婆婆向閻怒嬌揮了揮手，讓她出門去休息。

胡小天為展鵬包紮完畢，又給他蓋上被子，感到身心俱疲。一隻手伸了過來，遞給他一杯茶。胡小天抬眼望去，驚奇地發現居然是影婆婆。

影婆婆看到胡小天遲遲不接自己遞過去的茶水，怪眼一翻，陰陽怪氣道：「怕我下毒嗎？」

胡小天呵呵笑了起來，接過影婆婆手中的茶盞，一飲而盡。

影婆婆道：「你不怕我下毒啊？」

胡小天笑道：「有什麼好怕，人生不過短短百年，早晚都是一死，更何況以你影婆婆的身分還不至於用這樣的手段來對付一個晚輩。」

影婆婆陰惻惻笑道：「那倒未必，真想殺一個人，又何必計較什麼手段？更何況你胡小天現在也是名滿天下，我殺了你，也可以名動天下。」

胡小天道：「您這樣的年紀還看不破這些虛妄的東西？」

影婆婆歎了口氣，打量著胡小天道：「你跟鬼醫符刓究竟是什麼關係？」

胡小天從影婆婆眼中捕捉到了她內心深處的迷惑，她定然是從剛才的這台手術中看出了某些事情。胡小天本想照實回答，可是話到唇邊卻又改變了主意，故意道：「說有關係也沒什麼關係，可說沒什麼關係卻又有些關係。」

影婆婆橫了他一眼道：「繞什麼彎子，你不會好好說話？」

胡小天道：「他死了十多年，我跟他從未見過面。」

影婆婆哼了一聲道：「沒見過面，又是從何處學來的這手醫術？」

胡小天看了看周圍，故意壓低聲音道：「過去我曾經在大康皇宮內待了一段時間，一個偶然的機會，我得到了一本書。」

影婆婆雙目一亮，驚聲道：「可是《天人萬像圖》？」

胡小天心中暗樂，影婆婆雖然是個老江湖，可也難免中了自己的圈套，在自己的誘導下一步步撞了上來。他故作驚詫道：「你……你怎麼知道？」

影婆婆的臉上充滿倨傲之色，不屑瞥了他一眼道：「老身縱橫江湖數十年，什麼風浪沒有見過，你以為可以騙得過我嗎？」

胡小天心中暗道：「騙？對你還需要騙？才拋出丁點的誘餌，你就巴巴地主動送了上來，真不知道你這幾十年的江湖都是怎麼混的？」

其實不是影婆婆頭腦簡單，而是這廝太過狡詐。影婆婆道：「你從何處得來的這本《天人萬像圖》？」

這會兒功夫胡小天的腦筋卻已經轉了無數個圈兒，要說他最早聽說《天人萬像圖》還是從李雲聰那裡，李雲聰曾經告訴他《天人萬像圖》的由來往事，現在回頭再看這件事應該是個陰謀，鬼醫符剜當初將《天人萬像圖》留在大康皇宮的藏書閣，其實是埋下了一條引線，正是因為這條引線的存在，才有了後來宮無心的監守自盜。鬼醫符剜真正的目的在於那本《般若波羅蜜多心經》，當然這都是胡小天的揣測，至於蒙自在和任天擎又在其中扮演什麼角色，他尚且不知道。

胡小天歎了口氣道：「說來話長！」他於是將想好的故事告訴了影婆婆，這其中有真有假，當然多半都是假的，他壓根就沒有從藏書閣中找到什麼《天人萬像圖》，真正的圖譜早就被宮無心偷走，同時丟失的還有《般若波羅蜜多心經》，根據李雲聰的推測，目前這兩樣東西應該都在利用假死瞞天過海，逃出皇宮的劉玉章身上。胡小天對此隻字不提，反而將這圖譜的丟失推到蒙自在的身上。

影婆婆聽完不由得皺起了眉頭：「你是說蒙自在借閱過《天人萬像圖》？」

胡小天點了點頭道：「我也是聽藏書閣的老太監說的，就在蒙自在借閱之後不久，《天人萬像圖》的原本就丟失，和這幅圖同時丟失的還有一本經書。」

「什麼經書？」影婆婆明顯緊張了起來。

胡小天道：「好像叫什麼般若……」這廝做出一副苦思冥想的樣子。

「般若波羅蜜多心經！」

胡小天重重點了點頭道：「讚！影婆婆果然見多識廣，什麼事情都知道呢。」

影婆婆臉上卻浮現出狐疑之色：「你既然說這兩樣東西都丟了，你又是從何處學來的《天人萬像圖》？」

胡小天哈哈大笑了起來：「你沒去過皇宮的藏書閣，為了以防萬一，對重要的文獻資料，經史典籍，全都會臨摹封存，我看的乃是摹本。」

影婆婆道：「僅看摹本就能夠如此厲害，醫術直追鬼醫符剜當年，你以為老身就這麼好騙？」

胡小天從她的話中聽出，影婆婆當年應該是見過鬼醫的，她是閻怒嬌的師父，而閻怒嬌和蒙自在的關係也很好，由此不難推斷出，影婆婆和蒙自在之間有可能早就認識，胡小天編造出這些故事也是居心叵測。匹夫無罪懷璧其罪，他要讓影婆婆誤以為蒙自在將《天人萬像圖》和《般若波羅蜜多心經》全都弄到手中，雖然胡小天不知會發生什麼，可總之這件事對蒙自在來說絕不是什麼好事。

第五章

年輕人的事情

影婆婆的處境有些尷尬，
龍曦月應對成熟超乎她的想像，
自己若再生事就顯得無理取鬧了，
她道：「你們這些年輕人的事情真是拎不清，
老身懶得管你們的閒事。」

展鵬發出微弱的聲息，他從沉睡中甦醒了過來，胡小天聽到動靜第一時間來到他的身邊，輕聲呼喚展鵬的名字，展鵬緩緩睜開雙目，看到胡小天一臉的關切，他的唇角艱難露出一絲笑意：「主公……屬下沒用……」

胡小天搖了搖頭，抑制住內心的激動：「展鵬，你做得很好，不用多想，方芳還在等你回去。」

聽到方芳的名字，展鵬的臉上露出一絲笑容，他有些疲憊地閉上了雙眼，虛弱道：「看來我……我還挺得住……」

胡小天笑了起來，展鵬擁有鐵打的意志，此番死裡逃生對他而言或許會迎來脫胎換骨的蛻變。

影婆婆悄悄退了出去，來到門外，看到閻怒嬌臉色頓時變得陰沉，閻怒嬌怯怯迎了上來：「師父！」

影婆婆道：「那孽障怎樣？」

閻怒嬌道：「師姐不吃不喝，她的樣子很讓人擔心。」

影婆婆冷笑了一聲，雙目狠狠盯住閻怒嬌，看得她將螓首低垂了下去，侷促不安地抓住衣角。

影婆婆道：「你跟他什麼時候的事情？」

閻怒嬌一張俏臉羞得通紅，小聲道：「不知師父問的是什麼？」

影婆婆冷冷道：「少跟我裝糊塗，看你的樣子早已不是完璧之身，老身真是糊塗，怎麼帶出了你們這樣的兩個孽徒！」

閻怒嬌無言以對，只能把頭垂得更低。

影婆婆罵了她一句，心中的氣也消了一些，語氣轉緩道：「那小子實在太過花心，只怕你沒本事抓得住他，不如老身教你個法子，讓他以後一心一意對你好如何？」

閻怒嬌聞言嚇得俏臉立時失了血色，顫聲道：「師父，千萬不可！」

影婆婆陰惻惻望著她道：「為何不可？難道你不知道他現在是天香國的駙馬？以他風流倜儻的性情，外面還不知有多少女人，難道你甘心給他做小？你是我的徒兒，我當然不能讓你受委屈，要不，我幫你將公主殺掉好不好？」

閻怒嬌知道師父的性情一向喜怒無常，向來都是說得出做得到，她雙膝一軟就跪了下去，含淚道：「師父，徒兒從未奢求過什麼名份，更未曾想過要獨佔什麼，他對我好也罷，不好也罷都是他的事情，喜歡一個人未必一定要佔有他的一切。」

影婆婆靜靜望著閻怒嬌，看到她真情流露，心中暗歎，這孩子也是一個情癡，她歎了口氣道：「你終究不是我族中人，不知你是聰明還是愚蠢，算了，老身懶得管你的閒事。」她舉步離開去看大徒弟彤雲。

影婆婆過去一直以為自己的兩個徒弟都乖巧聽話，今日方才知道她們兩個同樣的不省心，閻怒嬌倒還罷了，身為大祭司的彤雲更是讓她失望。

彤雲靜靜跪在地上，雙目緊閉，似已入定。

影婆婆的聲音在身後響起：「現在懺悔豈不是太晚？」

彤雲道：「弟子自知罪孽深重，甘願接受一切責罰！」

影婆婆道：「不吃不喝，絕食以對，沒看出你已意識到了自己犯下的錯誤。」

彤雲睜開雙眸，歎了口氣道：「事到如今，弟子唯有一死方能向天神謝罪。」

影婆婆道：「你以為自己死了就能補償你犯下的過錯嗎？你知不知道射殺巴赫爾的人是誰？重傷展鵬的又是誰？」

彤雲沒有說話，重新將眼睛閉上。

影婆婆道：「你為他放棄信仰，背叛族人，而他呢？明知你身在蝶園，卻置你的性命於不顧，他心中可曾有一絲一毫的愛你？」

兩顆晶瑩的淚珠自彤雲的面頰緩緩滑落，她知道師父所說的全都是事實。在當時胡小天已經基本控制住局面的情況下，正是射殺巴赫爾的那一箭才讓雙方發生了流血衝突，有理由做這件事的只有一個人，彤雲忽然明白自己只不過是上官雲冲利用的工具罷了，他對自己並沒有任何的感情，這個發現讓她心灰意冷，讓她感覺生無可戀。

影婆婆道：「就憑你做過的私情，死不足惜，可是現在靈女尚幼，巴赫爾死後，火樹城陷入群龍無首的狀態，如果你再死了，我們的族人必將陷入混亂之中，也許是天神要給你一個將功贖罪的機會。」

彤雲用力搖了搖頭道：「弟子無顏面對天神。」

影婆婆道：「你自然無顏面對，可是你必須要彌補自己的過失，你要穩住族人的內心，要讓他們重新看到希望。」

彤雲道：「沒希望了，巴赫爾死了，紅夷族人無人有能力治理火樹城。」

此時外面傳來一個柔弱的聲音道：「影婆婆，大祭司，我可以進來嗎？」聽聲音卻是城主夫人尕諾到來。

得到影婆婆應允之後，尕諾在侍女的攙扶下走了進來，她的精神好了許多，影婆婆擔心她傷後虛弱，讓她趕緊坐下。

尕諾坐下之後道：「我來這裡是有事跟大祭司商量。」

彤雲點了點頭道：「夫人有什麼話只管吩咐。」

尕諾歎了口氣道：「大祭司，剛才那蔣少陽已經承認，當年是巴赫爾派人害死了我的夫君，嘉歐僥倖逃生，可憐她小小年紀卻要孤苦伶仃地在外漂泊兩年多的時光。」說到這裡她又禁不住落淚，這淚水中包含著歉疚與自責。

彤雲道：「這場磨難對靈女來說未嘗是什麼壞事，苦盡甘來，想來是天神對她的考驗。」

尕諾道：「這裡有拔哥當年離開火樹城前往天香國之前留下的一封信，還請大祭司過目。」

彤雲接過她遞來的那封信，就著燭光，仔仔細細看了一遍，沉思良久方才道：「原來拔哥城主早已決定要歸附天香國。」

尕諾點了點頭道：「紅木川周圍群強環伺，紅夷族人雖然心齊，可畢竟沒有稱雄一方和周圍諸強抗衡的能力，拔哥認為，如果繼續這樣和周邊諸強對抗下去，我們紅夷族最終逃滅族的厄運，所以他才做出了這樣的決定。」

彤雲道：「夫人的意思是準備遵從拔哥城主的遺願？」

尕諾道：「其實紅木川並不屬於紅夷一族，這裡生活著諸多部族，多年來彼此征戰不斷，根本原因就是缺乏一個可以讓各族心服之人，若是任由這種狀況發展下去，紅木川不是分裂，就是被他人奴役，天香國將紅木川送給映月公主當嫁妝，我看映月公主善良仁德，胡公子智勇雙全，若是紅木川能夠在他們的引領下，相信可以走向繁榮，更何況因為映月公主的緣故，天香國就成了我們的靠山，以後再不怕周邊列強的欺辱。」

彤雲道：「夫人難道沒有想過，他們統領我們，我們紅夷族豈不是成了他們的奴隸？」

尕諾道：「不會，胡公子和公主都不是這樣的人，此番幸虧他們將嘉歐救回，如果不是他們，恐怕我們紅夷族這次就要迎來一場滅頂之災。」

彤雲頓時無語，尕諾所說的的確是事實，其實她只是一個大祭司，對什麼人當城主，什麼人來統領紅木川並不關心，她所關心的只是族人能不能在紅木川安居樂業。

一直沒有說話的影婆婆道：「其實什麼人來引領紅木川真的很重要，拔哥城主當年的憂慮不無道理，背靠大樹好乘涼，我們紅夷族人本無爭霸天下的雄心，也沒有那樣的勢力，可是我們不想侵略別人，別人卻覬覦我們的土地，巴赫爾無才無德，他統領火樹城兩年多的時間，紅木川周遭的地盤被人侵佔了不少，胡小天這個人我多少有些瞭解，他當初能夠以一己之力在大雍和大康兩大強國之間站穩腳跟，其難度無異於虎口奪食，若是由他來統領紅木川，應該有能力讓這片土地安定下來。夫人有句話說得不錯，若非他找回靈女，咱們紅夷族只怕也散了，得人恩果千年記，無論你們承認與否，他都是我們紅夷族的大恩人。」

尕諾點了點頭道：「我孤兒寡母的確沒有統領火樹城的能力，既然如此，還不如退讓賢能，只要胡公子能夠保住我們的土地，給我們紅夷族人平靜而自由的生活，誰來統領紅木川又有什麼分別呢？」

彤雲大祭司聽到這裡，內心已經被她說動，點了點頭，其實她當初幫助上官雲冲也是為了控制紅木川，上官雲冲今日的作為實在讓她傷心透頂。

胡小天走出門外，看到閻怒嬌仍然在那裡跪著，不由得有些心疼，趕緊走了過去，展開臂膀攬住她的肩頭想要將她從地上扶起來，閻怒嬌卻道：「你別管，快走啊，別讓人看到。」

胡小天道：「你因何跪在這裡？」

閻怒嬌道：「師父還未讓我起來。」

胡小天真是哭笑不得，隱約猜到閻怒嬌下跪跟自己可能有關，他憤憤然道：「我這就找她說理去。」

閻怒嬌道：「別，你千萬別招惹她！」

胡小天道：「她是你師父，又不是我師父，你怕她，我可不怕……」話還沒有說完，就看到影婆婆和尕諾一起走了出來，影婆婆怒視胡小天道：「你幹什麼？竟敢調戲我徒兒！」

閻怒嬌紅著臉道：「師父……您誤會了！」

胡小天理直氣壯道：「年輕人的事情好像輪不到您老人家管吧！」

影婆婆怒道：「呵，你這個厚顏無恥的東西？吃著碗裡的看著鍋裡的，老身這就去找映月公主評評理，看她還管不管她的風流郎君。」影婆婆發威也是非同小可，胡小天也不敢迎風而上。

龍曦月此時也聞訊趕來，看到眼前一幕頓時明白了。

影婆婆道：「你來得正好，看看你的這位駙馬爺幹的好事，趁你不在勾引我的小徒弟呢。」

龍曦月看了胡小天一眼，胡小天雖然此前已經向她坦誠過自己和閻怒嬌的關係，可被影婆婆當眾如此數落也是老臉發熱。

龍曦月微笑道：「影婆婆真是會開玩笑呢，小天和閻姑娘早已是老朋友了，在西川，在蟒蛟島承蒙怒嬌多次捨命相救，這份出生入死的情義就算曦月也比不上，曦月心中對閻姑娘只有感激。」

影婆婆聽到龍曦月的這番話不由得愣了，她一直以為龍曦月是個溫柔善良的姑娘，這樣性情的女孩子往往優柔寡斷，沒什麼主見，卻想不到她在這種時候居然表現出這樣的容人之量，實在是讓她有些刮目相看了。

龍曦月走了過去，挽住閻怒嬌的手道：「閻姑娘起來吧，我剛才就想跟你好好聊聊，只可惜大家各自繁忙沒有找到機會。」

閻怒嬌眼巴巴看著影婆婆，並不敢起身。

龍曦月微笑道：「父母之命媒妁之言，婆婆是你的師父等若是你的父母一般，在父母的心中自然期望兒女有個好歸宿，得到幸福，天底下只怕沒有哪個父母想看到自己的兒女傷心落淚，影婆婆雖然嘴上責怪你，可心中還不知有多疼你，影婆婆，您難道還要當眾讓自己的徒兒難堪嗎？」

影婆婆忽然覺得自己的處境有些尷尬了，龍曦月應對之成熟超乎她的想像，自己如果再生事就顯得無理取鬧了，她怪眼一翻道：「你們這些年輕人的事情真是拎不清，老身才懶得管你們的閒事。」她轉身居然走了。

閻怒嬌這才站起身來，龍曦月微笑道：「閻姑娘咱們去我房內說話，別耽誤他們聊正事兒。」一場風波被她輕描淡寫地化解了。

龍曦月和閻怒嬌兩人從胡小天身邊走過，向來潑辣的閻怒嬌這會兒居然忸怩得像個小姑娘，都不敢抬頭看胡小天一眼，龍曦月向胡小天微微一笑，胡小天心裡這個舒坦啊，真是我的好老婆，此等胸懷捨她其誰？曦月雖然溫柔，可是她骨子裡卻擁有一般女性少有的大氣。

目送兩人離去，卻聽叾諾在一旁笑道：「胡公子真是讓人羡慕，找了那麼一位善良體貼的公主。」

胡小天心想不但是善良體貼，還善解人意呢，不過也就是當今的時代背景下，即便是龍曦月這樣擁有公主的尊貴身分，仍然認為一夫多妻是理所當然的事情，換成過去不可想像。胡小天突然意識到自己已經很少回憶前世的事情了，來到這個世界越久感覺越愛，雖然科技水準落後，可一切都是那麼的新奇和刺激。

胡小天轉向叾諾恭敬道：「夫人這麼晚了還沒去休息？頭上的傷勢如何？需不需要我幫你看看？」

尕諾道：「影婆婆已經幫我看過，沒什麼妨礙，只需靜養幾日就會沒事。」

胡小天點了點頭道：「夫人還需多多保重身體。」

尕諾道：「我會的，為了小歐我一定會好好活下去。」她的目光中充滿信心，內心中充滿了對未來的期望。因為女兒的歸來，她的人生終於又有了意義，她的心中重新鼓起了勇氣。

胡小天道：「尊夫的事情，我很遺憾。」

尕諾搖了搖頭道：「沒什麼好遺憾的，他死有餘辜。胡公子，我會遵照先夫的遺願，率領族人歸附公子。」

這對胡小天而言的確是一個不折不扣的好消息。

尕諾又道：「只是我有一個要求，希望公子以後能夠平等對待我們紅夷族人，不得干涉我們的自由。」

胡小天呵呵笑道：「夫人多慮了，天香國雖然將紅木川送給了我，我並沒有將紅木川當成自己的私有財產，只想成為這片土地的守護者，和你們一樣能夠在這裡自由呼吸，成為你們的朋友，紅木川真正的主人仍然是你們自己。」

尕諾有些吃驚地望著胡小天，竟有些不相信他的話是真的。

胡小天道：「夫人以後就會知道在下的誠意。」說得再多不如實際行動，即便是他說得天花亂墜，尕諾暫時也不可能對他完全信任，只是尕諾也非尋常婦人，她之所以主動表示要歸附自己，更是因為她清楚單憑她孤兒寡母無法守住這份家業，必須要借助外來的力量，而胡小天正是她目前最好的選擇。

蔣少陽被打得豬頭一樣，看到胡小天推門走了進來，他苦苦哀求道：「胡公子，您大人大量，千萬別跟我一般計較，我對你們絕無惡意，全都是那巴赫爾逼迫我，所以我才會做對你們不利的事情。」

胡小天道：「巴赫爾都已經死了，你的這些話對我毫無價值，一個毫無價值的人只有一個下場。」虎目中陡然迸射出凜冽殺機：「那就是死！」

蔣少陽被胡小天的氣勢所懾，嚇得瑟縮不已，胡小天故意向看守他的武士道：「送他上路吧！」胡小天總覺得這廝有鬼，不下點猛藥他就不會說實話。

蔣少陽聽說真要殺他，嚇得撲通一聲就跪下了：「胡公子……胡公子……我……我知道是誰殺了巴赫爾……」情急之下也顧不上做太多考慮，反正都是一死，不如搏一搏，只要胡小天覺得自己還有用處，說不定會讓他多活幾天。

胡小天並沒有轉過身去，唇角露出一絲得意的笑容：「誰？」

蔣少陽道：「你需要先答應我，饒了我的性命。」

胡小天道：「我從不跟人談條件，你愛說不說！」他舉步要走。

蔣少陽的精神防線已經完全崩潰，看到胡小天如此強硬，他哪還敢再提什麼條件，哀嚎道：「上官雲冲，是上官雲冲！」

胡小天停下腳步緩緩轉過身來，雙目死死盯住蔣少陽，心中已經斷定蔣少陽必然是上官雲冲埋伏在火樹城的一個內應，難怪巴赫爾會知道靈女的消息，難怪他會派兵前來，原來都是這廝在作祟。

蔣少陽在胡小天的逼視下嚇得魂不附體，顫聲道：「我……我……本是丐幫五袋弟子……他是少幫主，讓我怎樣做，我又怎敢不聽從命令。」

胡小天點了點頭：「接著說！」

蔣少陽既然已經吐口，也不怕把事情全都說出來，他將事情的前後經過從頭到尾說了一遍，胡小天從他的描述中得知蔣少陽所見到的那個上官雲冲其實是上官雲冲的孿生兄弟上官雲峰，看來這兄弟兩人全都來到了火樹城 。丐幫在天香國遭遇重挫，方才導致他們產生了將勢力西移暫避鋒芒的想法，拿下紅木川，一來可以實現這一想法，二來可以通過這種方式報復胡小天。

蔣少陽把事情交代完畢，可憐兮兮道：「胡公子，我知道的事情可全都說了，我也沒做什麼壞事，又不是什麼重要人物，您權當我是個屁，把我給放了吧！」

胡小天點了點頭，忽然捏住他的鼻子，將一枚藥丸塞到他的嘴裡了，蔣少陽想要吐出，卻被胡小天捂住嘴巴，手指在他喉頭一點，咕嘟一聲將藥丸整顆吞了下去，那藥丸迅速融化，感覺腹中一團火熱。胡小天剛一放開他，蔣少陽就把手指摳進喉嚨，想要刺激自己嘔吐。

胡小天笑道：「沒用的，這叫萬蟲蝕骨丸，你只需乖乖聽話，我自然會定期給你解藥，如果你膽敢對我陽奉陰違，一旦藥性發作，你體內就會生出成千上萬條蟲子，吸乾你的腦髓，吃掉你的內臟，讓你備受折磨而死。」

蔣少陽叫苦不迭道：「胡公子，我什麼都說了，你為何還要如此對我？」

胡小天道：「我只是教你認清一個道理，人做錯事就要付出代價。」

蔣少陽道：「胡公子還想怎樣才能放過我？」

胡小天點了點頭道：「算你聰明，你剛剛說後日丐幫會在紅海召開大會，你身為火樹城的地主，想必有份參加吧？」

蔣少陽道：「是……可我現在這個樣子如何去參加？」

胡小天道：「你不但可以去，而且還要帶我一起去。」

蔣少陽吃驚地望著胡小天，馬上明白了他的意思，胡小天是要讓自己帶著他混入丐幫紅海大會的現場。蔣少陽心中叫苦不迭，若是自己的行徑被丐幫發現，恐怕要被視為幫中叛逆，肯定要人人喊打了，可如果不答應，恐怕胡小天現在就要殺了自己，自己其實已經沒有選擇了。

閻怒嬌還是頭一次在同齡的女孩面前表現出這樣的侷促和不安，儘管她此前曾經向胡小天提出，要和龍曦月見上一面，可真正見面之後，卻又有種心虛的感覺，好像是自己偷了人家的東西被當場抓住，其實她明明知道自己本不該害怕龍曦月，在感情上本不該有什麼高低貴賤之分。

龍曦月輕聲道：「閻姑娘，你和小天的事情我都知道了。」

閻怒嬌的俏臉紅了起來，胡小天這個厚顏無恥的東西，難道將他們之間的事情全都抖落了出來，鼓足勇氣抬起一雙妙目看了看龍曦月道：「公主殿下千萬不要誤會，我跟他之間其實……沒什麼的……」這話說到最後，明顯沒有底氣，甚至連她自己都說服不了。

龍曦月溫婉笑道：「閻姑娘在這一點上可不如他坦誠。」她口中的這個他指的自然是胡小天。

閻怒嬌有些不好意思的笑了，自己畢竟是女孩子，更何況還當著龍曦月的面，讓她承認和胡小天有私情，可不是那麼容易的事情，她小聲道：「他不是坦誠，是臉皮厚逾常人。」每個女孩子都有心計，閻怒嬌用這種巧妙的方式來回答，若非和胡小天關係密切，又豈能這樣說他。

龍曦月笑了起來：「可我就是喜歡他這一點呢，一個男人若是連這點勇氣都沒有，那麼他也不值得別人去愛。」

閻怒嬌眨了眨眼睛，她仍然不敢確定龍曦月說的是真話還是假話，這世上很少有人肯將心愛的東西和人共用，更何況是愛人。猶豫了一下終於鼓足勇氣問道：「你不介意？」

龍曦月道：「喜歡一個人不是佔有，而是要讓他幸福，他開心我就開心，他快樂我就快樂！」

閻怒嬌咬了咬櫻唇：「其實……其實我也沒想過跟他有什麼結果，在我心中也只有公主殿下才配得上他，公主所說的話就是我想說的。」她自問沒有龍曦月這樣的心胸，可是她也知道以胡小天的性情也絕不是自己能夠左右的。

龍曦月伸出手去抓住她的柔荑道：「我明白！」

喬方正突然失蹤了，毫無徵兆，沒有跟任何人打招呼，龍曦月發覺此事之後馬上就去找胡小天。

胡小天對此也深感不解，本來已經說好了要和喬方正合作，共同對付上官天火父子，可明日就是丐幫紅海大會，喬方正卻在此時選擇離去，不知他心中究竟打什麼算盤？

龍曦月充滿焦急道：「喬老前輩雙目失明，又能去哪裡？」

胡小天道：「他走不太遠，我馬上讓人去找。」

龍曦月後悔不迭道：「我早就應該想到的，我早就應該想到的。」

胡小天察覺她情緒有些反常，過去還從未像今天這樣方寸大亂，按理說她和喬方正認識的時間不久，為何會對他如此關心？柔聲安慰她道：「曦月，你不用著急，冷靜一下，告訴我究竟發生了什麼事情？」

龍曦月點了點頭，此時方才將喬方正教給她武功的事情說了，她含淚道：「他不讓我將拜師之事告訴任何人，包括你在內，還讓我幫他保管那只鐵碗。」

胡小天道：「就是他在鎖龍台找到的那只大碗？」

「就是那只！」

胡小天讓龍曦月將大碗拿來，仔仔細細看了一遍，也沒發現這鐵飯碗有什麼特別，可既然這只鐵飯碗能夠和綠竹杖並稱為丐幫兩大至寶，應該有它的珍貴之處。

龍曦月道：「師父教給我一套棒法。」

胡小天道：「可是打狗棒法？」

龍曦月點了點頭。

胡小天聽到她有此奇遇也是為她高興，輕聲道：「他教給你幾路棒法？」

龍曦月的回答卻讓他吃驚不小：「三十六路！」

胡小天以為自己聽錯，三十六路棒法乃是打狗棒法的全套，也只有丐幫幫主才有資格學全，胡小天忽然想起在其餘三位傳功長老遇害之後，曾經將那二十七路棒法的秘訣交給上官雲冲，讓他交給喬方正保管，在三十六路打狗棒法集齊的條件下，喬方正難免不會心有所動，假如他能夠傳給龍曦月三十六路打狗棒法，就證明他此前必然違背幫規將全套打狗棒法都看了一遍。如果他當真將三十六路打狗棒法全都傳給了龍曦月，又將丐幫兩大至寶之一的鐵飯碗交給她保管，也就是說他此次離去已抱著一去不返的信念，胡小天已猜到了喬方正的去處，他一定是去了紅海。

只是胡小天猜不透喬方正的想法，丐幫紅海大會高手如雲，他隻身一人前往紅海難道是去送死不成？本來明明說好的跟自己合作，可為何在最後又改變了主意？

和胡小天相比，龍曦月更明白師父的良苦用心，想起師父此前跟自己說的那番話，喬方正的內心無疑是極其矛盾的，他自然是想找上官天火復仇，可是他又擔心胡小天的介入會讓整個丐幫遭遇劫難，所以最終又放棄了假手於人的想法。喬方正應該知道自己前往紅海大會凶多吉少，此行抱定必死之心，所以才提前將打狗棒法傳給了自己，又將鐵飯碗委託給她保存。

胡小天道：「曦月，你不必心急，我一定會找到喬老前輩，他一個人又看不到路，不會走出太遠。」

事情卻並非如胡小天預料那般，他雖然動員了不少人前去尋找，可大家都是無功而返。胡小天推測到喬方正應該是找了個地方躲了起來，不過無論他藏得多好，最終還是要前往紅海大會。

胡小天也準備前往那裡，就算喬方正已經不想讓他插手，胡小天也必須要為展鵬討還這筆血債。

展鵬預後情況還算不錯，胡小天為他接駁的臂膀已經存活，身體其餘傷口也沒有感染，不過因為傷得太重，估計沒有兩三個月的時間很難恢復如初，即便是傷勢恢復，也需要相當長的一段時間來進行康復訓練，才能恢復他昔日的武功。

展鵬對這次的大劫看得倒是很淡，他向胡小天笑道：「主公，都怪我冒失了，如果不是我貿然追了出去，也不會落到如今的下場。」

胡小天道：「你跟他交手感覺怎樣？」他為展鵬換好藥，重新將傷口包紮好。

展鵬道：「他已經達到劍氣外放的地步，而且收放自如，我看……他的武功之強不次於主公。」

胡小天道：「他有沒有說什麼？」

展鵬道：「他說留我一命，讓我轉告主公……」說到這裡，他不由得停頓了一下。

胡小天笑道：「說！」

展鵬無奈只能照實把上官雲沖的那番話說了。

胡小天並沒有生氣，微笑道：「此人實在是狂妄啊。」可心中也在慶幸上官雲沖的狂妄，如果不是他的狂妄，只怕展鵬已經死在了他的劍下。

展鵬道：「主公，有句話我不知當講還是不當講？」

胡小天道：「覺著不當講就別說嘍！」

展鵬笑了起來，卻因為這一笑而牽動了傷口，痛得他呲牙咧嘴，緩過勁來方才道：「其實我們來到紅木川的目的並不是要跟丐幫發生衝突，如今火樹城已經安定下來，穩住紅夷族就等於基本上控制了紅木川，主公……主公沒必要再去什麼紅海大會了。」只有親歷那場爭鬥才會知道上官雲沖武功的可怕，展鵬之所以勸胡小天其實是為了他的安全著想。

胡小天焉能不知他的用意，輕聲道：「丐幫的事情不解決，紅木川必然無法安定，你放心吧，我不會正面和他們衝突。安心養傷，我等著你早點恢復，跟我一起並肩戰鬥。」

展鵬點了點頭。

胡小天決定前往紅海參加丐幫大會，有蔣少陽為他引路混入丐幫並不困難，蔣少陽以為胡小天餵他吃了萬蟲蝕骨丸，對他的命令自然不敢違背。當日下午，胡小天和夏長明一起裝扮成乞丐之後，悄悄跟著蔣少陽從蝶園後門離開，幾人剛剛來到後門前，就看到映月公主龍曦月就站在那裡，她已經換上了一身的勁裝，手中拿著一根竹棒兒，顯然在這裡已經等候多時了，一雙明澈的美眸盯著胡小天道：「我就知道你想不聲不響的離開，我也要跟著你們一起過去。」

胡小天真是有些哭笑不得了，他讓夏長明和蔣少陽兩人先去外面等著，上前牽住龍曦月的纖手道：「曦月，不是我不讓你去，而是此去紅海大會凶險重重，我不想你冒險。」

龍曦月道：「我必須去，不僅為你，而且我還要去救我師父。」

胡小天道：「曦月，聽話，到時候我還要分神照顧你……」

龍曦月道：「我不需要你照顧，你教我的天羅迷蹤步我已經掌握，我師父說，依靠那套步法，我自保應該沒有問題。」

胡小天故意板起面孔道：「你聽他的還是聽我的？」

龍曦月道：「當然是聽你的，不過要等我救回師父之後。」

胡小天為之氣結，可他也知道龍曦月的性子外柔內剛，一旦她決定的事情絕無更改的可能，既然沒辦法說服她只能默許，不過龍曦月穿這身可沒辦法混入其中，胡小天又讓她換了身破爛衣服，讓她將人皮面具戴上，穿上烏蠶寶甲，做足防禦措施，方才答應她同行。

紅海並不是真正的大海，只是一面鹹水湖，湖面廣闊，周長要在二百里左右，湖心有一座唯一的小島，名為風波島，當晚的丐幫大會就在島上舉行。

通往風波島的各個渡口都已經被丐幫弟子控制，別看蔣少陽只是一個五袋弟子，可他卻是這次紅海大會的主要組織者，身為地主，為此次大會的召開做了不少的前期準備工作，帶著胡小天三人來到渡口，馬上就有人迎了上來，那人看到蔣少陽抱拳道：「蔣舵主，這兩日你去了哪裡？為何不見你現身？」

蔣少陽歎了口氣道：「火樹城發生了一些狀況，真是一言難盡吶，我先登島，等會議之後再詳細說。」火樹城這兩天的事也鬧得沸沸揚揚，所以蔣少陽的這番話並未引起他人的疑心。

那人本來就是蔣少陽的手下，也不多問，讓人調來一艘小船，蔣少陽和胡小天三人一起上了小船。

小船離岸向風波島駛去，胡小天以傳音入密向蔣少陽道：「你最好給我老老實實的，千萬別搞什麼花樣。」

蔣少陽低聲道：「放心！」

龍曦月坐在船頭，看到遠方一輪明月從湖面上冉冉升起，整個紅海波光粼粼，此情此境有如夢幻，雖然有愛人在身邊相伴，可是龍曦月卻無心欣賞這醉人景色，她今晚前來乃是為了營救師父。想起不辭而別的喬方正，龍曦月心中更是不安。

胡小天以傳音入密向夏長明道：「等到了島上，我們分頭行動，混入人群之中最為安全，丐幫今晚來的人不少，登島的就有近千人，想要隱身其中不算難事。」

夏長明點了點頭。

胡小天道：「不到必要的時候你不用出手。」在缺少人手的狀況下，夏長明的協助就顯得尤為重要，他可以驅馭飛鳥，關鍵的時候等於擁有了一支龐大的空軍兵團，此前在劫走彤雲大祭司的事情上夏長明就起到了關鍵的作用。

夏長明向蔣少陽看了一眼道：「他怎麼辦？」

胡小天道：「我盯著他！」

小船在湖面上行進了約莫半個時辰，抵達了湖心風波島，登島之時又有人過來查驗他們的身分，蔣少陽表現得非常配合，過去三言兩語就將那人給打發了，他雖然心中恨胡小天，可是卻不敢搞什麼花樣，畢竟自己的小命捏在人家的手裡，而且今天的事情如果敗露，他將敵人帶上了風波島，混入本幫大會，最終的結果也是死路一條，所以他只能老老實實配合胡小天，他本就是頭腦靈活之人，懂得權衡利弊，能多活一日就是一日。

通過關卡之後，蔣少陽向胡小天道：「我只能送到這裡了，再往裡面走，若是讓少幫主見到只怕會產生疑心。」

胡小天道：「你是不是想逃啊！」

蔣少陽苦笑道：「胡公子，我吃了你的藥丸，逃又能逃到哪裡去？你放心，我把你們帶到這裡，實際上已經成了幫中叛徒，我現在也是沒了退路了，我跟著過去也只是個累贅，公子若是信得過我，我就在碼頭候著，準備一條船，等著接應公子，公子若是信不過我，那我也只能冒險跟您一起過去，捨命陪君子了，不過若是耽擱了公子的大事，您可別怪到我的頭上。」

胡小天知道他所說的也是實情，如果被上官雲冲看到，必然會盤問蔣少陽這兩日去了哪裡，一旦看出破綻，反而於己不利，當下點了點頭道：「我且信你一次，只要你老老實實幫我做事，等回去之後我就將解藥給你。」其實哪有什麼解藥，自己給他服下的也不是什麼萬蟲蝕骨丸，根本就是隨手摸出的一顆傷藥，對蔣少陽的身體並沒有什麼壞處，這樣的方法等若心理暗示，胡小天也是屢試不爽，很少有人敢拿性命去冒險。

蔣少陽點了點頭道：「多謝公子。」臉上卻沒有流露出任何的欣喜，在他看來胡小天幾人的行徑無異於飛蛾撲火，根本就是自尋死路，一旦幾人行藏暴露，必將成為眾矢之的，現在只希望胡小天混進來就是想偷聽一些秘密，千萬不要暴露。

蔣少陽走後，夏長明馬上跟他們分開，混入眾丐的隊伍之中。

龍曦月望著蔣少陽的背影小聲道：「你相信他？」

胡小天笑道：「他應該不敢作怪，留他在身邊也只是一個累贅。」

龍曦月聽到累贅兩字，不由得皺了皺鼻子：「在你心中是不是也這樣看我？」

胡小天微笑道：「不錯，可是你這個小累贅我卻是心甘情願背上一輩子了。」

遠處忽然傳來一陣騷動，兩人舉目望去，卻見一艘大船抵達了島上的碼頭，從船上下來一群人，其中有一人被鐵鍊鎖住臂膀，正是喬方正。他的雙腳也上了鐐銬，走起路來嘩啦啦作響，因為雙目失明，無法視物，被人推搡著向前方走去，昔日擁有超然地位的傳功長老，如今卻淪為丐幫的階下囚。

龍曦月美眸之中流露出關切的光芒，咬了咬櫻唇，看到師父被人如此折磨，心中更是難過。

胡小天輕輕碰了碰她的肩頭，低聲道：「一定要多些耐心，我看喬老爺子沒那麼容易被他們抓住。」他心中暗忖，以喬方正的武功本不該那麼容易落網，難道他是故意被擒？

那艘大船之上隨後又走下一名男子，那男子缺了一條右臂，正是被姬飛花砍斷手臂的上官雲峰。看到他胡小天忽然想起，上官雲峰一直都以上官雲冲的身分混跡於丐幫之中，也就是說上官雲冲今晚或許不會公開現身，也許上官雲冲也跟他們一樣就隱身在群丐之中。

最安全的隱蔽方式就是混入人群之中，胡小天和龍曦月兩人隨著群丐向風波島中心走去，在風波島中心的位置有一個土台，那土台之上過去曾經有一座風波樓，後來風波樓因為年久坍塌，地表建築早已不復存在，如今只剩下這座長寬各有十丈，高約三丈的土台，也延續昔日的名字被稱為風波台。

在場的乞丐目光全都關注著風波台上，胡小天心中暗忖，不知今晚丐幫幫主上官天火到底會不會現身？這段時間丐幫發生了不少事，按理說這位幫主應該出面來提振幫中信心了。

現場乞丐越聚越多，臨近亥時所有參加丐幫大會的人都已經到來，風波台上出現了一個中年乞丐的身影，此人乃是丐幫七大護法長老之首的趙申雄。他穿著百衲衣，手中握著一根漆黑油亮的打狗棒，站在風波台上，抱了抱拳道：「諸位幫眾兄弟，今晚我丐幫弟子齊聚風波島，召開大會，乃是為了商量我丐幫生死存亡之大事，各位兄弟不遠千里而來，翻山涉水風塵僕僕，這裡老夫代表幫主謝過諸位了。」他深深一躬。

眾人聽他說完都是一愣，馬上有人問：「不是說幫主今晚會來參加大會嗎？」

趙申雄展開雙臂，向下壓了壓手臂，示意眾人肅靜，他大聲道：「首先我要說幾件幫中新近發生的大事！」他向身後看了看，馬上有兩名乞丐抬著滑竿走了上來，滑竿的椅子上坐著一人，正是丐幫六大傳功長老之一的童鐵金。

人群中已經有不少人認出了童鐵金的身分，一個個竊竊私語，童鐵金身為新任傳功長老之一在幫內的地位超然，其人性情狂傲暴戾，一向囂張，在幫中口碑並不怎麼樣，可是他畢竟是丐幫重要人物，看到他落到這幅下場，眾人也不免生出兔死狐悲的感覺。

趙申雄滿臉悲憤道：「童長老在天香國被奸人所害，不但割去了童長老的一隻耳朵，還挑斷了他的手筋腳筋，讓童長老武功全廢。」

下方群丐聽到這裡一個個群情激奮，紛紛叫道：「是什麼人幹的？」「我們一定要讓他血債血償！」

童鐵金坐在那椅子上，他突然聲嘶力竭地吼叫道：「胡小天！是胡小天害我！」他對胡小天恨到了極點，這句話簡直是字字泣血。他的話更是點燃了眾丐的仇恨，一個個狂呼道：「殺了胡小天為童長老報仇！」

龍曦月本來被這山呼海嘯的狂吼聲驚到，可是看到胡小天也揮舞著拳頭高呼找胡小天報仇，心中又有些忍俊不禁，胡小天向她眨了眨眼睛，龍曦月會意，也揚起拳頭，裝模作樣地跟著喊起了口號。胡小天看到眼前場面，心中暗歎，乖乖哩個龍，要是自己現在身分暴露，恐怕這幫憤怒的叫花子會把自己生生活撕了。

趙申雄好不容易才讓台下群丐暫時靜了下去，他大聲道：「那胡小天不但害了童長老，他為了成為天香國駙馬，不惜利用卑鄙手段綁架天香國王，嫁禍給我們的少幫主，害少幫主斷了一條手臂，又害得我們丐幫蒙受不白之冤，天香國誤以為是我們擄走了他們的大王，所以才在全境範圍內驅逐我丐幫弟子。」

這些丐幫弟子有不少都是被從天香國趕出來，他們過去一直在天香國討生活安逸舒坦，丐幫之所以將總壇設在天香國也不是沒有原因的，因為天香國朝野上下一直都對乞丐相當的寬容，並沒有像其他國家那樣歧視他們，可是這次因為遴選駙馬之事，非但讓少幫主上官雲冲背負上了擄劫王上的罪名，還連累整個丐幫在天香國淪為過街老鼠人人喊打。

當幫中利益和自身利益全都受到危及的情況下，頓時激起了丐幫弟子同仇敵愾之心，高呼剷除胡小天，重振丐幫聲威之餘，夾雜著不少惡毒唾罵之聲，這些乞丐罵人的本領絕不次於市井潑婦，極盡惡毒之辭，把胡小天祖宗十八代全都罵了進去，胡小天聽得清清楚楚，依然安之若素，反倒是龍曦月有些聽不過去了，芳心中暗暗為胡小天感到難過，趁著周圍無人注意，悄悄握住胡小天的手掌，胡小天向她微微一笑，一個人若是沒有這點忍辱負重的胸懷，還能做什麼大事？

龍曦月卻是寧願自己受委屈也不想胡小天受到半點的委屈，將他的榮譽看得比自己的性命還重要，握著胡小天的手都氣得冰冷顫抖，胡小天心中感動，以傳音入密向她道：「只當他們全都在放屁！」

龍曦月點了點頭。

台上趙申雄又道：「下面我們請少幫主出來為大家講兩句。」

混亂的場面瞬間靜了下去，上官雲峰緩步走上風波台，他的右臂被姬飛花用光劍斬斷，不過他可沒有展鵬那樣的運氣，身邊更沒有大夫可以幫他接駁那條手臂，如今右臂齊肘缺失，臨時裝上了一隻木雕義肢。上官雲峰來到趙申雄身邊，環視台下重丐，聲音沉痛道：「諸位幫眾前輩，諸位兄弟，我上官雲冲今日前來乃是要親自揭穿一件幫中的大陰謀，丐幫之所以在短時間內落入如此窘境，並不僅僅是外患，更是因為內憂，我們幫中內部出了叛逆。」

眾人聽說丐幫出了叛逆，一個個竊竊私語。

上官雲峰道：「我此次前往天香國競選駙馬，並非是為了一己之私，而是為了丐幫的未來發展，眾所周之，天香國乃我丐幫總舵所在，想要丐幫長足發展，就必須要紮穩根基，正是出於這樣的考慮，我才頂著別人說我趨炎附勢，貪圖榮華富貴的非議前往競選駙馬，可是我並沒有想到，有人要借著這件事來禍害丐幫。」

說到這裡他停頓了一下：「自從我抵達天香國之後，我的一舉一動都在他人的監測之下，胡小天藉口他的親人被我們丐幫所害，處處和我為敵，甚至為了觸怒我而打傷了童長老，為了大局考慮，我並未馬上找他算帳，可是這廝非但不知收斂反而變本加厲，竟然劫持天香國王，並將這件事嫁禍到我的頭上，誠然，在富貴堂找到天香國王乃是事實，可這一切全都是在我們毫不知情的前提下進行，我們的內部出了奸細！」

眾人群情激奮，一個個高聲叫嚷：「這個吃裡扒外的混帳是誰？把他找出來！」

上官雲峰揚起左手，示意大家靜下去，然後道：「把他帶上來！」

在眾人的注目之下，兩名衣衫襤褸的乞丐被押了上來，胡小天看得真切，年輕的那個乃是謝天穹，年紀稍大的那個人卻是朱八，沒想到他們兩人都已經成為階下囚徒，胡小天記得，謝天穹乃是童鐵金的弟子，他並不是丐幫中人，可朱八卻是丐幫康都分舵舵主，已經是七袋弟子，在丐幫中擁有相當的地位，當初自己剛到東梁郡的時候，正是朱八率領兩千名乞丐前往援助，雪中送炭，為他在庸江站穩腳跟立下了汗馬功勞。

在飄香城，胡小天和朱八也幾度相會，只是當時兩人的立場不同，彼此相談並不愉快，胡小天甚至以為他早已成為上官天火的親信。如今看到朱八淪落到這樣的地步，胡小天心中明白，朱八顯然和上官天火父子並非一路。

上官雲峰指著謝天穹道：「此人叫謝天穹，乃是童長老的親傳弟子，正是他背叛師門，勾結胡小天，殘害恩師，方才將童長老害成了這個樣子。」

「殺了他！殺了他！」一群情激奮，有人已經摸出吃剩的骨頭向謝天穹丟去，丐幫弟子丟垃圾的本事稱得上一絕。

上官雲峰也不得不向後撤了撤，避免殃及池魚，趙中雄慌忙出聲制止，讓所有人保持冷靜，聽少幫主說完。

上官雲峰又來到朱八面前：「這位朱八你們應該認得！他本是我丐幫康都分舵舵主，身為丐幫七袋弟子，分舵舵主，本該為我丐幫鞠躬盡瘁，死而後已，可是他卻吃裡扒外，陽奉陰違，相信大家都知道我們丐幫首席傳功長老，徐三省徐長老，徐長老前往玄陰山的消息就是被此人洩露給空空道長，最終遇害。」

朱八和謝天穹畢竟不同，他乃是丐幫分舵舵主，又是七袋弟子的身分，平日裡人緣不錯，在丐幫內和他交好的人不少，所以上官雲峰的這通指責並未起到立竿見影的效果，許多丐幫弟子都在竊竊私語。

人群中有人道：「朱八的武功就是徐長老親自傳授，他為何要背叛師門？」

「過去朱八也為我丐幫立下不少的汗馬功勞，此事有沒有證據？」

上官雲峰道：「當然有證據！朱八和胡小天私下勾結已有多年，當年胡小天前往東梁郡之時，和大雍南陽水寨發生戰事，就是朱八率領我幫兩千名弟子前往援助，此事想必許多人都應該知道。」

這樣的大事當然為眾人所知，在丐幫許多人的心中他們丐幫有恩於胡小天，正是因為如此，胡小天現在的作為才更加不可原諒。

上官雲峰道：「配合胡小天在飄香城設計，擄走天香國王並將他藏在富貴堂地窖中的人就是朱八！」

眾人聽到這裡已經信了七八分，畢竟富貴山莊是他們丐幫的產業，佈防嚴密，除非是自己人，否則很難在神不知鬼不覺的前提下將天香國王藏入地窖之中。

就在眾人漸漸信服之際，人群中又傳來一個嘶啞的聲音道：「凡事都講究證據，為何不聽聽他自己怎麼說？給他一個申辯的機會！」

上官雲峰循聲望去，現場的乞丐實在太多，加上是夜晚的緣故，光線黯淡，他也看不清到底是誰在說話，可這句話顯然起到了效果，不少人附和道：「對啊，讓他自己說！」

上官雲峰唇角泛起冷笑，他來到朱八身邊，解開了他的啞穴，大聲道：「朱八，現在你就當著大夥兒的面說清楚，是不是你將天香國王藏到富貴堂地窖內？」

朱八咬了咬嘴唇，臉上的表情痛苦而糾結。

上官雲峰的聲音陡然變得嚴厲：「到底是不是？」

現場鴉雀無聲，全都在等待著朱八的回答。

朱八垂下頭去：「是！」

他的回答宛如晴空霹靂般震驚了在場的每一個人，包括胡小天在內，胡小天對此事最清楚不過，正是自己一手策劃了劫持天香國王楊隆景的事情，又讓梁英豪打通地道，配合姬飛花將楊隆景藏入富貴堂的地窖中，這件事跟朱八壓根沒有半點關係？可朱八為何要承認？這對他來說可是禍害丐幫欺師滅祖的大罪，死罪難逃，他為何還要將罪責攬在身上？難道其中另有隱情。

上官雲峰怒道：「胡小天究竟給了你何等好處，你才答應如此幫他？」他所問的正是所有丐幫幫眾想要知道的事情。

現場鴉雀無聲，全都等待著朱八的答覆。

朱八雙目通紅，表情充滿了悲傷和絕望，他的內心被籠罩在莫大的屈辱之中，若非親人被他們控制，自己怎會屈服在上官雲冲的淫威之下，他點了點頭道：「是我貪圖富貴，是我愛慕虛榮，是我犧牲丐幫的利益，是我沒有抵擋住胡小天許給我的金錢和權力的誘惑，所有事情都是我做的，你們殺了我就是，我死有餘辜，我死有餘辜！」他掙扎著想要站起來，卻被上官雲峰一腳踹在膝彎之上，撲通一聲又重重跪在了地上。

眾人的憤怒再度被點燃：「殺了這個叛徒！」「對！殺了他！」

上官雲峰道：「兄弟們你們將事情想得太過簡單了，朱八喪盡天良禍害丐幫，可是他卻非主謀，他的背後另有人在！」

第六章

私通的醜聞

上官天火拋出喬方正和前任幫主夫人私通醜聞太有殺傷力，
不過這件事也可以看出上官天火的卑鄙，
其實他若不說出這件醜聞可能永遠會隱瞞下去，
更何況前任幫主已經死了，他此時抖出不但打擊了喬方正，
同時也讓前任幫主臉上蒙羞，只怕在九泉之下也不得安息了。

眾人都已經被見到的一切震撼，誰都沒想到過去一直對丐幫赤膽忠心，立下無數汗馬功勞的朱八竟然是個吃裡扒外的角色，現在聽說他的背後還有主謀，一個個全都義憤填膺，無不期待著上官雲峰宣佈真相。

上官雲峰道：「此事還要從前任老幫主之死說起，老幫主和玄陰山空空道人向來無怨無仇，可是空空道人卻對他下手，毒殺老幫主，搶奪我丐幫鎮幫之寶綠竹杖，那空空道人武功雖然高強，可絕不是老幫主的對手，若非他用了卑鄙無恥的手段，下毒在先，怎能得逞。老幫主遇害之後，並無其他人知道，所以我們丐幫才會動員全部的力量去找。」

他停頓了一下，指著朱八道：「又是此人將老幫主的下落故意洩露給徐長老，徐長老前往玄陰山尋找空空道人，索要綠竹杖，可是徐長老卻因此而步入了他們預先設計的圈套。徐長老和空空道人決戰雪峰之巔，卻觸發雪崩，雙雙戰死，綠竹杖就此下落不明。」

朱八神情黯然，心中默默道，就讓所有的一切罪責都由我來承擔吧，只希望他們能夠信守承諾放過我的家人，可他心中又明白這種可能微乎其微，上官天火父子絕不是善類。

此時下面又傳來一聲質疑道：「既然是他在背後設計，為何綠竹杖落到了幫主的手裡？」

上官雲峰舉目望去，這次他總算看清了說話的人是誰，乃是一個醜陋駝背的中年乞丐，看樣子卻好像從未見過，不過丐幫那麼多人，單單是今晚過來參加集會的就接近兩千人，上官雲峰也不可能每個人都認識，他也沒有產生太多的懷疑，正準備開口解釋。

身後傳來一個深沉渾厚的聲音道：「這件事還是由老夫親自解釋吧！」卻是丐幫幫主上官天火到了。

「參見幫主！」眾丐全都右手握拳，將拳頭抵在心口位置，身軀深躬下去向幫主表示致敬，左手打狗棒在地上齊齊點動。剛才那個出口問話的駝背醜乞丐就是胡小天，他和龍曦月也學著周圍乞丐的樣子行禮，這麼多人一起點動打狗棒也是威勢驚人。看到此等威風和氣派，胡小天開始明白為何這要飯頭兒也有那麼多人前仆後繼地去爭了。

上官天火年過四旬，他保養得不錯，白淨面皮，相貌清臒，頷下三縷長髯，穿著一件深藍色長袍，雖然長袍之上也打有幾塊補丁，可都是在不起眼的地方，這長袍也漿洗得乾乾淨淨，看他的這身打扮不像是乞丐，更像是一個飽學儒士。雙手白淨，右手中握著一根晶瑩剔透的打狗棒，正是丐幫兩大鎮幫之寶之一的綠竹杖，也是丐幫幫主的標誌。

上官天火接受眾丐行禮之後輕聲道：「各位兄弟，今日將大家召集到此處相聚，是為了清除幫中叛逆，為幫中屈死的前輩和弟兄伸張正義，以告慰他們的在天之靈，還有一個重要的原因是我們丐幫最近遭遇前所未有的危機，實則已經到了生死存亡之際，必須要大家共商大計，如何逆轉困境，以助丐幫走出困境！」

上官天火畢竟是幫主身分，顯然要比他的兒子更有震懾力，現場無人敢輕易插話。

胡小天冷冷望著這廝，心中暗罵上官天火父子虛偽無恥，他們不惜採用卑鄙手段欺騙幫眾控制丐幫，今日一定要尋找機會戳穿他們的騙局。

上官天火揚起手中的綠竹杖，眾人的目光全都聚集在綠竹杖之上，上官天火道：「老幫主遇害之後，這根綠竹杖就被空空道人搶佔，其實這一消息我們開始並不知道，空空道人害死老幫主卻非私怨而是受人委託，我最近方才查清，那空空道人俗家的名字叫做喬方圓，乃是我丐幫四大傳功長老之一喬方正喬長老的堂弟。」

人群中傳來一陣陣驚呼，胡小天和龍曦月也是大感驚奇，喬方正卻從未說過他跟空空道人的這層關係，究竟是真是假？可看上官天火說得如此肯定，應該也不像是謊話。

上官天火道：「各位應該記得十年前我丐幫遭遇一場劫難，當時有人潛入丐幫想要竊走丐幫武功秘笈，三大傳功長老合力奮戰，最終擊退強敵，三大長老也不幸戰死。」

眾人紛紛點頭，此事乃是丐幫近十年來最為轟動的事件之一，他們當然知道。

上官天火道：「三大長老臨終之前將內力傳給了我兒雲沖，又委託雲沖將丐幫打狗棒中的二十七路棒法交給喬長老保管，可是他喬方正竟然違背丐幫從古至今的規矩，趁著這個機會，偷學了三十六路打狗棒法！」

下方眾丐竊竊私語，一個個表情激憤，按照丐幫的規矩，除了幫主之外，任何人不得學全三十六路打狗棒法，他們也沒有這樣的機會，畢竟每一任丐幫長老都會將打狗棒法拆分為幾部分，分別傳給傳功長老，再由他們以後負責傳給下任幫主，傳給幫主也不是一次性完全傳授，通常都是在三年內全部傳完，一來打狗棒法精深奧妙，就算全部傳授，對方也未必能夠在短時間內理解全部，二來三年的時間可以看出一個幫主的品性，若是幫主品性不良，傳功長老有權決定終止授藝。

上官雲峰使了個眼色，讓人將喬方正帶了上來，喬方正鬚髮蓬亂，每走一步，身上的鐐銬都鏘啷啷作響，可是他的表情卻依然倨傲，沒有半分屈服的意思，來到風波台上站定，面孔傲然朝向夜空，雖然他沒有了雙眼，可所有人也能夠體會到他對現任幫主上官天火的不屑。

上官天火道：「喬方正，你可知罪？」

喬方正呵呵大笑道：「老夫何罪之有？」

上官天火道：「違背幫規，勾結外敵，禍害丐幫，殘害兄弟！」

喬方正傲然道：「欲加之罪，何患無辭！」

上官天火點了點頭道：「看來你是不見棺材不落淚！」他向朱八道：「朱八，你當著所有幫中兄弟的面說清楚，到底是什麼人指使你將老幫主的消息透露給徐長老？」

朱八咬了咬嘴唇，顫聲道：「是他！」

上官天火又道：「他答應過你什麼？」

朱八道：「他答應我如果他順利成為幫主，就幫我成為執法長老之首！」

趙申雄怒極，上前一腳踹在朱八的小腹之上，踢得朱八痛徹骨髓，身體宛如蝦米一樣躬了起來，發出一連串劇烈的咳嗽，都咳出血來，台下圍觀眾丐非但沒有生出半點同情，反而齊聲稱快，高呼道：「殺了他，殺了他！」

上官天火望著喬方正道：「喬方正，你還有什麼話說？」

喬方正道：「朱八，你還有沒有良心？你怕什麼？你知不知道丐幫的前途命運全都繫在你的一念之間？你難道當真忍心看著丐幫的千年基業毀於一旦？」

朱八的臉埋在地上，已經是淚水縱橫。

上官天火道：「喬方正，你還嘴硬，那好，我就當著所有兄弟的面問個明白，你這雙眼睛是怎麼瞎的？」

喬方正臉上的肌肉因為痛苦而扭曲。

上官天火道：「你不肯說，那我幫你說，是老幫主挖掉了你這雙眼對不對？」

現場鴉雀無聲，所有人都在等待著他的答案，包括胡小天和龍曦月在內都大感驚奇，這個問題是胡小天一直想知道卻不方便問的，的確喬方正的武功如此厲害，能夠挖掉他雙眼的必然是巔峰高手。

喬方正的胸膛劇烈起伏著，他的身軀都顫抖了起來：「是！」

「他為何要挖掉你的眼睛？」

喬方正道：「因為我做錯了事！」

上官天火道：「你沒臉說是不是？因為你跟老幫主的妻子私通，你們非但背著老幫主有染，而且還生下了一個孩子。」

現場一片譁然，連胡小天都感到天雷滾滾，喬方正啊喬方正，我還真沒看出來你老先生年輕的時候居然這麼風流，這事兒幹得的確有些不道地，人家是你幫主啊，你這麼幹，難怪他要挖你的眼睛。

喬方正道：「是！我對不起他。」

台下眾丐已經開始唾罵起來，勾引義嫂乃是江湖大忌，更何況喬方正勾引的還是丐幫前任幫主的老婆。

上官天火道：「你們瞞了老幫主整整二十年，直到你們的兒子病重，老幫主救他的時候方才發現這個秘密，那女人為了救你們的兒子方才將你們的姦情道出，老幫主一怒之下挖了你的眼睛對不對？」

喬方正道：「我沒有怪過他，我對他沒有絲毫怨恨，是我對不住幫主。」

上官天火呵呵冷笑道：「那女人死了，你們的兒子也死了，難道在你心中就沒有一絲一毫地恨他？」

喬方正道：「我從未恨過幫主！」

上官天火道：「你恨他，你認為老幫主見死不救，將那孽種的死因歸咎到老幫主的身上，那賤人因為悲傷過度而自殺，你也將此事算在老幫主的頭上，所以你就設計害他！」

「我沒有！」喬方正大吼道。

上官天火冷笑道：「老幫主挖了你的雙眼你也不恨他？」

喬方正道：「不恨，從未恨過！」他雙拳緊握，因為痛苦而周身瑟瑟發抖，捆縛他的鐵鍊和鐐銬也隨之不停作響。

上官天火道：「誰會相信？喬方正，你句句都是謊言，自此以後你就一心想復仇，是你設計害死了老幫主，又擔心事情敗露，放眼幫中，你最忌諱的人是徐長老，他是你登上幫主之位的最大阻礙，所以利用朱八將徐長老引導了玄陰山，再害死徐長老，只是那場雪崩並不在你的計畫之內，所以你沒有得到綠竹杖。」他揚起手中的綠竹杖，大聲道：「或許是老幫主的在天之靈庇佑我們丐幫，保佑丐幫之火熊熊不滅，這綠竹杖被我先行找到，而沒有落到你這奸人之手！」

眾丐聽到這裡基本上都已經相信了上官天火的話，一個個憤怒吼叫道：「殺了這老賊，殺了這老賊！」

胡小天心中暗歎，上官天火的口才實在了得，喬方正在他面前根本沒有半分辯駁的餘地，上官天火拋出喬方正和前任幫主夫人私通的醜聞實在太有殺傷力，不過從這件事也可以看出上官天火的卑鄙，其實他如果不說這件醜聞可能永遠會隱瞞下去，更何況前任幫主都已經死了，他將此時抖出不但打擊了喬方正，同時也讓前任幫主臉上蒙羞，只怕在九泉之下也不得安息了。

喬方正道：「我喬方正做錯了事甘願接受任何的唾罵和懲罰，你上官天火又是什麼好人？這綠竹杖究竟是你從何處得來？歷任幫主必須得到丐幫兩樣信物方才能有資格統帥幫眾，綠竹杖、鐵飯碗缺一不可，你沒有鐵飯碗，有什麼資格坐在幫主的位子上？諸位兄弟，你們不要被他的花言巧語蒙蔽，一直以來都是他在出賣丐幫利益。」喬方正雖然聲音渾厚，在場的人都聽得清清楚楚，可是根本沒有人會相信他的話，一個勾引義嫂，背叛幫主的人，他的話又怎能取信於人？

上官天火道：「諸位兄弟，我上官天火自知無才無德，難當幫主大任，得到這跟綠竹杖也是機緣巧合，或許冥冥之中我丐幫歷代祖師不想丐幫落入奸人之手，我上官天火絕不貪圖權位，我只想盡全力幫助丐幫渡過難關。」

不得不承認此人的確心機深沉，這番話一說頓時又贏得了不少人的支持，下方有人叫道：「上官幫主德高望重，由您來統領丐幫本來就是眾望所歸的事情。」

上官天火唇角露出一絲得意的微笑，他裝出感動萬分的樣子，拱手道：「承蒙兄弟們對我的信任，我上官天火必為丐幫鞠躬盡瘁死而後已，我擔任幫主一日就絕不會有一絲一毫的私心……」

此時他的話語卻被一人打斷：「任憑你說得天花亂墜，你都沒有資格擔任幫主之位啊！」這聲音並不大，還顯得有些怯懦，不過仍然被不少的人聽到了。

說話的人正是龍曦月，胡小天壓根沒想到她居然會在這時候說話，心中不由得暗暗叫苦，我的寶貝公主，你在這時候添什麼亂？時機不對，這種時候站出去，咱們豈不是成了眾矢之的？這位乖公主輕易不惹事，一惹事就捅了個大漏子。

周圍人全都望著這個小乞丐，龍曦月卻早已下定決心，她揚起一只鐵碗，正是丐幫兩大鎮幫至寶之一的鐵飯碗。因為胡小天和龍曦月已經易容，別人都不知道他們的真正身分。

喬方正聽到有人叫出鐵飯碗的時候卻是已經明白他們來了，心中暗歎，公主啊公主，你為何要來？還將鐵飯碗呈現人前，今天豈不是等於羊入虎口，主動將鐵飯碗給上官天火送上門來了。可他雖然著急，卻不敢說什麼，如果讓別人知道他和龍曦月的關係，恐怕會將她當成自己的同黨，只怕她也要被連累了。他並不確定胡小天是否跟來，不過按照常理推斷，胡小天應該不可能讓龍曦月獨自一人身涉險境，其實他不應該讓龍曦月來才對，估計龍曦月能夠出現在這裡全都是因為她自己堅持，想到這裡喬方正不由得有些感動，這位公主不但心地善良而且重情重義，自己選她為徒果然沒有看錯。

龍曦月一拿出鐵飯碗，上官天火的雙目中頓時迸射出貪婪而興奮的光芒，正所謂踏破鐵鞋無覓處得來全不費工夫，他一直都在尋找這只鐵飯碗，苦於始終沒有任何的線索，也只有同時擁有鐵飯碗和綠竹杖兩樣東西，他才能成為名副其實的丐幫幫主，才能讓所有人心服，想不到居然有人主動給他送上門來了，只是這小乞丐究竟是什麼來路？他又是從哪裡得來的鐵飯碗？

龍曦月真正站出來之後馬上冷靜了下來，她性情雖溫柔，可卻是擁有大智慧之人，從小生活在皇宮之中，什麼樣的大場面她沒有見過？即便是面對這近兩千名乞丐的注目，她也沒有感到一絲一毫的慌亂，更何況她的身邊還有胡小天。

事已至此，胡小天也唯有陪著她硬著頭皮撐下去，低聲安慰她道：「不用怕，萬事有我！」他已經做好了準備，大不了就帶著龍曦月殺出一條血路，以他的武功保護龍曦月逃出風波島應該還有機會，只可惜光劍送給了姬飛花使用，如果現在有光劍在手，勝算還要更大一些。

龍曦月揚起那只鐵碗，向風波台上走去。

今晚參加集會的群丐多半都是丐幫的骨幹，其中有不少人都認得鐵飯碗，雖然不知龍曦月的來路，可是看到她握有丐幫兩大至寶之一，也紛紛向兩旁讓開路來。

連胡小天都不知道龍曦月心中在想什麼，只能跟著她走上了風波台。

上官天火望著龍曦月手中的鐵飯碗，他已經可以斷定那鐵飯碗就是真的，他抑制住內心激動的心情，儘量保持平靜道：「這位小兄弟，不知你姓甚名誰？隸屬於我幫哪一支分舵？這鐵飯碗你又是從何得來？」

龍曦月道：「我並不是丐幫中人！」

此言一出現場一片譁然，眾丐紛紛竊竊私語，這小乞丐居然不是丐幫中人，他不是丐幫中人又是怎樣混入丐幫大會？

胡小天也是哭笑不得，他還以為龍曦月能有什麼逆轉乾坤的辦法，一開口就說錯了話。

上官天火道：「你可知道你手中的是什麼？此乃我丐幫鎮幫之寶，還望小兄弟能夠物歸原主，老夫必有重謝！」

龍曦月卻搖了搖頭道：「我雖然不是丐幫中人，可是我師父卻是丐幫了不起的人物！」

上官天火道：「你師父是誰？」

喬方正心中暗歎，這位公主畢竟太過單純了，她根本不知道人心險惡，在這種時候若是道出了他們之間的關係，恐怕必然成為眾矢之的，別說這鐵飯碗保不住，恐怕連性命都保不住，喬方正心中黯然，自己原本想為丐幫保住鎮幫之寶，讓打狗棒法有個傳人，可現在看來一切都要落空，也許是上天註定，上天要毀滅丐幫，並不是人力所能改變。

胡小天拚命向龍曦月使眼色，他也以為龍曦月要把喬方正說出來。

龍曦月卻似乎根本沒看到他一樣，輕聲道：「我師父乃是丐幫幫主袁四海！」眾丐聽說她是前任幫主的弟子，也全都鬆了口氣，雖然不是丐幫弟子，可畢竟也不是外人。

上官天火道：「可我卻從未聽說幫主還收過徒弟呢？」

龍曦月道：「這世上有很多事情你都沒有聽說過，我師父並不喜歡你，更談不上信任你，他做的事情怎麼會讓你知道？」她的聲音雖然不大，可是吐字清晰，在場多半人都已經聽到，現場寂靜下來，眾丐的注意力全都集中在風波台上。

上官天火老臉一熱，此時他方才意識到眼前的小乞丐並不簡單。

胡小天這會兒才算返過神來，龍曦月的冷靜超乎他的想像，她不但頭腦清晰而且言辭犀利，表面上這句話非常平淡，可是針對性卻是極強。

上官天火畢竟老奸巨猾，呵呵笑道：「不知這位小兄弟高姓大名，你又是何時拜我們的前任幫主為師的呢？」

龍曦月轉向眾人道：「我是玄陰山附近人氏，一日上山採藥，剛好遇到了一位重傷的老乞丐，我為他療傷治病，他讓我拜他為師，我那時候才知道原來他是丐幫幫主。」

胡小天心中暗讚，龍曦月輕易不說謊，說起謊話也跟真的似的，這個故事編得似模似樣，聽起來毫無破綻。

上官天火冷冷望著龍曦月道：「簡直是一派胡言，我們幫主明明被空空道人所害，他又怎會遇到了你？還教給你武功？小小年紀居然如此狡詐，還不從實招來，你究竟是何人所派？又是從何處盜取的我幫至寶。」他氣勢咄咄逼人，已經不加掩飾直指這鐵飯碗是龍曦月盜來的。

龍曦月道：「你說我師父被空空道人所害，那麼你知不知道他的屍骨在那？」

上官天火居然被她問住，一時間不知如何作答。他對外宣佈裘四海的死訊，就是憑著這根綠竹杖，歷代幫主都是杖在人在，杖失人亡。至於裘四海的屍骨，為了免除後患早已毀屍滅跡，可他卻不能說，打死都不能說。

「你沒有見過他的屍骨，又如何能夠斷定我師父已經死了？在無法斷定我師父是否已經死了的情況下，你又為何急著出來宣佈他的死訊？忙著取而代之登上幫主之位？」龍曦月這麼一說，台下眾丐居然有不少人點頭，認為這小乞丐說得很有道理啊，這也和上官天火在幫內的威信遠遠比不上裘四海有關，很多人對他繼任幫主並不心服。

龍曦月道：「我手上這只鐵飯碗是我師父親手交給我的，你無端指責我盜取鐵飯碗，按照你的說法，這綠竹杖我師父並未親手教給你，是你盜走了綠竹杖吧！」

上官天火怒道：「放肆！」

龍曦月將鐵飯碗交給胡小天保管，提防上官天火突然下手搶奪，她向眾人抱了抱拳道：「我雖然不是丐幫中人，可我今日來此卻是要為我師父討一個公道，我師父說過，他是被上官天火和空空道人聯手所害，上官天火意圖篡奪幫主之位，所以才設計陷害他。」

上官天火尚未說話，他兒子上官雲峰已經忍不住了，怒吼道：「竟敢侮辱我父清白，今日我必要你人頭落地！」

龍曦月臨危不亂道：「我若是沒有證據當然不會亂說，那證據就藏在綠竹杖之中！」她明澈的雙眸盯住上官天火道：「你敢不敢將綠竹杖交給我？我這就拿出證據給在場所有人看看！」

上官天火難免猶豫，這綠竹杖雖然只是一個象徵性的東西，可畢竟是丐幫至寶，自己全憑著綠竹杖方才暫時登上了幫主之位，怎能隨便交給別人，只是她為何說得如此肯定？難道這綠竹杖中真藏有什麼證據？不可能，自己明明仔仔細細地查驗過，綠竹杖根本不可能藏有任何的證據。

龍曦月向前走了一步道：「你不敢啊？還是心中有鬼？」

台下眾丐全都在關注台上的變化，其實多數人都在期待龍曦月揭穿秘密，綠竹杖在丐幫弟子的心中是極其神聖的寶物，他們相信上任幫主真有可能在綠竹杖中留下秘密。

上官雲峰周身殺氣瀰漫，如果不是當著那麼多人的面，他早已衝上去向龍曦月痛下殺手了，不過他感覺龍曦月身邊的那個駝子似乎有著某種深不可測的威壓，這種威壓讓他的內心感到一種無形的壓力，讓他不敢輕舉妄動。

上官天火呵呵笑了起來，他本來已經認為所有一切盡在自己的掌握之中，卻想不到中途殺出了一個小乞丐，對方既然能夠拿出鐵飯碗，就證明他有備而來，需得想出一個辦法，將鐵飯碗弄到自己的手上，這裡畢竟是自己的地盤，諒他也翻不起什麼風浪。更何況自己一個丐幫幫主若是不表現得大度一點，只會讓人貽笑大方。

上官天火道：「你若是找不出證據怎麼辦？」

龍曦月毫不猶豫道：「我若是沒有證據，就將鐵飯碗送給你如何？」

上官天火聞言心中一喜，他將這綠竹杖反反覆覆研究了無數遍，根本不會有什麼證據，當著那麼多自己人的面也不怕他使詐，索性表現得大方一些，他點了點頭道：「那好，你指給我看！」他將綠竹杖遞給了執法長老穆樹生，讓他遞過去。

眾丐看到上官天火如此做派，也暗讚他大度，不過他們的心中更是好奇，這綠竹杖中究竟留下了什麼證據？

穆樹生雙手接過綠竹杖，來到龍曦月面前遞給了她，不忘叮囑她道：「此乃我丐幫聖物，你千萬不可損毀。」

龍曦月道：「長老放心，我比你更加珍惜這樣東西。」

在場人都盯著龍曦月，不知她下一步將要指出怎樣的秘密，所有人中卻只有胡小天明白了龍曦月的用意。龍曦月向胡小天道：「你將鐵飯碗給我。」

胡小天將鐵飯碗遞給了她，嚴陣以待，以防有人偷襲。

上官天火心中暗忖，難道當真有秘密？難道必須要鐵飯碗和綠竹杖同時出現這秘密才會揭示出來？心中難免有些忐忑。

龍曦月道：「各位長老，各位兄弟，丐幫從開宗立派以來就有個規矩，丐幫幫主必須同時擁有綠竹杖和鐵飯碗，現在這兩樣聖物全都在我的手中，那麼我就是丐幫幫主！所有丐幫幫眾都要聽從我的號令！不然就是對丐幫歷代幫主不敬，就是違背幫規！」

這一變化實在是讓人大跌眼鏡。

上官天火父子張口結舌，胡小天卻是眉開眼笑，上官天火實在太大意，他以為自己是丐幫幫主，周圍都是他的人所以有恃無恐，可他並沒有想到龍曦月居然利用這樣的辦法來騙取綠竹杖。

上官雲峰怒吼一聲：「奸賊！把聖物交出來！」他向前跨出一步，一拳向龍曦月攻去，雖然右臂已斷，可凝聚全身之力的左拳也非同小可。

胡小天始終都在關注著周圍人的一舉一動，上官雲冲剛一動手，他就已經迎了上去，也是一拳迎了出去，雙拳相撞，發出蓬的一聲巨響，胡小天身軀紋絲不動，上官雲峰卻是微微一晃，在場人有不少已認出了胡小天的這一拳，有人驚呼道：「神魔滅世拳！」胡小天的這一拳正是虛凌空教給他的神魔滅世拳。

胡小天道：「我乃徐三省徐長老的親傳弟子，他讓我護衛幫主前來剷除奸佞！」這麼乖巧的公主都大模大樣冒充起了裘四海的徒弟，自己可是外公如假包換的親傳弟子，害怕什麼暴露身分？

上官天火怒道：「快將聖物還我，當真以為我丐幫弟子就是那麼好矇騙的？」

龍曦月道：「究竟是誰在矇騙丐幫幫眾，誰心裡清楚。」她一手端著鐵飯碗，一手握住打狗棒，目光環視風波台上的那幾名丐幫元老：「丐幫的幫規是不是這樣？你們是不是違背幫規祖訓？不打算承認我這個幫主嗎？」

此時喬方正第一個單膝跪了下去，揚聲道：「幫主在上，丐幫弟子喬方正無論刀山火海願聽幫主差遣！」老叫花子不糊塗，他第一個做出表率。不過他顯然沒有什麼帶動作用，多半丐幫弟子對這個當年勾引義嫂的傢伙嗤之以鼻。

穆樹生和趙申雄等幾名長老全都面面相覷，按照丐幫的幫規，同時擁有這兩樣聖物的人就是天命所在的丐幫幫主，可是眼前的情況又有不同，龍曦月明明是從上官天火手中騙走了綠竹杖，這一點所有人都看到，雖然他的做法值得商榷，可最終的結果卻是無可置疑的。

上官雲峰被胡小天一拳震退，至今仍然氣血翻騰，他被姬飛花所傷之後，始終沒有完全康復，功力比之巔峰時期大打折扣，而胡小天這段時間內力又有提升，此消彼長，兩人硬碰硬對決比起在飄香城的時候已經有了很大不同，上官雲峰心中暗忖，難怪這兩人敢來到丐幫大會上鬧事，原來此人的武功如此厲害，卻不知另外那名冒充袁四海弟子的傢伙武功如何？

上官雲峰大聲道：「把丐幫聖物還給我們！」

上官天火臨危不亂，緩緩點了點頭道：「兩位看來是找我們丐幫晦氣來了，老夫的容忍是有限度的，若是你們再敢歪攪胡纏，只要老夫一聲令下，這風波島就會成為你們的埋骨之地。」

龍曦月道：「你都不是幫主，又有什麼資格向大家發號施令？」

上官天火怒極反笑，他哈哈大笑道：「所有人都看得清清楚楚，是你用陰謀詭計將我手中的綠竹杖騙了過去。」

龍曦月道：「從古至今，自打丐幫開宗立派，從未發生過一位幫主連綠竹杖都護不住的事情，你還有什麼資格在這裡冒充幫主！」

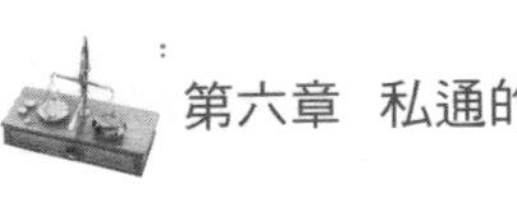

上官天火臉上的笑容肅然收斂，周身彌散出陰冷的殺機。

一旁喬方正大聲道：「國有國法，幫有幫規，這丐幫的幫規也無人遵循了。」眾丐這會兒明顯都在猶豫，按照幫中的規矩，只有同時擁有綠竹杖和鐵飯碗的人才有資格成為幫主，上官天火受命於危難之時，但是僅憑著綠竹杖也算不上名正言順。眼前的這位小乞丐現在手中同時擁有了兩樣聖物，可是所有人也都看到他從上官天火的手裡將綠竹杖騙過去的情形，手段也不是那麼的光明磊落。

上官天火也看出了眾人的猶豫，證明丐幫內部人心有所浮動，必須要儘快將聖物取回，他向前跨出一步道：「拿來！」

胡小天擋在龍曦月面前，正準備向前，龍曦月卻輕輕拍了拍他的肩頭道：「他奈何不得我！」

龍曦月表現出超越平常的鎮定，她將鐵飯碗交給胡小天，拿起綠竹杖緩步向上官天火走去，輕聲道：「有資格擔任丐幫幫主的人，不但要擁有兩樣聖物，還要懂得打狗棒法，不知你掌握了多少？」

上官天火被她再次問住，此前他說過喬方正監守自盜，偷學了三十六路打狗棒法，現在若是說自己也會，等於說自己也偷學，可若是說自己不會，豈不是更沒有資格擔任幫主之位。

龍曦月道：「我師父非但傳給了我鐵飯碗，還將打狗棒法傳給了我，現在綠竹杖就在我的手中，你若有本事從我手中奪回去，就證明你有資格擔任幫主。」

胡小天內心中為龍曦月捏了把汗，雖然知道喬方正可能將三十六路打狗棒法全都交給了她，只是這棒法到底有何威力還不清楚，從上官天火的氣息步法來看，此人的武功絕對不弱，龍曦月即便是學會了一些精妙的招式，可她的內力終究有限，目前還無法跟上官天火抗衡，更談不上擊敗他。

上官天火點了點頭道：「好，老夫便領教你的棒法！」他想要空手將綠竹杖重新奪回來。

龍曦月向周圍丐幫長老拱了拱手道：「各位長老，我若是以打狗棒法勝了此人，你們信不信我就是裘幫主的徒弟？」

穆樹生道：「丐幫能夠將打狗棒法全都掌握的只有幫主，你若是能以打狗棒法取勝，我自然相信你是裘幫主的傳人。」

上官天火臉色一黯冷冷道：「喬方正也懂得打狗棒法。」他對穆樹生的這句話很是反感，分明是穆樹生開始相信對方的說法。

喬方正呵呵大笑道：「老夫若是懂得打狗棒法，又豈會落入你們父子的手中？單憑著三十六路打狗棒法還不敲破你們父子二人的狗頭。我罪孽深重，你們父子又是什麼好人了？為何不告訴大家你究竟有幾個兒子？你口口聲聲為幫主伸張正義，卻為何要讓他死後還不得安寧？」

其實丐幫不少人也都存在著這樣的想法，剛才全都是聽上官天火在說，眾人在他的鼓動下也是義憤填膺，可現在漸漸冷靜下來了。

上官天火心中已經開始有些慌張，如果任由情況繼續發展下去，局面很可能有失控的危險，必須要將綠竹杖奪回，他沉聲道：「還不快將聖物還我！」

龍曦月道：「我在內力方面比不上你，所以咱們比武點到即止，對待同門不得擅下殺手。」

上官天火只當她害怕，點了點頭道：「那是自然！」心中卻暗自下定決心，只要抓住機會必然結果了他的性命，管他是不是裘四海的徒弟，決不能讓他給自己再惹麻煩。

上官雲峰道：「爹，我來替你教訓他！」

胡小天冷冷望著上官雲冲道：「你配嗎？」

上官天火卻輕聲歎了口氣道：「雖然我不知道你是受了何人的指使而來，可上天有好生之德，只要你們將兩樣聖物交還給我丐幫，老夫或可對你們網開一面。」他也是做戲高手，在這種時候還要表現出自己的大度和仁慈。

此時朱八卻突然大叫道：「上官天火，你是個假仁假義的偽君子，你們父子抓了我的妻子，抓了我的兄弟，以他們的性命為要脅，讓我承擔這些罪名，還讓我誣陷喬長老……」

上官雲峰一個箭步向朱八竄了過去，他想要制住朱八的啞穴避免他亂說，胡小天如影相隨，後發先至擋住了他的去路，冷笑道：「做什麼？想要殺人滅口嗎？」

與此同時龍曦月卻先下手為強，手中綠竹杖碧影一閃，向上官天火胸口點去。

上官天火沒想到他當真敢向自己出手，向右側滑了一步，手下一人將一根打狗棒向他扔了過來，上官天火伸手接住，旋即迴旋上挑，意圖磕飛龍曦月手中的綠竹杖。

龍曦月手腕一抖，根本沒有和上官天火正面抗衡，手中綠竹杖又如一條長蛇沿著對方的打狗棒盤旋纏繞，順勢向下一壓。

上官天火心中一怔，對方一出手就是打狗棒法的纏字訣，丐幫中人懂得打狗棒法的不少，不過基本上都是三招兩式，除了幫主之外沒有人能夠將三十六路打狗棒法學全，打狗棒法雖然招式繁複，花樣百出，可其中始終貫穿著八字口訣，就是：絆、劈、纏、戳、挑、引、封、轉。而這八字口訣歸根結底還是一個巧字，打狗棒大都輕盈纖細，以龍曦月手中的綠竹杖為例，只不過五尺長，拇指般粗細，殺傷力方面甚至連尋常刀劍都不如，但是打狗棒法的初衷乃是為了驅趕惡犬，而不是為了將之殺死。

克制打狗棒法最好的辦法就是以棒法相對，龍曦月以纏字訣攻擊的時候，上官天火想要將之破去，就應該用挑字訣。

如果以內力而論，上官天火無疑要超出龍曦月許多，可是談到棍法招式，他卻要大大不如了，喬方正最早交給了龍曦月三招棒法，這三招是他壓箱底的絕學，也是打狗棒法中最難上手的三招，可是他發現龍曦月的悟性一流，沒有花費太大的功夫就已經掌握，而且後來他通過觀察越發覺得龍曦月本性善良，天資聰穎，於是在自己決定前往丐幫，以性命來挽救丐幫之前，收龍曦月為徒，並將自己所掌握到的三十六路打狗棒法全都教給了龍曦月。

喬方正也沒有想過龍曦月可以在短時間內將三十六路棒法全都掌握，只想這丐幫最具有代表性的功夫不至於就此失傳。

龍曦月對打狗棒的理解速度實在是讓人超乎想像，許多人修煉武功始終不得其門而入，其原因是沒有找到適合他們的武功，胡小天此前也教過龍曦月靈蛇九劍，可是龍曦月心地仁慈，從心底對刀劍之類的殺器有所抗拒，所以在劍法上的進境不快。喬方正覺察到了這一點，教龍曦月改用竹枝兒，反而起到了意想不到的效果。

上官天火其實從兒子那裡也學過三十三路打狗棒法，雖然至今掌握還不超過二十路，可他最大的麻煩就是不敢在人前顯露，眾所周知，他兒子上官雲冲掌握的打狗棒法也僅僅只有六路，他若是施展出來，在這六路以內還好解釋，若是使多了幾路，別人豈不是要質疑他從何處得來？

上官天火的武功比起上官雲峰尚且不如，一開始因為猶豫是不是用打狗棒法應對，反而讓龍曦月打了個措手不及。

上官雲峰一看就明白了父親的癥結所在，以傳音入密提醒他道：「他棒法雖然精妙，可是內力不行！」

上官天火經兒子提醒之後暗叫慚愧，內力貫注於打狗棒之上，猛然向上方一挑，這一招卻是打狗棒法中的一招，龍曦月畢竟欠缺經驗，被上官天火脫離綠竹杖的纏繞，上官天火向後退了一步，拉開和龍曦月之間的距離。

在場圍觀眾丐臉上都流露出失望的表情，上官天火身為丐幫幫主，竟然被一個小乞丐逼得後退，而且看起來他懂得打狗棒法還不如對方多，看來這小乞丐可能真是裘幫主的土地，不然人家怎麼會懂的那麼多的打狗棒法。

一旁喬方正雖然看不到，可是他的耳朵卻可以察覺到場上動靜，雙方的一舉一動彷彿都被他親眼看到一般，他呵呵笑道：「上官天火，你用的是打狗棒法中的挑字訣，我一共交給你兒子六路棒法，可其中偏偏就沒有挑字訣，你又是從何處得來？難不成那三位傳功長老委託上官雲冲送來的棒法被你們父子偷學了不成？」其實喬方正是教過上官雲冲挑字訣的，不然上官雲冲也不敢當眾使出，但是喬方正信口一說，眾丐都信了七八分。尤其是幾位護法長老，此時已經開始懷疑上官天火，有幾人將朱八保護了起來，正在詢問朱八到底發生了什麼事情。

上官天火何等狡詐，他頓時感覺到場面有些不對，這些人應該不會突然改變立場才對，僅僅依靠著一個鐵飯碗就能取信於他們？不可能。他咬了咬嘴唇，決定暫時拋卻雜念，先將綠竹杖搶回來再說。手中打狗棒猛然一抖，凝聚全身之力，呼地向龍曦月的頭頂劈去，這一棍若是落實，必然可以將對方砸個腦漿迸裂。

胡小天時刻都在關注場上動靜，看到上官天火出手就是殺招不由得一顆心懸到了嗓子眼，他準備衝上去為龍曦月解圍，卻聽到一個熟悉的聲音在耳邊道：「別動，你以為丐幫打狗棒法如此膿包嗎？」

胡小天在第一時間就判斷出那聲音來自於外公，此時卻見龍曦月手中綠竹棒迎上前去，和上官天火雷霆萬鈞的那一棒接觸之後，馬上一轉，然後斜行向下方一擺，卻是巧妙將上官天火的力量引向了地上，上官天火這一棒落空，砸在青石板鋪就的地面上，竟然將青石板地面砸得龜裂開來，足見這一棒之威風。

旁觀眾人多半臉色微變，誰都看出上官天火這一棒根本沒有留有任何情面，完全是痛下殺手。

喬方正大聲道：「上官天火，你這一招又是從何處學來？打狗棒的劈字訣你也掌握了。」

胡小天聽到外公的聲音頓時放下心來，再看到龍曦月果然成功將上官天火的這一次攻擊化解，此時方才四顧去尋找外公的身影，現場人影幢幢，根本找不到外公。看來外公早已來到了大會現場，一直都在暗中相助，剛才朱八突然翻供，應該就是外公起到了作用。胡小天暗暗欣喜，外公既然出現在這裡，就證明他老人家沒有什麼危險，其實一直以來胡小天也不相信外公會輕易被害，今天聽到外公的聲音方才徹底放下心來。

朱八那邊已經向幾位長老說明了自己的經歷，以穆樹生為首的那群護法長老齊齊向上官雲峰望去，目光中已經沒有了此前的尊敬，反而充滿了狐疑。

上官雲峰暗叫不妙，看起來形勢正在悄然發生轉變，他向胡小天望去，看到胡小天正在聚精會神地關注著場上比武的情景，這應該是個奪回鐵飯碗的大好機會，他毫無徵兆地向胡小天衝了上去，左手握住打狗棒的尾端，從中抽出一柄暗藏的細劍，倏然向胡小天咽喉刺去。

第七章

女性丐幫幫主

穆樹生等長老既然承認了龍曦月的幫主地位，
其他人怎會有異議，所有丐幫弟子全都向幫主行禮，
胡小天依稀記得過去在武俠小說中看到，
成為幫主是要接受眾丐唾棄之禮的，心中為龍曦月擔心，
她素來愛潔，若是被這幾千名乞丐同時吐口水，
恐怕心裡要噁心死了。

真正的高手不能只依靠眼睛和耳朵，胡小天雖然關注著龍曦月和上官天火的比拚，但是身邊氣流的微弱波動馬上讓他警醒。

胡小天判斷出對方這一劍的來路，揚起手中的鐵飯碗，碗口向外，如同盾牌一樣擋住了上官雲峰的突襲。

噹的一聲上官雲峰一劍刺在了鐵飯碗上，換成別人斷然不會用丐幫聖物來當盾牌的，若是損壞那麻煩可就大了。可鐵飯碗也就是這些丐幫弟子奉為至寶，對胡小天而言就是一個破碗罷了，就算被對方一劍擊穿也沒什麼可惜的。上官雲峰的這一劍刺在鐵飯碗內，根本無法深入分毫，全力刺殺之下，鐵飯碗竟迸射出數道金光。

風波台上的幾名丐幫元老已經擔心得不行，趙申雄叫道：「切勿損毀了幫中寶物！」他說話時，上官雲峰又接連刺出了七劍，兵來將擋，水來土掩，劍來了，胡小天有鐵飯碗。他左支右擋，只聽到叮叮噹噹的聲音不絕於耳，上官雲峰的殺招全都被胡小天用鐵飯碗擋了回去。他的那柄劍竟然在接連撞擊之中，連劍鋒都撞沒了，足見這鐵飯碗堅固到了怎樣的地步。

胡小天不無得意地將鐵飯碗在手中一拋然後接住，嘿嘿笑道：「這樣的劍法居然都敢出來丟人現眼，上官雲峰信不信我把你的左手也給切了？」他直接叫出了上官雲峰的真名。

上官雲峰怒極，此時胡小天卻突然捨棄了他，手中鐵飯碗脫手扔了出去。

卻是一支箭鏃從人群中飛了出來，徑直射向龍曦月，鐵飯碗在空中擋住暗箭，暗箭射中鐵飯碗，迸射出無數金星。

就在同時，龍曦月手中綠竹杖抽打在上官天火的手腕上，上官天火手腕劇痛，不過打狗棒並未脫手飛出，他老羞成怒，手中打狗棒幻化出萬千棍影向龍曦月包繞而去。

上官雲峰看到胡小天扔出鐵飯碗擋住射向龍曦月的一箭，他在胡小天拋出鐵飯碗的一刻就已經啟動，搶在鐵飯碗落地之前就已經將鐵飯碗抓在手中，可鐵飯碗剛剛落入手中，一個魁梧的身影就撲了上來，竟然是被鐵鍊鎖住的喬方正，誰也不知他何時恢復了自由，喬方正一拳重擊在上官雲峰的後心，上官雲峰被他這一拳打了個踉蹌，噗地噴出一口鮮血，左手卻仍然牢牢抱住鐵飯碗。喬方正手中鐵鍊一抖將上官雲峰的咽喉鎖住，大吼道：「奸賊，你們父子也有今天！」

上官天火見到兒子被喬方正所制頓時驚慌起來，他這會兒功夫使出的打狗棒法早已超出了二十路，幾位長老看在眼裡，心中自然有了回數，上官天火指責喬方正監守自盜偷學打狗棒法，看來他也不乾淨。

穆樹生等人已經封住上官天火父子兩人可能的逃亡之路，明顯看出他們的立場已經改變。

喬方正大吼道：「上官天火，你偷學打狗棒法，謀害丐幫幫主，現在還有什麼話說？」

上官天火心中一慌，右手又被龍曦月抽了一記，手上劇痛，打狗棒竟然脫手飛出，龍曦月揚起綠竹杖輕輕一撥，那根打狗棒以綠竹杖為軸風車般旋轉起來，然後又倒著向上官天火飛去，上官天火伸手想要去抓打狗棒，可是他的手還未抓住打狗棒，就聽到耳邊傳來一聲悶吼：「欺師滅祖的混帳東西，當真以為你害得了我嗎？」這聲音又如重錘般擊落在他的腦海之中，上官天火頓時覺得頭腦之中一片空白，甚至連自己想做什麼都已經忘了。

風車般旋轉的打狗棒重重打在他的臉上，啪的一聲，將上官天火打得滿臉開花，鼻樑都斷了。

龍曦月絕沒想到自己此次反擊威力如此之大，更沒想到上官天火連躲都不躲，看到上官天火被自己打得滿臉是血，頓時嚇得驚呼一聲，甚至連出手都忘記了。

胡小天第一時間走了過去，將龍曦月護住，剛才的那一箭讓他心有餘悸，警惕望著周圍的動靜。上官天火被打得暈頭轉向，他的武功在丐幫內原本就無法進入頂級高手的行列，被虛凌空的聲音一嚇，鬼使神差地忘記了反抗，又讓龍曦月這一棍打得滿臉開花，等他回過神來想要反擊之時，卻被趙中雄和其餘三名長老圍住，幾人表情嚴峻，顯然是要將他拿下了。

趙中雄道：「上官天火你最好跟我們回去，將到底發生了什麼事情說清楚。」

上官天火向兒子的方向看了一眼，看到上官雲峰被喬方正用鐵鍊鎖住咽喉，面孔憋得烏青，如果再多一刻，只怕要死在喬方正手裡了，他不由得歎了口氣道：「我跟你們去就是！」

喬方正擊倒上官雲峰之後從他手中奪過鐵飯碗，來到龍曦月面前雙手呈上，恭敬道：「幫主，此乃丐幫聖物，您收好了。」

龍曦月愣了一下，還是伸手接過鐵飯碗。

此時穆樹生率先道：「我等參見幫主！」他率領台上長老向龍曦月行禮，他這樣做，等若是公開承認了龍曦月的幫主身分。

胡小天此時已經明白了，現在的一切應該都是外公在背後操控，他禁不住又向周圍望去，卻聽外公的聲音再度響起：「上官天火父子雖然不是良善之輩，可丐幫自古以來都未曾有過任何劣跡，你不可繼續針對丐幫，公主心地善良，秀外慧中，倒是丐幫幫主的絕佳人選，你要盡力輔佐她。」

胡小天一雙眼睛四處張望，仍然找不到外公的影蹤，看來虛凌空根本不想在人前現身，如今危機都已經解除，上官天火父子也被制住，唯一擔心的卻是上官雲冲了，剛才意圖射殺龍曦月的冷箭應該就是他所發。

穆樹生等長老既然承認了龍曦月的幫主地位，其他人怎會有異議，一時間所有丐幫弟子全都向幫主行禮，胡小天依稀記得過去在武俠小說中看到，成為幫主是要接受眾丐唾棄之禮的，心中暗暗為龍曦月擔心，她素來愛潔，若是被這幾千名乞丐同時吐口水，恐怕心裡要噁心死了。

不過還好這些丐幫弟子似乎沒有這個形式。

穆樹生宣佈大會結束，讓人將上官天火父子二人押下去交由執法長老審問，和其他幾位長老一起將龍曦月和胡小天請入了臨時搭起的營帳之中。

夏長明始終都混在人群中，台上比武之時他始終在做著準備，可事情的發展實在太過匪夷所思，完全超出了他的想像，龍曦月這位金枝玉葉居然被擁立成為乞丐頭兒，天下還有什麼稀奇的事情不能發生，不過看樣子是用不著他出手了。

龍曦月可沒有想過要做什麼丐幫幫主，今天之所以現身出來，也是迫不得已，不想眼睜睜看著師父蒙難。進入營帳之後，穆樹生引領幾位丐幫長老又向龍曦月行禮道：「參見幫主，請幫主上座！」

龍曦月此時反倒有些不好意思了，她柔聲道：「剛才晚輩只是因為形勢所迫所以才硬著頭皮站出來，絕沒有覬覦幫主之位的意思。」

穆樹生卻正色道：「幫主千萬不可這樣說，剛才到底發生了什麼我們都看得清清楚楚。」其實穆樹生轉變立場也不僅僅是看到眼前發生的變化，更不是龍曦月僅憑鐵飯碗和打狗棒法就能將他說服，就在剛才龍曦月和上官天火戰得最為激烈之時，虛凌空以傳音入密向他傳遞消息，這才讓以穆樹生為首的丐幫骨幹改弦易轍，轉而支持龍曦月。

此時朱八被人帶了進來，他滿臉慚色，來到穆樹生面前跪了下去：「屬下顛倒黑白，誣陷忠良，請長老降罪！」

穆樹生歎了口道：「你的事情我都知道了，若非是家人被他們父子制住，你也不會屈從，可無論怎樣你的做法都是違背了幫規。」他向龍曦月道：「如何懲處請幫主定奪！」

龍曦月道：「我做不來這個幫主！」她眼巴巴望著胡小天，早知道如此還不如讓胡小天拿著鐵飯碗出來，他當幫主也要比自己合適得多。

胡小天非但沒有替她說話，反而道：「既然大家都是一片誠意，你還是答應了吧，丐幫若是繼續群龍無首必然陷入內亂，你同時擁有綠竹杖和鐵飯碗，又掌握了三十六路打狗棒法，沒有人比你更合適了。」

龍曦月道：「可是……可是……」別人不知道胡小天還不知道，自己的真實身分是什麼？甚至這些乞丐連自己是女兒身都不知道。

胡小天還未來得及告訴她，其實讓她當丐幫幫主也是外公的意思，穆樹生這些人如此擁戴龍曦月，必然是因為外公發話的緣故。

龍曦月道：「其實，我有件事並沒有告訴你們，我根本不認識裘幫主。」

胡小天想要阻止她已經來不及了。

穆樹生笑道：「我們也已經知道了這件事，也知道你是徐長老的高徒！」

龍曦月美眸圓睜，一臉錯愕道：「什麼？」

穆樹生道：「其實徐長老全都告訴我們了，甚至連您是映月公主的事情我們都知道。」

這下論到龍曦月糊塗了，胡小天笑道：「幾位長老，如果不介意，我和曦月單聊幾句。」

穆樹生向胡小天拱了拱手道：「請了！」

胡小天將龍曦月拉到一邊，這才低聲將外公在背後指揮的事情說了，龍曦月此時方才明白，為何突然這些丐幫長老會改變態度，轉而支持自己，原來是胡小天的外公在背後起到了作用。甚至他們都將自己當成了徐長老的徒弟，這件事又不適合解釋，只能將錯就錯了。

龍曦月仍然有些為難道：「可是我一個女流之輩如何管理這麼多乞丐？」

胡小天看了看周圍，穆樹生等人為了避嫌全都離開了營帳，他低聲道：「我外公就是你外公，他選你為幫主就是想讓你幫助丐幫渡過難關。」

龍曦月道：「由你來當幫主豈不是更加合適？」

胡小天笑道：「我此前坑過丐幫，我若是來當這個幫主定然會有很多人不服氣，所以老爺子深謀遠慮，才讓你來擔當，其實你當就是我當，咱們兩人本來就是一家人，誰當又有什麼分別？」他把整件事看得很透。

龍曦月咬了咬櫻唇，她知道胡小天所說的極有道理，此前胡小天跟上官雲冲爭奪駙馬，還打傷了丐幫傳功長老童鐵金，至於後來劫持天香國王嫁禍上官雲冲，導致丐幫在天香國境內成為過街老鼠，甚至被驅逐出天香國境，這些事情雖然沒有確鑿證據是胡小天所為，可畢竟很多人都認為跟胡小天有關，他若是當丐幫幫主肯定無法服眾，想到這裡，她點了點頭道：「這擔子我可以暫時接下，不過你需要答應幫我。」

胡小天笑道：「我不幫你幫誰啊！」對他來說龍曦月能夠成為丐幫幫主絕對是一件意外之喜，通過這種方式可以掌控丐幫，以他現在的實力再加上天下第一大幫派的丐幫，必然如虎添翼，已經有和天下列強對抗的實力。

兩人商定之後，重新將那群丐幫長老請了進來，得悉龍曦月終於同意擔任丐幫幫主，這些長老也是喜出望外，他們重新向龍曦月行參拜之禮。

龍曦月得到胡小天的支持，也等於吃下了定心丸，和這些長老再見之時將面具取下，以本來面目示人，既然決定擔任丐幫幫主就不能遮遮掩掩。既然他們都已經知道了自己的公主身分，自然不妨公開。不過胡小天自始至終還是以駝子的模樣出現，他知道自己並不受丐幫待見，何必招惹這個麻煩。

穆樹生詢問龍曦月對朱八的處置意見，龍曦月道：「他也是為人所迫，也沒造成什麼惡果，今天我初登幫主之位，若是對他出手嚴懲恐怕會讓幫眾心寒，不如對他網開一面，讓他戴罪立功，你看如何？」

穆樹生點了點頭。

其實龍曦月這番話就是在為師父喬方正的事情做鋪墊，果不其然穆樹生又問起喬方正的事情，龍曦月尚未來得及回答，從外面兩名乞丐氣喘吁吁跑了進來，大聲稟報道：「不好了，喬方正逃了……」

眾人都是一驚，喬方正怎會逃了？還沒有回過神來，又有人跑過來道：「不好了……上官天火父子乘船逃走了……」

穆樹生怒道：「全都是廢物！不是說讓你們嚴加看管，怎會讓他們逃了？」他向龍曦月抱拳道：「幫主，卑職過去看看！」

龍曦月道：「我也去！」她關心師父的安危，要親眼看看他是不是真的逃走了方才放心。

關押喬方正的地方已經人去樓空，十多名負責看守他的丐幫弟子盡數被擊倒在地，喬方正雙目已盲，如果沒有人幫他，他肯定逃不太遠。關押上官天火父子的地方卻有丐幫弟子被殺，胡小天根據現場情況已經推斷出劫走他們的絕非同一路人，喬方正十有八九是被外公所救，至於上官天火父子雖然逃走倒也不是什麼壞事，這樣一來他們父子等於坐實了背叛丐幫的罪名。

穆樹生集合丐幫弟子在風波島上大肆搜尋，也沒有找到幾人的下落，其實碼頭方面已經有消息回饋，說有兩艘船先後離開了風波島。

這風波島上直到凌晨過後方才重新平復了下去，龍曦月讓穆樹生處理接下來的事情，她和胡小天等人先行返回火樹城。穆樹生和龍曦月約定，等這邊的事情處理過後，後天中午再和幾位長老一起前往火樹城拜會幫主共商大計。

胡小天和龍曦月跟夏長明會合之後來到碼頭，卻看到蔣少陽居然還在碼頭上等著，他應該是已經得到了消息，知道龍曦月現在已經是丐幫幫主，見到龍曦月走過來，遠遠就跪倒在了地上：「屬下參見幫主！祝幫主千秋萬載，一統江湖！」

龍曦月並不喜歡這廝阿諛奉承，皺了皺眉頭道：「你胡說什麼？」

蔣少陽這才意識到自己拍錯了地方，仍然厚顏無恥地笑道：「屬下全都聽說了，原來公主才是我們丐幫天命所歸的幫主！」

龍曦月正色道：「此事你不得胡說，更不得外傳！」

「是！」等到龍曦月上船，蔣少陽方才站起身來巴巴地跟了過去，他本以為這次來風波島是引狼入室，勾結外敵，卻想不到龍曦月成了幫主，那麼自己就是有功之臣，樂呵呵跟上胡小天的腳步，獻媚道：「恭喜駙馬爺了！」

胡小天不禁笑道：「何喜之有啊？」

蔣少陽壓低聲音道：「公主以後是幫主，您就是幫主夫人……」一時忘形說錯了話，趕緊揚手給了自己一個嘴巴子。

胡小天道：「蔣少陽，你想說什麼？」

蔣少陽道：「以後小的對公子必然赤膽忠心。」

胡小天雖然不恥他的為人，可是想要儘快控制紅木川，這種人還必不可少，他點了點頭道：「只要你對我忠心，我必然不會虧待你。」

蔣少陽感激涕零道：「公子放心，以後我蔣少陽若是敢有貳心，就讓我天打雷劈不得好死……」話沒說完，天空中卻是一道閃電劃過，緊接著就喀嚓一聲炸雷響起，嚇得蔣少陽縮了縮脖子，臉色都變得慘白。

胡小天笑著拍了拍他的肩頭道：「老天爺都聽不過去了。」他舉步來到船頭，看到龍曦月秀眉微顰，明顯心事重重。他微笑道：「曦月，還在擔心嗎？」

龍曦月咬了咬櫻唇小聲道：「我師父他一個人孤苦伶仃，又能逃到哪裡去？」

胡小天笑道：「你無需擔心，我看十有八九是被我外公帶走了。」

紅海之中，一葉小舟隨風蕩漾，舟上兩位老者對坐，一人雙目失明，正是剛從風波島逃走的丐幫傳功長老喬方正，另外一人卻是胡小天的外公虛凌空，也就是丐幫的首席傳功長老徐三省。

虛凌空對著酒葫蘆灌了一大口酒，然後遞給了喬方正，喬方正咕嘟咕嘟連喝了幾大口，長舒了一口氣道：「想不到你居然會來救我。」

虛凌空懶洋洋道：「我可不是想救你，只是不想新任幫主難做！」

喬方正意味深長道：「只怕你是關心自己外孫吧！好一招妙棋啊，把幫主之位給了孫媳婦，不就等於給了胡小天。」

虛凌空呵呵笑了起來：「不給他們給誰啊？現在的丐幫若是繼續這種狀況下去，只怕距離內亂已經不遠了，那小妮子可是你選定的徒弟，喬方正啊喬方正，你真是膽大包天，居然將三十六路打狗棒法全都傳給了她，連鐵飯碗也送給了她，你難道不清楚匹夫無罪懷璧其罪的道理？豈不是故意丟給她一個大麻煩？」

喬方正道：「我也沒想到她會來救我，再說她身邊不是還有胡小天嗎？就算她沒能力護住這些東西，胡小天也會幫她護住。只是我沒想到，你居然還活著。」

虛凌空望著陰沉沉的夜空道：「想死也不是那麼容易的事情。」他停頓了一下又道：「裘四海的事情原本就不怪你，你為何不把真相說出來？」

喬方正歎了口氣道：「丐幫的聲譽禁不起折騰了，身為丐幫弟子，為丐幫承擔一些罪責又怕什麼？反正我跟死人也沒什麼分別，我的名聲更加無所謂了。」

虛凌空道：「是他搶了你的老婆，你老婆嫁給他之前就已經有了身孕……」

喬方正一臉痛苦，他抓起酒葫蘆咕嘟咕嘟連灌了幾口酒道：「別說了，事情早已過去，他們也都已不在人世，就讓真相永遠掩埋起來吧。」

盧凌空歎了口氣道：「總是委屈了你。」

喬方正道：「我不明白，你明明有能力剷除上官天火父子，卻為何看到他們殺了丐幫弟子還放走了他們？」

盧凌空道：「上官天火父子在幫內還是有著一定的影響力，殺了他們，或許會讓很多人產生懷疑，他們這一逃反倒等於落實了罪名。」

喬方正點了點頭道：「薑是老的辣，終究還是你老奸巨猾一些。」

盧凌空搖搖頭道：「若非關係到丐幫生死存亡，老夫才懶得出來管這些事。」

喬方正道：「從此以後，我也可以放開丐幫的事情，找個地方安心等死。」

盧凌空卻道：「你現在還不能，你要去東梁郡，小天的身邊需要幫手。」

喬方正道：「你那麼關心他，為何不自己親自去？」

盧凌空道：「你欠我一條命，做人要懂得知恩圖報！」

喬方正聽他這樣說不由得苦笑道：「我可沒讓你救我，這份人情我才不認，不過我倒是欠胡小天的人情。」

盧凌空微微一笑，知道喬方正已經答應了，輕聲道：「我這段時間要去北疆一趟，中原的事情就拜託給你了。」

紅海大會的結果還算理想，雖然讓上官天火父子逃掉，可對胡小天來說反倒是好事，這樣一來等於證明上官天火父子做賊心虛，更何況他們在逃走之時殺了三名丐幫弟子，已經落實罪名。

火樹城在大祭司彤雲和城主夫人尕諾的共同主持下形勢平穩，雖然城主巴赫爾被殺，可他昔日謀害胞兄拔哥，陰謀刺殺靈女嘉歐的秘密也同時暴露，所以紅夷族人對他只有唾棄，並沒有人對他的死表示同情，而靈女嘉歐的回歸讓整個紅夷族都沉浸在歡樂中，隨著齋戒日的結束，整個城市都陷入熱烈的慶祝和狂歡之中。

展鵬的傷勢恢復理想，不過短時間內仍然無法遠行，而胡小天卻不能在火樹城久留，他們初步定在三天之後離開火樹城，一路向北離開紅木川進入西川境界，經由那裡返回他的根據地。

胡小天初步定下維持紅木川現狀不變的策略，對於這種多民族的地域，最好採用無為而治的辦法，紅夷族在這一區域的領導地位已經得到了默認，如果他強行改變反而容易引起混亂。信仰會在紅木川的統治中起到關鍵的作用，尕諾和嘉歐母女如今都在他們的一邊，她們需要倚重自己的幫助。

展鵬必須要留下療傷，胡小天決定讓梁英豪留下暫時陪他，這也是為了穩固他們在紅木川的影響力，自從紅海大會之後，蔣少陽明顯轉變了態度，過去如果說還有被逼無奈的成分，現在就是竭盡全力地為胡小天做事了。此人精通紅夷語言，對火樹城的內部情況極為瞭解，如今投誠對胡小天來說倒是一件大好事。

丐幫的幾位長老在處理完紅海大會的事情之後，專程前來火樹城拜會新任幫主龍曦月。

如今的龍曦月已經換回了女裝，胡小天也恢復了本來的樣子，不過他並未準備參與丐幫的這次內部會議，畢竟他是個外人，再說此前龍曦月已經跟他商量過，早已知道應當如何去應對，對龍曦月掌控大場面的能力胡小天還是很有信心的。

獨自一人來到前院看到，夏長明和梁英豪兩人正推著輪椅陪著展鵬曬太陽。

三人看到胡小天過來準備行禮，胡小天擺擺手道：「免了，你們在聊什麼？」

展鵬笑道：「在跟長明道別呢。」他的語氣有些無奈，其實他也牽掛未婚妻方芳，只是現在的身體條件並不適合遠行。

胡小天道：「不急，我們先回去，等我們回到東梁郡，這天氣也該轉涼了，到時候我讓長明騎著雪雕過來接你們。」

梁英豪道：「我反正不急，這邊紅夷族的女子都非常熱情，尕諾夫人還答應幫我找個紅夷族的妹子成親呢。」

幾人同時笑了起來。

此時丐幫的幾位長老已經到了，幾人抬起頭遠遠望著，看到龍曦月出門將他們迎了進去，夏長明有些好奇道：「主公不去？」

胡小天道：「對丐幫來說我是個外人，他們內部的事情我最好還是別跟著摻和。」說話的時候看到一名鐵塔般的漢子朝著他們走了過來，胡小天一眼就認出那人居然是朱大力，他是朱八的弟弟，曾經和胡小天多次打過交道。

胡小天主動迎了上去，抱拳道：「原來是大力兄！」

朱大力嘿嘿笑道：「俺哥讓俺來找你呢，胡公子！」

胡小天點了點頭，跟著朱大力出門，看到朱八就站在蝶園外等著，胡小天笑瞇瞇上前行禮道：「朱大哥，來了怎麼不進去？」

朱八滿臉慚色道：「幫中長老過來和幫主議事，我戴罪之身豈敢入內。」

胡小天看到在他身後不遠處還站著一個人，卻是他在天香國結交的謝天穹。謝天穹曾經跟隨童鐵金學藝，雖然沒有正式拜師，可實際上也是他的徒弟。

此時已經是正午時分，胡小天看到他們來了又不願進門，可看他們的樣子也是有事要說，於是道：「這樣吧，前面有一家酒館相當不錯，我請幾位過去坐坐。」

幾人來到酒館挑了個僻靜的拐角坐下，酒菜上來之後，幾人喝了三杯酒，謝天穹方才說明了來意，原來那日紅海大會之後，上官天火父子逃走，童鐵金可沒本事逃走，被人查出他為虎作倀，在上官天火擔任幫主期間欺壓同門，殘害兄弟的事情，如今已經被丐幫關押起來，按照丐幫的幫規童鐵金應當是死罪，此事還需幫主最後定奪，謝天穹今次前來就是為他求情的，他跟新任幫主沒什麼交情，所以只能來求胡小天。

胡小天聽完之後笑道：「這不算什麼大事，他雖然作惡多端，可畢竟已經得到了報應，謝兄能來找我，足以證明你看得起在下，此事包在我的身上。」

謝天穹抱拳謝道：「多謝胡公子成全。」

胡小天道：「謝兄又何必客氣，謝兄你以後打算往何處去？」

謝天穹道：「我一直都是在刀尖上討生活，別人給我錢我就幫他辦事，過去總是以為自己劍法不錯，可以在江湖中闖出一番名堂，可這次的天香國之行讓我才認識到自己只是一個井底之蛙罷了。」他說的全都是實話，經過一連串的挫敗，昔日的雄心壯志已經變得心灰意冷，往往這種情況會有兩個結果，一是就此消沉淪落下去，還有一種就是知恥而後勇，奮發圖強。

胡小天道：「男兒一生並非只有追尋武道快意江湖一件事，謝兄，正值大好年華，為何不選擇做一番事業呢？」

謝天穹歎了口氣道：「也想過，可是不知自己該做什麼。」

朱八雙目一轉，他已經猜到胡小天動了惜才之心，有收攬謝天穹的意思，索性做個順水人情，微笑道：「謝老弟，胡公子逐鹿天下，掌控紅木川，正值用人之際，你一身的武藝又何愁沒有用武之地？」

胡小天笑道：「就是不知謝兄願不願意屈就呢。」

謝天穹抱拳道：「承蒙胡公子看得起，昔日救命之恩天穹尚且未報，今日又蒙胡公子仗義相助，只要胡公子不棄，天穹願效犬馬之勞！」

胡小天哈哈大笑：「謝兄太客氣了。」

朱八微笑道：「恭喜胡公子又多了一位得力助手。」

胡小天道：「說起這件事，我還得敬朱大哥一杯，當年如果不是朱大哥率領兩千名兄弟雪中送炭，兄弟我也不可能在這麼短的時間內於庸江站穩腳跟，或許早已敗給了大雍水師。」

朱八接過胡小天敬來的那杯酒歎了口氣道：「這就讓我受之有愧了，其實當年我率領兩千名兄弟前往相助乃是徐長老的意思，胡公子真正要感謝的應該是他。」

胡小天道：「只可惜他老人家做事神龍見首不見尾，今次紅海大會，我甚至連見面的機會都沒有。」

朱八滿臉慚色道：「我也沒機會跟他見面，想來徐長老是生我的氣了，我本來也沒什麼臉面繼續待在幫中，可幫主仁德給了我一個將功折罪的機會。」

胡小天道：「換成是誰也不好做出抉擇，在當時那種情況下，總不能眼睜睜看著親人送命。」

朱八道：「如今我已經被免去幫內一切職務，心中稍稍感到輕鬆一些。以後我必然洗心革面重新來過，還望胡公子幫我謝過幫主，以我的身分是沒資格去見幫主的。」其實朱八心中明白，雖然是龍曦月當了丐幫幫主，可以後主宰丐幫命運的人物必然是胡小天，相比丐幫其他人來說，朱八對胡小天算得上瞭解頗深，知道胡小天能力出眾，也只有這樣的人統領丐幫，方才能夠帶著丐幫走出困境，重新走向輝煌。就眼前來說，紅夷族人已經主動歸附胡小天，而紅夷族在紅木川又佔有統治地位，也就是說紅木川已經基本上在他的掌控之中。丐幫原本召開紅海大會的主題就是想要紮根紅木川，龍曦月既然成為了丐幫幫主，這個問題已經不復存在了。

丐幫幾位長老也都認識到了這個問題，龍曦月成為丐幫幫主不但可以理所當然地將紅木川作為他們丐幫新的發展之地，還可大大緩解丐幫在天香國的窘境。

龍曦月微笑道：「諸位長老放心，天香國方面我已寫好了一封信，穆長老。」

穆樹生慌忙抱拳恭敬道：「屬下在！」

龍曦月道：「這封信還是由你親自送去天香國，親手交給我王兄，你可將此前劫持他的事情詳細說明，全都是上官天火父子所為，和丐幫其他人並無任何關係，我們丐幫也是深受其害。」

穆樹生心中暗喜，龍曦月雖是女流之輩，可身分非比尋常，此次她成為丐幫幫主的好處顯而易見，對丐幫來說是大好事，短期內已經可以讓丐幫的命運逆轉。

穆樹生恭敬領命，接過那封信收好。

龍曦月又道：「我不日就要離開紅木川前往東梁郡，以後幫中的事情就要由幾位長老多多費心了。」

趙申雄道：「幫主，其實丐幫勢力遍及天下，幫中大事終歸還是要請幫主定奪的。」他生恐龍曦月對丐幫置之不理，就此放手。

龍曦月道：「我既然接下了幫主這副擔子，自然會為丐幫盡力，也會和幫中兄弟一起共同進退。」她的話給眾人派了一顆定心丸。龍曦月又道：「幾位長老也應該知道，這紅木川乃是天香國王後送給我的嫁妝，如今火樹城城主夫人尕諾率領全體紅夷族人已經同意服從我們的管轄，可是畢竟紅木川部族眾多，其心各異，很難說以後不會發生意外的事情。」

趙申雄笑道：「幫主不用擔心，幫主的事情就是丐幫的事情，紅木川部族雖然很多，可是就算他們所有部族的實力加起來也比不上咱們。」

龍曦月緩緩搖了搖頭道：「趙長老千萬不可以這樣想，想要紅木川長治久安就不可以依靠武力，我們丐幫弟子雖多，可是真正的集團作戰卻比不上軍隊，紅木川周圍群強環伺，這些年來也時常被人侵略，可為何沒有一方可以成功將之征服？根本原因就是武力無法征服人心，想要讓紅木川的各族從心理上歸附我們，首先就要將他們視為我們的兄弟姐妹，只有我們先接受了他們，才能從心底融入他們，才能讓他們接受我們。」

趙申雄默然不語，此時方才發現這位映月公主絕非想像中養尊處優的金枝玉葉，她的見識甚至凌駕於許多男子之上。幾名長老同時點頭。

龍曦月道：「我有個想法不知幾位長老是否認同，說出來跟大家商榷一下。」幾人洗耳傾聽，對這位新任美女幫主從開始的懷疑漸漸生出了不少的敬意，如果說一開始選擇龍曦月成為幫主更是為丐幫的未來利益考慮，現在發現龍曦月的確有些能力，她的眼界和見識在許多方面都勝過上官天火。

龍曦月道：「我想讓朱八留在火樹城，暫時保護尕諾和靈女。」

趙中雄率先反對道：「此事萬萬不可，朱八此前就迫於上官天火的威脅而背叛，他能做一次，自然也能做第二次。」

龍曦月溫婉笑道：「朱八這個人智勇雙全，此前他曾經為丐幫立下無數功勞，我覺得總不能因為他一次犯錯就將他的功勞全部抹煞，也不能對他永世不復錄用，總得給人一個機會，你們說是不是？」

趙中雄道：「可紅木川極其重要，火樹城又是紅木川的核心，若是出了差錯，後悔就來不及了。」

穆樹生道：「我看幫主的話倒也沒錯，朱八雖然犯下了錯誤，可是他對丐幫的貢獻也毋庸置疑，總不能因為一次的錯誤就否定他的全部，更何況這次他也是迷途知返，及時揭穿了上官天火父子的陰謀，也未鑄成大錯，不如就給他一次機會。」

趙中雄聽穆樹生也贊同，也不再堅持，點點頭道：「既然幫主和穆長老都這麼認為，那麼就給他一次機會，不過，一定要對此人嚴加監視，決不可掉以輕心。」

穆樹生微微一笑，其實龍曦月提出重用朱八，他心中就已經明白，這件事十有八九就是胡小天的授意，畢竟朱八在過去曾經幫助過胡小天，兩人之間交情匪淺，既然如此何不做個順水人情，至於朱八應該是沒什麼問題的，首席傳功長老徐三省能夠教給他武功，而且這次朱八肯在最後關頭站出來揭穿上官天火，足以證明此人還是忠於丐幫的，只是迫於壓力當時才不得不那樣做。人非聖賢孰能無過，即便是你趙申雄，在大會之前不一樣和上官父子眉來眼去，相處默契，現在又急著撇清關係，世態炎涼，人情冷暖，就算是乞丐之間也跳脫不出這個俗套。

他們又就丐幫的一些事情進行了商議，等到幾位長老離去的時候已經是當日黃昏，胡小天並未跟這幾位丐幫長老打照面，回到蝶園，他將朱八和謝天穹兩人都同意留在紅木川幫忙的事情向龍曦月說了。

龍曦月也頗感欣慰，這樣一來不但尕諾母女的安全可以得到保障，他們對紅木川的控制也隨之加強，她也將今日見面的事情跟胡小天說了一遍。

兩人正在商量的時候，神廟有人過來求見，卻是彤雲大祭司請胡小天過去。

胡小天心中頗感詫異，畢竟他跟彤雲之間沒什麼交情，如果硬要說有，也只是仇恨，自己劫持她，破壞了她和上官雲冲的計畫。其實彤雲大祭司是留在紅木川的不確定因素之一，也是胡小天需要重點防範的對象。

影婆婆和閻怒嬌早在幾日前就已經離去，齋戒日過去，神廟頓時變得冷清了許多，不復幾日前人潮湧動的場面。胡小天來到神廟前通報身分之後，馬上就有侍女將他引了進去。

彤雲大祭司靜坐桂花樹下，石桌上擺放著一壺剛剛泡好的茶，看到胡小天進來她也並未起身相迎，淡然道：「坐吧！」

胡小天在她的對面坐下，一旁侍女為胡小天斟滿茶水，然後悄悄退了出去。

彤雲道：「聽說映月公主被推舉成為丐幫幫主，真是要恭喜你了！」

胡小天呵呵笑道：「權力越大，責任越重，你以為是喜事，可公主卻並不這麼認為，一直都在發愁呢。」

彤雲道：「有你幫她，又有什麼可發愁的？」

胡小天笑道：「大祭司此言差矣，對丐幫來說我是外人，為了避嫌，我才不會過問丐幫的事情呢。」

彤雲大祭司一臉的不相信，不過她請胡小天過來卻不是為了這件事，她輕聲道：「我找你來，是想你放他一馬。」她口中的這個他自然是上官雲冲。

胡小天沒有說話，目光充滿質詢。

彤雲歎了口氣道：「我知道你們之間的仇怨很深，可是你已經贏了，你得到了火樹城，控制了紅木川，而他現在卻已經一無所有！你又何必將他逼入絕路？」

胡小天微笑點點頭道：「上官雲冲能有你這樣的紅顏知己也算他的幸運了。」

彤雲神情黯然道：「只可惜他並不在意……」念及上官雲沖，忽然感覺到心口一陣劇痛，這種疼痛的感覺以她的心頭為中心迅速擴展到她的全身，彤雲痛得軟癱在地上，周身瑟瑟發抖，一張俏臉頃刻間完全失去了血色。

胡小天吃了一驚，天地良心，自己可沒碰她一根手指，難不成這女人想設計賴上自己？可看她的樣子也不像是在偽裝，關切道：「你沒事吧？我去叫人幫忙！」

彤雲大祭司顫聲道：「不要叫人，我沒事……我……我只是被種下絕情蠱……若是妄自動情，必然引發蠱毒……」

胡小天這才明白到底是怎麼回事，看到彤雲痛不欲生的樣子不由得有些同情，其實她也是受害者，在她體內種下絕情蠱之人應該是影婆婆了。

胡小天道：「你知不知道，上官雲沖還有個一模一樣的兄弟？」

彤雲滿臉驚詫：「你……你說什麼？」

胡小天道：「他有很多秘密你都不知，如果我是你，就不會再過問他的事。」

彤雲咬了咬嘴唇，沒有說話。

胡小天道：「世界那麼大，如果他洗心革面，找個僻靜無人的地方獨自悔過，我又怎能找到他？可他那種人是不會輕易放下野心的，如果將來有一天他走向毀滅，不是我逼他，而是他自己把自己逼上了絕路。人來到這個世界上，是死是活，愛或不愛跟別人都沒有任何關係，最終決定自己命運的只有自己。」

第八章

千山鳥飛絕

胡小天懷疑，除了馭獸師還有什麼人擁有這樣的本事，
一個可以讓他們途經之處飛鳥絕跡，走獸無蹤的馭獸師，
其實力必然不在夏長明之下，或許馭獸師不止一個。
夏長明用來探察情況的黑吻雀一去不返，或許落入他人之手，
或許已經慘遭屠戮，因為黑吻雀不會迷失方向。

彤雲嬌軀一震，胡小天的這番話充滿了哲理，雖然她知道自己犯錯，師父也對她進行了嚴懲，可是她始終無法從內心的困境中走出，在她內心深處仍然惦念著上官雲冲，甚至認為，之所以發展到如今的地步全是拜胡小天所賜，可胡小天的這句話卻一語驚醒夢中人。彤雲原本就是智慧超群之人，否則她也不會成為紅夷族人人敬仰的大祭司，只是再聰明的人也難免犯糊塗，她也栽在了情這個字上。

胡小天的話讓她突然就明白了一個道理，最終決定自己命運的還是自己，上官雲冲也是一樣，是死是活，並非是胡小天能夠決定的，人在想通了道理之後，如同跨越了一道難以逾越的鴻溝，彤雲整個人頓時變得釋然，雖然只是轉瞬之間，她對上官雲冲的眷戀就減少了許多，隨之他的身影也在心中淡化了許多。

體內的蠱毒終於平復了下去，彤雲緩緩站起身來，望著胡小天居然露出一絲淡淡的笑意：「多謝胡公子指點！」

胡小天道：「不敢當，每個人都有糊塗的時候。」

火樹城向北二百里左右就開始進入層巒疊嶂的山區，深秋已經到來，越向北行，氣溫就越低，進入西川境內的時候已經接連遭遇了霜凍，雖然旅途辛苦，可是龍曦月有胡小天在身邊相伴，卻感覺已經是這一生中最快樂自由的時光。

霜葉紅於二月花，行走在崎嶇的山道之上，層林盡染，萬山紅遍，秋風陣陣，寒意中帶著山花的殘香。夏長明縱馬行進在隊伍的最前方，兩隻色彩斑斕的鳥兒在他的前方為他引路，上下翻飛，時而發出悅耳的鳴叫。

身後胡小天和龍曦月兩人並轡而行，一邊說話一邊不時發出歡笑之聲。聽到兩人你儂我儂的歡聲笑語，夏長明不覺想起了小柔，心中一陣失落，自己投入的感情有去無回，或許以後和她都沒有見面的機會了。

前方樹林漸漸變得茂密，山勢也開始變得陡峭，他們已經無法繼續騎馬前行，紛紛下馬，胡小天和龍曦月將馬匹交給身後的武士。離開天香國的時候他們曾經帶來二十名武士隨行，途中遭遇李鴻翰襲擊，手下武士只剩八人，等到火樹城，又有三人犧牲，身後已經是碩果僅存的五個了，不過他們也在連番的戰鬥中磨練成熟，無論是武功還是經驗都已經有了本質的蛻變。

夏長明轉身向胡小天道：「主公！就快天黑了，前面有一條小溪，不如咱們今晚就在那裡休息！」

胡小天道：「也好。」他向龍曦月道：「你指揮他們幾個安營紮寨，我和長明去周圍看看。」

龍曦月點了點頭道：「周圍野果不少，回頭我摘些野果咱們晚上吃。」

胡小天不禁笑了起來：「天天都吃素啊，曦月我肚子裡就快沒有油水了。」說起這事兒還真是有些無奈，龍曦月吃素不碰葷腥，夏長明又不吃飛禽，搞得胡小天也只能尊重他們兩人的意願，自從離開火樹城之後，還沒吃過一頓葷腥呢。

龍曦月嫣然笑道：「我又沒管著你，總之你想吃葷腥離我遠些，我眼不見為淨。」

夏長明在一旁也不禁笑了，他和胡小天兩人在紮營的地方周圍轉了一圈，然後兩人來到高處岩石之上，站在這裡遠眺群山，此時夕陽西沉，山峰的頂部都被染成了玫紅色，山體卻是深沉的紫色，夜幕即將到來了。

夏長明對照了一下地圖，指著前方道：「明天就要進入天狼山的地界了。」

胡小天點了點頭，腦海中不由得浮現出閻怒嬌的樣子，閻怒嬌離開火樹城之時並沒有跟他打招呼，甚至走之前也沒有一絲一毫的徵兆，根據彤雲大祭司所說，她應該是和影婆婆一起離開的，不知是否已經回到了天狼山？

龍曦月在這件事上表現得非常大度，還說經過天狼山時要和閻怒嬌見面呢。

夏長明低聲道：「主公，咱們上不上天狼山？」

胡小天瞇起眼睛看著夏長明，臉上的表情顯得頗為古怪。

夏長明笑道：「我可沒有其他的意思。」

胡小天笑道：「你想聽真話還是假話？」

夏長明狡黠道：「主公說什麼我聽什麼！」

胡小天哈哈大笑了起來，他向前走了一步道：「不去！」

夏長明故意道：「閻姑娘在天狼山。」

胡小天道：「那也不去！」這可不是胡小天厚此薄彼，即便他心中再想見閻怒嬌，可是他首先考慮到的卻是龍曦月和這些手下的安全。天狼山不只有閻怒嬌，還有閻魁和一幫窮凶極惡的山賊，閻魁能夠稱雄西南邊陲這麼久，其人絕對是梟雄級別的人物。更何況此人過去曾經是渤海王室，也是野心勃勃。胡小天並不想在這種時候去冒險。

夏長明打心底鬆了口氣，其實他也不想胡小天前往天狼山，如今胡小天打消了念頭，當然最好不過。

胡小天拍了拍夏長明的肩膀道：「弄點好吃的，晚上給兄弟們打打牙祭。」

夏長明道：「小溪裡面有魚，我去捉來。」

胡小天呵呵大笑，看來跟著夏長明在一起，這一路之上是別想吃飛禽了。入夜之後眾人圍坐在篝火旁，吃著烤魚，夏長明抓魚根本不用親自動手，只需他一聲呼喚，鳥兒便投入溪水之中，抓魚丟到岸上。

龍曦月眼不見為淨，早早回營帳休息去了。

胡小天吃飽喝足，又去溪邊好好洗了洗，反覆漱口，直到魚腥味變淡，起身準備去找龍曦月的時候，卻看到龍曦月披著斗篷緩步向他走來。

胡小天笑道：「正想去找你，沒想到你就來了。」

龍曦月道：「看到你和弟兄們那麼高興，所以沒打擾你們。」

胡小天道：「我來這裡漱口啊，怕酒味兒熏到了你。」

龍曦月俏臉一熱，小聲道：「那你離我遠點兒不就成了？」

胡小天道：「捨不得呢。」

這裡距離營地不遠，兩人也不好表現得太過親昵。

龍曦月主動提出向上游走走，兩人並肩沿著溪邊草地溯水而行，龍曦月道：「明天就到天狼山了吧？」

胡小天點了點頭。

龍曦月停下腳步道：「我想去探望一下閻姑娘。」

胡小天笑了起來。

龍曦月白了他一眼道：「你笑什麼？」

胡小天道：「還是別去了，只要有緣，早晚都有見面的機會。」

龍曦月道：「你是不是擔心天狼山的那幫人會對咱們不利？」

胡小天點了點頭道：「李天衡坐鎮西川多年，連他都無法清剿閻魁，咱們只是路過，又何必主動招惹這個麻煩？」

龍曦月道：「你不怕閻姑娘傷心？」

胡小天搖了搖頭道：「她明白的。」

龍曦月挽住他的手臂，螓首挨在他肩頭，小聲道：「等待的滋味並不好受。」

胡小天想起她這些年為自己忍受的寂寞和孤獨，心中一陣歉疚，展臂將她擁入懷中，低聲道：「明天我們向東繞行，取道黑涼山。」

龍曦月順從地點了點頭，她向來尊重胡小天的意見。

此時林中傳來鳥兒的鳴叫，一隻鳥兒振翅從林中飛起，胡小天和龍曦月同時抬起頭來，望著空中的那隻鳥兒，眉頭升起疑雲。胡小天牽著龍曦月的手，兩人同時向鳥兒飛起的地方衝去，要看看林中究竟發生了什麼。

卻見一隻黑色的影子在樹枝之上騰躍縱跳，閃電般向遠方叢林深處逃去，胡小天犀利的目光已經捕捉到那東西的身影，低聲道：「猴子！」

龍曦月並沒有看清。

夏長明也聞訊趕來，胡小天將剛才所見向他說了，夏長明模仿鳥鳴，喚來山鳥。胡小天和龍曦月則在附近觀察有無異動，重新會合之後，夏長明道：「情況有些不對，主公，此地不宜久留，咱們可能要連夜動身。」他雖然無法斷定會有敵人來襲，可是從山鳥惶恐的反應來看，這裡並不安全。

胡小天對夏長明的預感深信不疑，馬上命令武士拔營啟程。

他們儘量選擇林木稀疏之處行走，因為那樣的地方不利於隱蔽藏身，若是有人攻擊，他們可以及時發覺。

黎明時分已走入了黑涼山的範圍內，因為擔心受到伏擊，所以他們這一夜未曾合眼，全都在不停趕路，紅日從東方升起時，幾名武士方才鬆了口氣，胡小天看了看他們，五名武士都是神情疲憊，又看了看龍曦月，也是一臉倦容，這一夜他們奔行在山林之中，根本無法借助馬兒的腳力。這位養尊處優的公主何時吃過這樣的苦，可是她整晚都默默陪伴在胡小天身邊，沒有抱怨一句。

胡小天心中暗自感動，他徵求夏長明的意見道：「休息一下吧！」

夏長明點了點頭，這一夜疲於奔走還在其次，精神上始終處於高度的緊張中，所有人都已經身心俱疲，是時候休息一下了。

龍曦月尋了塊乾淨的岩石坐下，剛剛坐下，胡小天已經來到她的身邊，抬起她的雙腳，龍曦月含羞道：「你想幹什麼？」

胡小天一言不發，已經除去她的鞋襪，卻見龍曦月柔嫩的足底已經生出了無數血泡，許多地方已經磨破出血。龍曦月雖然剛才儘量掩飾，可是一瘸一拐的步法仍然將她暴露。

胡小天抿了抿嘴唇，內心湧起無限憐惜，他取出金創藥小心為龍曦月處理腳上的傷口，然後用潔淨的紗布幫她包紮。

龍曦月看出他在心痛，柔聲道：「不妨事，我從來都是這個樣子，一走路就容易生水泡，習慣了一點兒都不疼。」明明腳底疼得厲害，卻還要想著安慰胡小天怕他難過，她永遠都是先替別人著想。

她越是這樣說，胡小天越是覺得歉疚，為龍曦月將一對玉足包好，低頭將面頰貼在她的雙足之上。龍曦月紅著俏臉道：「快起來，讓人家看到羞都羞死了。」

胡小天道：「我才不怕，愛死你這雙腳，不如讓我親兩口。」

龍曦月咬了咬櫻唇道：「你果然是個不正常的傢伙。」

胡小天笑道：「我還有許多不為人知的毛病呢，你現在後悔還來得及。」

龍曦月道：「晚了，我已經無可救藥了。」四目相對，柔情蜜意纏綿無盡。

遠處傳來夏長明呼喚他的聲音。

胡小天放開龍曦月的玉足，微笑道：「你休息一下，我去去就來。」

龍曦月點了點頭，目送胡小天遠去，俏臉上飛起比朝霞還要燦爛的紅暈。

胡小天來到夏長明身邊，看到那五名武士已經疲憊地靠在樹幹上打起了瞌睡。

夏長明有些內疚道：「主公，可能是我過於敏感了，讓你們奔波了一夜。」是他提議拔營離開，連夜奔波，可是這一夜之中並未遭遇任何狀況，根本沒有任何人過來攻擊，連夏長明自己都懷疑自己的判斷了。

胡小天微笑道：「很多時候要相信自己的直覺，長明，你回答我一句，你是不是覺得我們可以高枕無憂？認為自己昨天的判斷完全錯誤？如果真的那樣，那麼我現在就可以下令休息。」

夏長明抿了抿嘴唇，他在猶豫，雖然沒有任何的證據，可是他內心深處總覺得有危險在迫近，他低聲道：「主公，你有沒有發現，周圍寂靜的有些反常？」

聽夏長明這樣一說，胡小天也開始覺得有些不對，自從昨晚聽到那陣驚恐的山鳥鳴叫，到現在似乎都沒有再聽到鳥兒的叫聲，甚至連一隻小動物都沒有見到，難道所有的鳥獸都在夜晚中歸巢睡去？可很多動物都有晝伏夜出的習慣啊！

夏長明道：「我雖然沒有什麼證據，可總覺得不對頭，這一路究竟發生了什麼事情？會讓鳥獸紛紛避讓？」

胡小天道：「難道是怕我把它們全都給吃了？」他說這句話只是為了緩解緊張的氣氛，其實他當然明白不會是這個答案。

夏長明抬頭仰望空中，他放出的黑吻雀飛出去已經半個時辰，至今仍然沒有回歸，夏長明低聲道：「也許我們要繼續趕路！趕在日落之前，離開黑涼山。」

胡小天點了點頭，他心中卻明白，以他們目前的速度，根本沒有任何可能，即便是一切順利，最早也要在明日正午方才能夠走出山區。

短暫的休息之後，隊伍繼續前進，馬匹已經嚴重拖慢了他們的行程，胡小天讓眾人輕裝減負，將幾匹疲憊不堪的坐騎全都放歸山林。

龍曦月有些於心不忍，小聲道：「難道就要任由它們在這裡自生自滅？」

胡小天道：「萬事萬物都有自己的定數，咱們顧不上考慮這麼多了。」他躬下身去：「上來，我背著你！」

龍曦月搖了搖頭道：「不用，我還走得動。」

胡小天不由分說，堅持將她背起，他內功深厚，體格健壯，雖然背負一人仍然精神抖擻走在最前方，龍曦月趴在他的背上，如同身在一條搖搖晃晃的小舟之上，又如躺在搖籃之上，溫暖而安祥，在不知不覺中睡去，只要在胡小天的身邊她就不用擔心，不用害怕，任何的困苦對她而言都是一種美妙的體驗。

夏長明卻不敢有一絲一毫的放鬆，壓低聲音向胡小天道：「主公，我放出的那隻黑吻雀已經有整整一個時辰沒有回來了。」

胡小天點了點頭，重新啟程之後的這段時間，他們仍然沒有發現任何的鳥獸蹤跡，雖然天氣晴好，可是他們的心頭卻如同蒙上一層陰雲，一種無形的威壓始終在籠罩著他們。

夏長明放出去的黑吻雀始終沒有回來，日出日落，又是一天，他們走走停停，盡最大可能來恢復自身的體力。敵人始終沒有露面，胡小天和夏長明卻都已經明白，對方正在通過這種方式折磨他們的精神，等到他們體力和精神都疲憊到極致的時候發動進攻。

黃昏前他們來到了黑涼山的峰頂，尋找到了一塊巨岩，在避風的一面紮營灶飯，落腳休息。

幾人商量之後決定今晚不再繼續趕路。

事情變得極其詭異，在他們所到之處，仍然沒有看到鳥獸的蹤跡。

胡小天攀援到巨石之上，望著西方天空中漸漸墜落的夕陽，低聲道：「你過去有沒有遇到過這樣的情況？」

夏長明搖了搖頭道：「沒有，從來都沒有。」

胡小天道：「千山鳥飛絕，萬徑人蹤滅。這黑涼山難道有什麼可怕的東西存在，居然將鳥獸都嚇得不敢靠近？」他轉向營地，看到龍曦月正指揮著武士們將營帳搭好，意識到他望著自己，龍曦月回眸一笑，風華絕代。

胡小天還以一笑，他並沒有將目前所遭遇的詭異狀況實情相告，並不想引起他們太大的驚恐，不過從他們日夜不停的趕路，聰慧如龍曦月不難推斷出有厲害的敵人正在追擊他們。

夏長明抿了抿嘴唇，低聲道：「再厲害的東西也不可能影響到這麼大的範圍……」他停頓了一下方道：「馭獸師！」

胡小天其實也在懷疑，除了馭獸師還有什麼人擁有這樣的本事，一個可以讓他們途經之處飛鳥絕跡，走獸無蹤的馭獸師，其實力必然不在夏長明之下，或許馭獸師不止一個。夏長明用來探察情況的黑吻雀一去不返，或許落入他人之手，或許已經慘遭屠戮，因為黑吻雀不會迷失方向。

夏長明環視周圍道：「主公知不知道為何我提議在這裡紮營休息嗎？」

胡小天道：「這裡是黑涼山地勢最高的地方，易守難攻！若是遇到突發狀況，我們可以退到這裡。」

夏長明點點頭道：「這一戰早晚會發生，明天我們就可以離開黑涼山，進入西川境內，他就會錯失最佳進攻機會，他必須要在我們離開黑涼山之前發動進攻。」

胡小天道：「從昨晚開始，他都是在故意製造緊張氣氛，讓我們不敢紮營，疲於奔命，目的就是要消耗我們的體力和精神。」

夏長明道：「敵人在暗處，我們在明處，這一戰不好打。」

胡小天道：「你只管休息，我來守著！」

夏長明道：「他很可能今晚仍然不會發動進攻，畢竟明天一天我們仍然在黑涼山的叢林中穿行。」

胡小天拍了拍夏長明的肩膀道：「無論是誰，只要他敢來，咱們就不會放他回去，獸魔閻虎嘯也是百獸門一等一的高手，最後還不是被咱們追得望風而逃？」他之所以這樣說更是為夏長明提振信心。

夏長明卻搖了搖頭道：「上次獸魔並沒有戀戰，更未展現出真正的實力。」他抬頭看了看天空道：「一隻鳥兒都沒有，獸魔閻虎嘯雖然在驅馭走獸方面非常厲害，可是他在控制飛禽方面遠遠遜色於我。」

胡小天心中一沉，夏長明的言外之意，潛藏在暗處的對手應該是操縱飛禽的高手，天下間能夠在操縱飛禽方面勝過夏長明的絕對不多，蟒蛟島的羅千福也算得上操縱飛禽的高手，仍然敗在夏長明的手下，難道果真應了人外有人天外有天這句話？胡小天忽然想到了一個人，羽魔李長安，也許只有羽魔才能超過夏長明，可夏長明恰恰是李長安推薦給自己的，而自己又對李長安有救命之恩，他應該不會跟自己做對吧？看到夏長明雙眉緊鎖，臉上的表情前所未有的凝重，胡小天還從未見他表現出這樣大的壓力，難道夏長明也和自己想到了一處？

胡小天看似漫不經心地問道：「長明，最近有沒有和李先生聯繫過？」

夏長明被他問得一怔，胡小天猜得沒錯，夏長明也想到了李長安，天下間高明的馭獸師本來就不多，操控飛禽之道，能夠勝過自己的更是少之又少，夏長明緩緩搖了搖頭道：「我已經很久沒有見過他了。」

胡小天讓其他人全都去休息，獨自一人站在巨岩上守望，明月緩緩升入高空，借著月光以胡小天的目力可以看得很遠，上半夜依然平靜，下半夜的時候開始起風了，夏長明起來接替胡小天輪值，胡小天跳下巨岩，看到龍曦月從帳篷裡面走了出來，笑道：「怎麼？吵醒你了？」

龍曦月溫婉笑道：「睡不著，山風聲好大！」

胡小天道：「要不要我陪你一起睡？」

龍曦月俏臉一熱，沒說同意也不說不同意，小聲道：「你不怕人家說閒話。」

胡小天呵呵笑了起來，龍曦月伸出食指豎在櫻唇前做了個噤聲的手勢，不遠處傳來接連不斷的鼾聲，卻是那些已經入睡的武士發出，這些武士雖然健壯可畢竟無法和胡小天、夏長明相比，體力都已嚴重透支。

龍曦月關切道：「你熬了一天兩夜，也該去休息了，不如你去睡，我守著你。」因為胡小天背著她的緣故，龍曦月的體力已經基本恢復。

胡小天點點頭，正準備攙龍曦月一起進入營帳的時候，卻感覺夜色突然黯淡，卻是雲層將月亮籠罩，夜風不知何時停息了，臉上一涼，一滴雨水落在他臉上。

龍曦月也感到了零星落下的雨滴，小聲道：「下雨了。」

胡小天抬頭看了看，此時身在巨岩之上的夏長明向胡小天揮了揮手道：「主公！」

胡小天慌忙騰躍到巨岩之上，夏長明指了指西側的樹林，但見樹冠之上宛如波浪起伏，而且迅速向他們所在的山頭靠近，此時卻是風波不興，胡小天馬上意識到情況不對。他慌忙叫醒下方的武士，讓所有人全都來到巨岩之上集合。

所有人來到巨岩之上的功夫，雨已經越下越大，迷濛的雨霧遮蓋視野，即便是胡小天超強的目力也受到了很大的影響。眾人抽出武器嚴陣以待，胡小天聽到嘰嘰咕咕的聲音由遠而近。

這聲音夾雜著暴雨聲，有若潮水般來臨，隨著距離的接近變得越來越清晰，夏長明大聲道：「所有人準備好了！是猴群！」他從腰間抽出玉笛，向胡小天道：「勞煩主公為我護法！」

胡小天抽出斬風，龍曦月拿起綠竹杖，兩人一左一右守護在夏長明的身邊，其餘五名武士分別守住巨岩的周圍。

一聲清越的笛聲撕裂夜幕，穿透雨霧，遠遠送了出去，笛聲剛一響起，就聽到樹林之中傳來一陣鬼哭神嚎般的號角聲，這號角聲讓人極不舒服，有種撕心裂肺的感覺。

胡小天聽到一陣撲啦啦的聲響從空中向他們靠近，應該是鳥群，接近一天兩夜都未曾見到一隻鳥獸，這黑涼山中的鳥獸如同隱形，此刻又突然同時出現，神出鬼沒，詭異無比。

猴群雖然最早暴露蹤跡，可是鳥群卻後發先至，成千上萬的飛鳥如同烏雲一般籠罩在巨岩的上方，不停盤旋，牠們並未展開攻擊，夏長明正在竭盡所能試圖利用笛聲來控制這些鳥兒，如果在往日，他輕易就可以操縱這些鳥兒為己所用，可今日卻明顯不同，這些鳥兒擺出攻擊的陣列，在上空不停盤旋，夏長明以一己之力想要扭轉局面。

笛聲穿雲裂帛，夏長明彙集全身的內力，他要驚醒頭頂這群迷失的鳥兒，要讓牠們落入自己的控制之中。

空中傳來一陣悠揚的笛聲，乍聽似乎和夏長明的笛聲遙相呼應，可很快兩種笛聲就摻雜在一起，如同兩條長蛇糾纏廝殺。頭頂的鳥群越聚越多遮住風雨，不停鳴叫，牠們也在這糾纏不下的笛聲中糾結猶豫。

鬼哭神嚎的號角聲越來越近，嘰嘰咕咕的聲音已經來到岩石下方，胡小天舉目望去，只見數千隻猴子已經如同潮水般將岩石包圍起來。其中最先接近巨岩的猴子，迅速攀岩而上，胡小天大吼道：「格殺勿論！」

生死關頭絕來不得半點猶豫，五名武士手握長劍，在猴群爭先恐後攀上巨岩的那一刻同時出手，劍光閃出，鮮血橫飛，野猴的慘叫聲接連不斷。

武士雖然英勇善戰，可是仍然無法阻擋住猴群無孔不入的突襲，已經有野猴突入外層包圍，來到胡小天面前，胡小天一腳踹飛了一隻，手中長刀橫削而出，四隻野猴已經被他攔腰砍殺。

數隻野猴來到龍曦月身邊，龍曦月手中綠竹杖一抖，出手就是打狗棒法，綠影閃爍，轉瞬之間竟有十多隻野猴被她打翻在地。胡小天原本還擔心龍曦月應付不來，可是看到她出手精妙如斯，心中暗讚，這打狗棒法果然非同尋常，難怪被丐幫列為不傳之秘，打狗棒從應對惡犬演化而來，想不到對付這些野猴子也是如魚得水，龍曦月左抽右打，不但足可自保，而且還能夠騰出手來掩護夏長明。

胡小天確信龍曦月這邊暫時沒有危險，他揚起破風刀向外衝了出去。五名武士配合默契，每一劍都不會落空，猴子的屍體死傷一片。

胡小天大吼一聲向前跨出一步，一刀劈出，霸道無形的刀氣脫離刀身飛出，將前方的空氣劈開一條狹窄的縫隙，雨霧被刀氣所逼，排浪般向兩旁分離開去。刀氣飛出的範圍，鮮血四濺哀嚎不斷，群猴無一例外地被刀氣劈開，這一刀至少有三十隻猴子被砍死。

胡小天大聲道：「你們護住公主，我去去就來！」他騰空飛躍，施展馭翔術向下方俯衝而去，手中破風刀來回劈砍，危急關頭，胡小天如有神助，刀氣外放成功率竟然達到了十之八九，最好的防守就是進攻，胡小天一刀揮出，猴群馬上就死一大片，加上那猴群全都圍攏在巨岩旁邊，目標實在太大，周圍空曠並無樹木可以蔽體藏身，面對胡小天縱橫劈斬的刀氣，這些野猴唯有引頸受死的份兒。

胡小天擔心龍曦月他們的安危，採取的戰略就是圍繞巨岩來回劈砍，絕不離開太遠的距離。憑藉馭翔術他可以自由來回，野猴雖然數目眾多身法靈活，可是面對宛如空中飛人般的胡小天根本無計可施，再加上胡小天今天效率陡然提升的刀氣外放，殺傷力很快就讓這幫野猴子潰不成軍。

胡小天的主動出擊讓巨岩之上的壓力減輕不少，龍曦月和五名武士開始轉守為攻，六人之中竟然以龍曦月的效率最高，她手中綠竹杖，綠影飄忽，宛如小雞啄米一般篤篤篤……接連點在野猴的面門之上，野猴被點得暈頭轉向，緊接著龍曦月就是一個絆字訣，十多隻猴子被她掃下巨岩。

龍曦月出手雖然效率很高但是並沒有殺招，那五名武士這種時候可沒有什麼保護動物的觀念，劍光霍霍，出手就是殺招，其實這些野猴也都是被人驅使，稀裡糊塗地就成了刀下之鬼。

眾人忙於和野猴交戰之時，夏長明仍然在吹著笛子，看似他最為輕鬆，其實他卻是壓力最大的一個。

空中鳥群越聚越多，在巨岩的上方形成了一個巨大的黑色漩渦，鳥群越壓越低，振翅和鳴叫的聲音讓人驚心動魄。

龍曦月和那五名武士都不禁有些心驚，夏長明依然淡定自若，兩道笛聲從開始的悠揚綿長，漸漸變得急促尖銳，如果開始如同兩條軟鞭在遠距離交鋒，現在就變成了短兵相接。

笛聲變得尖銳之極，讓周圍人都忍不住要去堵上耳朵，此時猴群已經被徹底擊潰，巨岩之上再無一隻野猴留存，龍曦月等人慌忙撕下衣袖的布條堵住雙耳，避免耳朵受到這尖銳笛聲的傷害。

胡小天安然返回巨岩之上，卻見夏長明吹出一個急促的短音，笛聲戛然而止，對方也是突然停下了吹奏，頭頂盤旋的鳥群從中分裂成為兩部分，夏長明騰空躍起，鳥群如同龍捲風般籠罩了他的身體，帶著他的身軀向空中飛去。

另外的一半鳥群重新集結陣型，一個人的身影出現於鳥群之上，在萬千隻鳥兒的承托下靜靜現身於夜空之中，果然是羽魔李長安，奇怪的是，他缺失的那條臂膀似乎重新回到了他的身上，不過他的右手閃爍著深沉的金屬光芒，原來是裝了一條金屬手臂。

龍捲風般的鳥群變幻形狀，夏長明的身體重新出現於鳥群之上，夏長明唇角泌血，在剛才的笛聲比拚之中他顯然受了內傷，自從聽到第一聲笛聲開始，夏長明就已經判斷出了對方的身分，可是他在心底又不願承認，直到此時李長安現身，他方才斷絕了內心中最後一線希望，凝望對面的李長安，他充滿不解道：「師兄！你……你為何這樣做？」他實在無法明白，為何當初李長安向胡小天保薦了自己，如今卻又站在胡小天的對立面，胡小天還是他的救命恩人呢。

李長安微笑望著夏長明：「每人都有自己的選擇，我無需向你解釋，念在你我師出同門，我給你一條生路。」

夏長明冷冷望著李長安：「不錯！每個人都有自己的選擇，大家各為其主，我給你一個機會，你若是就此離去，你我還有同門之誼，如果你堅持對我主公不利，從今以後你我再無瓜葛！」他這番話說得斬釘截鐵，斷無迴旋的餘地。

李長安哈哈大笑，笑容卻又倏然收斂：「長明，你以為有能力與我抗衡嗎？」

夏長明平靜望著李長安道：「最多就是一死，師兄以為能夠全身而退嗎？」他雙臂一張，身軀在鳥群的承托下緩緩升起，李長安望著夏長明，目光中流露出欣賞之色，點了點頭道：「能從我手中分走一半的鳥兒也算難得！」這些鳥群全都是他驅馭而至，在他先行控制鳥群的情況下，夏長明居然施展渾身解數，竟然從中搶奪了一半的控制權，雖然為此付出了吐血的代價，但是天下間能夠從羽魔手中搶奪對鳥群控制權的人，他還是第一個。

李長安揚起右臂，完全為金屬製成的手掌在空中緩緩握成了一個拳頭，身後鳥群猶如巨浪席捲而來，然後沿著他手臂所指的方向聚攏成為一字長蛇陣，一隻隻鳥兒義無反顧地向夏長明的陣營衝去。

夏長明的身前，鳥兒聚攏成為盾牌的形狀，並不急於發動進攻，靜候對方攻擊的到來，遠遠望去夜空之中，猶如一桿黑色長矛以驚人的速度刺向盾牌，同樣是鳥群組成，矛盾之爭在空中上演，鳥兒淒厲的長鳴聲中，羽毛四處紛飛，在夜雨的夾雜中，從空中向下方灑落，猶如夜空中下起了一場黑雪。

胡小天等人一邊清除著零散攻來的野猴，一邊關注著上空的戰況。

鳥兒在搏殺中不斷死去，屍體不停落下，鬼哭神嚎的號角聲再次響起，遠處山林中黑壓壓一片野獸向這邊奔襲而來，胡小天看清前來的乃是數百頭野豬，比起剛才猴群來到的時候，他反倒沒有那麼緊張，畢竟猴子擅長攀援，可以衝上巨石直接對他們發動攻擊，這野豬再有能耐也不可能攀爬到巨石之上。

數百頭野豬排著整齊的陣列來到巨石下方，果然不出胡小天所料，牠們雖然哼哼唧唧叫個不停，可是短小的四肢根本沒可能爬到巨石之上，可很快這些野豬就開始了牠們的攻擊行動，目標是巨石下方的地面，一頭豬只是一頭豬，一群豬就變成了一台超級挖掘機。

龍曦月心中既有些害怕又感到好奇：「這些野豬想幹什麼？」

胡小天道：「牠們在挖地，想要把這塊岩石給拱翻！」他並不認為這些野豬有這個能力，他們容身的這塊山岩如此巨大，以他們所在的頂面最大，大約兩丈見方，下面雖然較細，也有一丈直徑，更何況還不知道深入地面有多少？搞不好就扎根在山體之上，這些野豬居然妄想將岩石拱翻？

野豬宛如海浪一波挖累了馬上又換上一波，圍繞山岩周圍瘋狂開挖，獠牙和石柱摩擦出吱吱嘎嘎的聲音，聽起來格外駭人。

胡小天本以為這巨岩應該沒那麼容易被野豬挖斷，可是沒過多久就感到這巨石顫抖了一下，龍曦月發出一聲嬌呼，花容失色。五名武士也是臉色驟變，眾人同時望向胡小天。

胡小天道：「壞了，這巨石扎根太淺，而且和山體並不相連，搞不好真要被挖斷。」剛才他們之所以能夠抵禦野猴攻擊，主要原因就是依仗地勢，這裡居高臨下易守難攻，可一旦野豬將巨石拱翻，那麼他們就失去了地利，必將陷入野獸圍攻的汪洋大海之中。

胡小天馬上下定主意，必須要砍殺這些野豬，不能讓牠們繼續瘋狂挖掘下去，一旦巨石失去平衡，必然傾倒，到時候局面對他們只會更加不利。

龍曦月看到胡小天的表情已經知道他心中在想什麼，這對患難情侶在相處的過程中變得越發默契，胡小天向她笑了笑道：「渡過這一關，我必須要大吃一頓。」

龍曦月嫣然笑道：「這次我不攔著你！」

胡小天抽出斬風，抬頭看了看空中，萬千隻鳥兒仍然在夜空中瘋狂搏殺，根本看不到夏長明和李長安的身影，雖然心中擔心夏長明的安危，可他也知道再擔心也是無用，這樣的空中戰役，自己根本幫不上什麼忙，還是著手解決力所能及的事情。

胡小天從巨岩之上垂直跳下一腳踏在一頭雄壯的野豬背上，他這一踏再加上下墜之力何其強大，那野豬一聲哀鳴竟然被他踏得脊柱斷裂，死於非命。

胡小天手中斬風已經揮了出去，我靠！這次居然不靈，雖然不靈可也將迎面撲來的一頭野豬劈成兩半，現場灑落一片血雨。六頭野豬將胡小天圍攏在垓心，瞪著鮮紅的小眼睛嗷嗷狂叫，雪白的獠牙閃爍著凜冽的寒光，野豬的強大衝撞力和兩顆尖銳的獠牙是牠們最具殺傷性的武器。

胡小天並沒有馬上啟動，眼看六頭野豬衝到面前，方才騰空躍起，倏然飛掠到三丈高度的空中。六頭野豬眼前突然失去了目標，可是再想停下腳步已經來不及了，強大的慣性讓牠們健壯的身軀相互撞擊在一起，其結果必然是頭破血流，受傷最重的兩頭野豬獠牙都被撞斷，帶著晶亮的口水飛向半空。

胡小天落下的速度要比飛起更快，手中斬風在虛空中劃出一道弧形光芒，這次刀氣成功外放，噗！噗！噗……刀氣接二連三地從野豬群中穿過，十多頭野豬哀嚎倒下。

胡小天剛剛因為得手而哈哈大笑的時候，卻聽身後發出一聲驚呼，卻是野豬已經將巨岩下方挖出一個深坑，巨岩重心不穩，緩緩向西北方向傾倒。

胡小天不敢戀戰，足尖在一頭野豬背上一踏，可憐的野豬頓時成了踏腳石，四條小短腿同時骨折，龍曦月和那五名武士已經及時從傾倒的巨石上跳下。

胡小天後發先至，連番出刀，為他們掃清落點的野豬，幾人會合一處，鬼哭神嚎的號角聲再度響起，幾百頭野豬重新集結，形成一支規模龐大的方陣，以摧枯拉朽之勢向胡小天他們瘋狂衝去。

胡小天大吼道：「全都站在我的身後！」龍曦月率先躲藏在他的背後，其餘五名武士也遵照他的命令在龍曦月身後一字排開。

胡小天雙手擎起長刀，望著凶猛湧上的野豬群，爆發出一聲震徹人心的大吼，猛然一刀直劈下去，距離野豬群還有十餘丈的距離，這種遠距離格殺必須要無形刀氣才能完成，可這會兒他刀氣外放的成功率明顯比格殺野猴的時候下降了許多，聲勢雖然很大，這一刀卻徒勞無功。

胡小天心中明白如果自己擋不住，身後包括龍曦月在內的六人更是擋不住，他一刀落空又是一刀，結果再次落空，不過胡小天鍥而不捨的精神馬上體現得淋漓盡致，短時間內又接連出三刀，野豬群轉眼間已經推進到距離他不足五丈的地方，胡小天頭兩刀仍然是向下劈砍，試圖從野豬群中以刀氣劈出一條血路，可兩次依然沒有奏效，第三次他改劈為削，卻想不到這次橫削居然起到了效果，刀氣橫飛脫離刀身飛向野豬群，因為位置較低，直接削斷了幾十條小短腿，只見前兩排的野豬紛紛中招倒下，後方的野豬根本剎不住腳，被前方倒地的同伴絆倒，一時間到處都是仰翻的野豬。

胡小天豈肯放過這個補刀的機會，長刀連番揮舞，大概剛才的失誤率已經用完，接下來竟然是百分百的刀氣外放成功，殺得野豬群血肉橫飛，慘叫連連，五名武士跟上去補刀，你不殺豬就會被豬所殺，龍曦月雖然不忍下手，可跟在胡小天的身後，手中綠竹杖也是來回撥動，打狗棒的絆字訣對付這些短腿野豬那是相當有效。別看野豬來勢洶洶，龍曦月擺動綠竹杖，毫不費力就能將這數百斤的龐然大物絆倒在地。

數百頭野豬轉瞬間已經被殺了大半，剩下的已經對他們構不成太大的威脅，而此時那號角聲卻又再度響起，樹林中無數綠油油的光芒貼著地面向他們漂浮而來。

狼！

狼嚎聲此起彼伏，這才是今晚進攻的主力，胡小天聽到陣陣狼嚎也不禁臉色微變，他們雖然擊退了猴群，破了野豬的衝擊陣，可是他們也喪失了最有利的地形，面對狼群，他們已經沒有了可以依仗的地利，從周圍潮水般狂湧而至的場面估算，狼群至少要有數千隻，而他們總共只有八個人，唯一精通馭獸之道的夏長明仍然在空中和李長安陷入鏖戰，抽身不能，根本無法顧及到他們這邊。

胡小天能夠仰仗的只有無堅不摧的刀氣了，他看了看龍曦月，龍曦月的俏臉之上並沒有任何的恐懼，美眸中流露出前所未有的堅定眼神：「你不必管我，我懂得打狗棒法，足以照顧好自己！」

胡小天露出笑容，龍曦月的三十六路打狗棒法是瘋狗的剋星，對付惡狼也是一樣，兩場激戰已經讓他對龍曦月的棒法產生了信心。

胡小天朗聲道：「惡狼雖然很多，可是狼性殘忍，牠們首先注意到的應該是這些野獸的屍體，我們並非沒有機會！」七人排列成一個圓圈，望著從四周狂湧而至的惡狼，一場大戰即將爆發！

空中的鳥群突然向下方俯衝而來，卻是夏長明及時覺察到了胡小天等人的危機，分出部分鳥群，及時緩解胡小天等人的壓力。可是這樣一來他自身壓力倍增，於虛空中相持的飛鳥組成的護盾迅速縮小，護盾的中心在對方長矛一般的鳥陣密集攻擊下，中心開始出現塌陷，已經處於崩潰的邊緣。

李長安口中發出尖聲呼喝，飛鳥攻擊的速度驟然加急，他要抓住時機攻破夏長明的鳥陣，將之徹底擊潰。

用來掩護夏長明身體的鳥群從盾牌形狀回縮成為一個圓球，圓球將夏長明的身軀包裹其中，可很快這圓球就在宛如疾風驟雨般鳥群的衝擊下出現了一個缺口。

在廝殺中不斷有鳥兒死去，屍體從空中墜落，還未落地就被騰空躍起的惡狼銜在口中，狼性殘忍，不少惡狼因為爭奪食物而相互廝殺。

夏長明分撥出的鳥群阻擋住了狼群的正面進攻，然而狡猾的惡狼迅速從兩翼迂迴包抄，向胡小天七人狂奔而來。

胡小天提醒眾人務必要鎮定，在狼群逼近之時，率先發動進攻，凜冽刀氣例無虛發，惡狼在他的刀氣面前成片倒下，胡小天的刀法雖然殺傷力奇大，但是只能兼顧左翼，龍曦月和其餘五名武士必須要直面右翼的狼群。他們相互配合，相互保護，劍光霍霍，棍影飄忽，和狼群展開了一場近距離肉搏戰，五名武士為龍曦月封堵住了週邊，主要起到防守的作用，龍曦月手中的綠竹杖見縫插針，不停將靠近他們陣營的惡狼絆倒在地，她成為進攻的主力，往往惡狼剛剛倒下，就被武士一刀斬殺，他們的配合漸趨默契，雖然殺傷力比不上胡小天強大，可是也能夠穩固陣營，暫時立於不敗之地。

相比較而言，夏長明現在的處境反倒是最凶險的一個，分走了一半的鳥兒幫助胡小天等人抵禦狼群，在師兄李長安瘋魔般的攻擊下，他用來護體的鳥群折損的速度不斷增快。

李長安望著那鳥群形成的球體缺口越來越大，唇角露出淡淡笑意，他被人賦以羽魔的稱號並不是毫無原因的，天下操縱禽鳥之術無人可出其右，即便是同門師弟也不行，雖然同門學藝，可畢竟修煉時日不同，薑是老的辣，在經驗上李長安顯然要占優。

越來越衰微的禽鳥護盾終於完全崩潰，夏長明的身軀重新出現，他的外袍頃刻間就被瘋狂的禽鳥扯碎，然而在他外袍的裡面卻露出金絲織成的內甲，暗夜之中金光燦爛，奪目的金光讓李長安不禁瞇起了眼睛，而原本瘋狂襲擊夏長明的那些鳥兒卻突然停止了動作，放棄攻擊，猶如眾星般從下方托起了夏長明的身體，夏長明展開雙臂，從手腕到足踝，展開三角形的金色羽翼，整個人就像一隻金色的鳥兒。

李長安的瞳孔驟然收縮，內心妒火中燒，猶如蛇蠍叮咬著他的心頭，咬牙切齒道：「他竟然將金羽翼甲傳給了你！」金羽翼甲乃是師門寶物，李長安一直以為這套翼甲已經隨同師父陪葬，長眠於地下，卻想不到師父居然將這套翼甲留給了師弟夏長明，厚此薄彼，難免他的心理有些失衡。

鳥群猶如一道筆直的黑煙，推動著夏長明的身體讓他在空中不斷上升，李長安須仰視才見，越來越多的鳥兒為身穿金羽翼甲的夏長明所吸引，脫離李長安，投入夏長明的陣營。

李長安爆發出一聲怒吼，精鋼鍛造的右臂揚起，鐵掌抓住衣襟猛然將外袍扯裂開來，露出裡面烏沉沉的翼甲，牽動機關，鳥群帶動他向上方飛去，師兄弟兩人的距離拉開到三十丈，此時的分開並非是選擇迴避，而是要進行一場終極決戰。

李長安的身軀猶如一支勁弩，在鳥群的推動下倏然射向夏長明，身在中途，牽動機關，兩隻精鋼羽翼從背後舒展開來，傾斜向後，破雲追風，呼嘯向夏長明衝去，萬千隻鳥兒在他的引領下，發起了一輪瘋狂攻擊。

夏長明的身軀也向李長安射去，在空中滑翔的過程中身軀不停旋轉，遠遠望去猶如一道金色的旋風，鳥群以他的身體為軸和夏長明做著相反方向的旋動，夏長明金羽翼甲構造特殊，翼甲在滑行中發出陣陣嗚嗚尖嘯，猶如萬鳥齊鳴。

原本和李長安一起發動攻擊的群鳥聽到這陣陣鳴響竟然戰意全消，本來擺出的攻擊陣型也開始潰亂，李長安早就清楚金羽翼甲的威力，這套翼甲最為強大的並非是防禦作用，而是翼甲光芒能夠有利於控制鳥兒，而翼甲的側翼能夠在滑翔的過程中發出聲音，這聲音具有誘惑鳥群的作用。

此消彼長，李長安在控制鳥群方面本來擁有絕對優勢，可是因為夏長明的金羽翼甲，形勢陡然逆轉。望著不斷集結於夏長明身前的飛鳥，李長安大吼一聲：「破！」精鋼打造的右臂筆直前衝，從精鋼手臂之上伸展出一柄五尺長度的弧形利刃，所到之處無不披靡，擋在他前方的鳥群被利刃切開一條縫隙，身穿翼甲的李長安從撕開的縫隙中鑽入，他和夏長明之間只剩下三丈距離。身軀在空中猛然傾斜，憑藉著雙翼精確的控制完成了一次變向俯衝，雙翼將意圖阻擋他的飛鳥拍落擊潰。

李長安右手的鐵拳突然脫離手臂射出，拳頭和手腕之間有一條細細的鋼索相連，瞬間掠過三丈的距離重擊在夏長明的胸口之上。

夏長明對師兄的這次襲擊缺乏足夠的準備，鐵拳擊中他的胸膛，雖然有金羽翼甲防護，仍然砸得他眼前一黑，噗地噴出一口鮮血。夏長明臨危不亂，雙臂前伸，從兩側羽翼中射出無數鋼針，阻擋住李長安的二次進擊。

李長安對金羽翼甲的功用非常瞭解，在夏長明施射之時，雙翼收起身軀向下一沉，躲過密集的鋼針射擊，然後又在鳥群的承托下重新升騰而起，右翼斜行向夏長明的身軀劃過，精鋼雙翼邊緣極其銳利甚至勝過刀鋒，若是被切中，恐怕免不了被斬為兩段的下場。

在兩人距離拉近到不足一丈的時候，夏長明投出一物，卻是白乎乎的一張捕鳥網，李長安本以為這一擊必中，卻想不到夏長明還有奇招，捕鳥網將李長安的身體籠罩，尚未來得及掙脫開來，夏長明已經俯衝而至，繞行到李長安的身後，照著他的後腰就是狠狠一腳，李長安被踢得失去平衡，身軀在空中旋轉墜落，多半群鳥在夏長明的指揮下已經轉變陣營，追逐李長安發起瘋狂攻擊，李長安的身軀直接墜入密林之中。

夏長明沒有繼續追上，因為下面胡小天等人的戰況已經變得凶險層出，胡小天武功雖強，可是那惡狼卻似無休止一樣，擊退一波，馬上又有一波頂上，胡小天內力渾厚並未見太大疲態，可是龍曦月和那五名武士體力下降很快，在惡狼的圍攻下驚險不斷，已有兩名武士被惡狼咬傷。

夏長明並未直接加入戰團，而是在鳥群的簇擁下向西北樹林中投去。擒賊先擒王，想要驅散狼群就必須先找到藏匿在林中的馭獸師。

樹林內仍有數百頭惡狼簇擁，在狼群中心的黑虎背上端坐一名半裸身軀的壯漢，正是獸魔閻虎嘯。

閻虎嘯聽到頭頂傳來動靜，抬起頭來卻見一片黑壓壓的鳥群向他所在的位置俯衝而來，閻虎嘯心中暗暗吃驚，想不到羽魔李長安竟然敗在了他的師弟手下。

閻虎嘯毫不戀戰，看到鳥群襲來，調轉黑虎向密林深處逃去，口中號角卻繼續吹響，林中惡狼聽到號角聲，爭先恐後地向外面衝去，向苦苦支撐的胡小天七人展開全面攻擊。

胡小天他們幾人也全身染血，面對無休無止潮水般湧來的狼群，他們唯有咬牙苦戰，在他們的周圍已經橫七豎八地躺下了數百隻惡狼的屍體，然而屠殺卻沒有將狼群嚇退，血腥激起了惡狼的凶性，在號角的鼓舞下，展開了越來越凶猛的攻擊。

龍曦月手臂痠軟，綠竹杖揮出竟然沒能成功將靠近的青狼絆倒，那惡狼高速奔跑中騰空而起，張開巨吻向龍曦月咬去，其餘五名武士也都被惡狼纏住，龍曦月花容失色，揚起綠竹杖向惡狼的大嘴中戳去，她此時已經精疲力竭，輕盈的綠竹杖在手中也似乎有了千斤份量，一舉一動都變得頗為艱難。

寒光閃過，卻是胡小天及時殺到，一刀將青狼攔腰斬斷，他只顧著龍曦月，冷不防身後一頭惡狼撲了上來，一雙利爪已搭在他肩頭。胡小天左手抓住狼爪，一個甩背，將牛犢大小的青狼重重掄起摔在地上，那青狼哇嗚一聲，已然被活活摔死。

胡小天揮刀護住龍曦月，卻見四周狼頭湧動，綠油油的眼睛如同鬼火，現場至少還有一千多頭，實在不知道這馭獸師究竟從何處召來那麼多的惡狼，除非將馭獸師制住，這些惡狼是不可能停止攻擊的。

就在情況變得越來越嚴峻的時候，卻見東南方山林中衝出一隻騎兵隊伍，揚起手中弓箭瞄準狼群施射，箭如雨下，惡狼中箭之後瞬間倒了一大片。為首一人身穿紅色勁裝，身材婀娜，騎在棗紅馬上，一馬當先，英姿颯爽，箭無虛發。

第九章

寨主來了

胡小天天生是個不怕事的人，
繞過天狼山並非是對閻魁的害怕，而是想避免不必要的麻煩，
既然已經事到臨頭，沒了迴避的可能，也只有凜然面對，
就算事情發展到最壞一步，也可以憑藉自身武功控制閻魁，
以此來達到解圍的目的。

胡小天的目力強大，遠遠就已經認出，那紅衣女郎正是天狼山匪首閻魁的寶貝女兒閻怒嬌，不用問她身後的那支隊伍就是天狼山的馬匪，那支馬匪大概二百餘人，在完成遠距離射殺之後，馬上翻身下馬，抽出武器開始近戰。

閻怒嬌帶領十多名得力手下殺出一條血路和胡小天等人會和一處，她並沒有先搭理胡小天，而是向龍曦月關切道：「曦月姐沒事吧？」兩人雖然是同年同月，可龍曦月要比閻怒嬌大上七天，此前她們已經敘過。

龍曦月親切笑道：「怒嬌來得正好，我們就快撐不住了呢。」

一頭青狼斜刺裡撲了出來，閻怒嬌揚起右手，一支袖箭直接就射入那青狼的嘴裡，青狼哀嚎著摔落在地上。

胡小天道：「你們姐妹倆彼此照應，我去幫夏長明。」看到局面已經基本控制，不會再有什麼危險，胡小天慌忙抽身去幫夏長明。他連續砍殺數頭惡狼，來到樹林之中，卻看到前方金光一閃，正是夏長明落了下來，他在剛才和李長安的比拚中受了傷。獸魔閻虎嘯應該是覺察到有援軍到來，所以並不戀戰，及時抽身離去，夏長明也不敢跟蹤追擊，以他目前的狀態，若是和獸魔硬拚，肯定討不到好處。

胡小天迎上去，劈殺兩頭想要攻擊夏長明的青狼。

夏長明臉色慘白，扶住大樹，氣喘吁吁道：「主公和公主沒事吧……」

胡小天點了點頭道：「都沒事，放心吧！」他上前攙住夏長明，遞給他一顆歸元丹服下。

此時外面的戰事也已經基本結束，獸魔閻虎嘯逃離之後，那些惡狼的攻勢很快瓦解，閻怒嬌帶來的二百名悍匪擅長山林作戰，搏殺野獸更是他們的特長，他們的到來讓戰場的局勢向一邊倒的方向發展。

胡小天和夏長明來到樹林外，看到遍地都是野獸的屍體，天狼山的那幫悍匪正在追殺仍未來得及逃離的惡狼。

龍曦月在危機解除之後也生出虛脫的感覺，找了塊乾淨的石頭坐了下去，嬌噓喘喘地望著樹林，看到胡小天和夏長明兩人平安歸來，她的唇角泛起一絲欣慰的笑意。

閻怒嬌來到她的身邊坐下，將水囊遞給龍曦月，龍曦月接過喝了幾口，又還給她，兩人相視而笑。龍曦月輕聲道：「這次可真是要多謝你們了。」

閻怒嬌道：「曦月姐跟我不用如此客氣。」

胡小天將夏長明交給手下武士照顧，今晚雖然經歷多次凶險戰鬥，可好在他們的隊伍中只有兩名武士輕傷，沒有太大的損失。胡小天來到閻怒嬌面前，向她笑了笑，心中多少有些不好意思，這次是他決定取道黑涼山，避開天狼山，本意是提防閻魁對自己不利，可沒想到來到黑涼山也不太平，居然遭遇獸魔閻虎嘯和羽魔李長安的聯手追殺。

此前在火樹城胡小天曾經親口答應閻怒嬌，說要去天狼山見她爹閻魁，還說要向他說明他們兩人之間的事情，可事實卻是自己出爾反爾，面對閻怒嬌自然慚愧。

閻怒嬌倒是表現得頗為大度，微笑道：「你們沒事就好。」

胡小天對之前的事情避而不談，故意岔開話題道：「怒嬌，你怎麼會在這裡出現？」

閻怒嬌道：「我們的主寨雖然在天狼山，可事實上，天狼山和黑涼山這一帶全都在我們的控制下，這裡發生的事情當然瞞不過我們。」美眸意味深長地看了胡小天一眼。

胡小天笑道：「那為什麼不早點出現？害得我們打得如此辛苦？」這貨從來都是個無理占三分的主兒。

閻怒嬌解釋道：「是有人發現了你們丟下的那些坐騎，我們方才循著線索找過來的，胡公子該不會懷疑我們故意袖手旁觀吧？」言語中終於忍不住流露出對這廝的不滿了。

龍曦月笑了起來，伸手牽住閻怒嬌的手臂道：「怒嬌，別跟這人一般見識，你說不過他，天下又有幾個能說過他？」

閻怒嬌對龍曦月的這句話倒是認同，輕聲道：「你們想必都累了，走吧！去寨子裡好好休息一下再走。」

胡小天心中一怔，她所說的寨子難不成是在天狼山那邊？

閻怒嬌似乎猜到了他的心思，指了指對面的山谷道：「蘭溪寨！西川南部的山區如今大都在我們的控制範圍內。」芳心暗想，在這裡你還想逃出我的手心啊！

胡小天暗歎，自己此前的考察工作沒做好，居然不知道這一帶區域全都在閻魁的控制下，早知如此，自己又何必辛苦繞過天狼山。

龍曦月道：「如此說來，這次可以有幸拜會閻寨主呢。」

閻怒嬌心中暗讚，這龍曦月果然是冰雪聰明的人兒，同樣的一句話她說出來就是讓人感到舒服，其實閻怒嬌也知道龍曦月是在詢問父親有沒有在蘭溪寨，她笑道：「只怕是見不到了，我爹去西川辦事至今還沒回來。」

胡小天打心底鬆了口氣，早說嘛！早說我就取道天狼山，走捷徑多好。

蘭溪寨就位於黑涼山的南麓蘭溪谷中，因為山谷中有一條消息貫通南北，寨子因此而得名，蘭溪寨這裡住著的大都是天狼山馬匪的家眷。

一行人來到蘭溪寨的時候已經是黎明時分，寨子籠罩在一層薄霧之中，數百棟吊腳樓圍繞在小溪的兩旁，溪水清澈見底，從高處緩緩流下，水流舒緩，在晨光的映射下如絲如緞。

晨起的女人已經在溪邊開始洗漱，閻怒嬌讓手下人引領夏長明和那五名武士去休息，她則親自帶著胡小天和龍曦月循著溪水來到上游，來到一座林木掩映的吊腳樓上，走入其中看到裡面的裝飾古色古香，門前懸掛著一串青銅風鈴，微風拂過，傳來一陣陣悅耳的叮咚聲，從吊腳樓的各個視窗向外望去，景致各有不同，山色水景盡收眼底，當真是美不勝收。

這裡乃是閻怒嬌位於蘭溪寨的住處。

閻怒嬌攜著龍曦月的手走了上去，又讓人帶胡小天去與之毗鄰的吊腳樓內沐浴更衣。

胡小天來到隔壁吊腳樓內，這裡的陳設自然比不上閻怒嬌那間，不過條件也算不錯，木桶之中熱水也已經準備好了，一旁木凳上擺放著疊得整整齊齊的衣物。

胡小天洗完澡，換上為他準備的衣服，這是一身黑苗族人的服飾，這一帶都是黑苗人生活的地方，所以即便是其他的民族來到這裡也入鄉隨俗。

換好衣服重新來到閻怒嬌的住處，卻看到閻怒嬌躡手躡腳走了出來，胡小天低聲道：「曦月呢？」

閻怒嬌指了指裡面，胡小天探頭向裡面望去，龍曦月已經睡了，這兩天實在是太辛苦，她向來養尊處優，從未受過這樣的辛苦，雖然意志頑強，可是體質終究還是扛不住。

兩人來到樓下，閻怒嬌道：「你不累啊？不去休息？」

胡小天搖了搖頭：「不累！」

閻怒嬌道：「精力旺盛，不是有病吧？」

胡小天笑了起來，露出一口整齊的牙齒，閻怒嬌指了指他休息的吊腳樓：「去裡面說話。」

胡小天點了點頭，此時太陽已出來了，寨中的人陸續出來活動，站在外面說話的確不方便。胡小天和閻怒嬌一起來到吊腳樓內，兩人站在窗邊望著外面的美景。

胡小天本想說些什麼，可話到唇邊卻欲言又止。

閻怒嬌不無幽怨地看了他一眼道：「我就知道你不會去天狼山。」

胡小天笑了起來：「對不起！要不你揍我一頓吧，我是打腫臉充胖子，嘴上說得硬氣，可心底還是有點怕你爹。」

閻怒嬌道：「你胡小天向來都是天不怕地不怕，又豈會怕我爹一個山大王。」

胡小天道：「拿人家的手短，吃人家的嘴軟，我占了人家女兒的便宜，心虧著呢。」這解釋倒是合情合理。

閻怒嬌嬌嗔道：「滾！沒正行的東西，你心中根本沒有我。」

胡小天道：「天地良心……」

「你的良心啊，早就讓狗給吃了！」

胡小天嬉皮笑臉地湊了過去，伸手將閻怒嬌的下頜挑起。

閻怒嬌道：「放尊重點，不然我叫人了！」表情雖然凶巴巴的，可心中卻居然有些期待，她意識到自己是徹底完了，在這壞小子的面前壓根沒有任何反抗能力。

胡小天已經吃定了她，勾住她的纖腰將她拉入自己的懷中，毫不客氣地蹂躪著她的櫻唇。

閻怒嬌被他吻得意亂情迷，此時外面卻突然傳來一陣騷動之聲，聽到有小孩子歡呼道：「大寨主來了！」

閻怒嬌霍然睜開美眸，大寨主自然是她的父親閻魁，她也不知道父親因何會在這時候來到蘭溪寨，她慌忙推開胡小天，來到窗口向外望去，驚呼道：「壞了，真是我爹回來了！」

胡小天聽聞閻魁回來也是吃了一驚，他也來到窗前望去，卻見一支約百人的隊伍從寨門緩緩進入，走在隊伍最前方的乃是一位赤髮虬鬚的魁梧漢子，此人顯然就是天狼山匪首閻魁。

胡小天雖然沒有見過閻魁，可是他曾經在蟒蛟島和閻魁的同胞兄弟閻天祿打過交道，看起來閻魁的面相竟然比閻天祿還要年輕一些，閻天祿都已經年過花甲，這閻魁既然是他兄長，年齡應該接近七十歲了，怎麼看起來竟似一個四十多歲的壯漢，作為一個馬匪頭目，保養得還真是不錯。

幾個正在溪邊嬉戲的小孩子樂呵呵向閻魁奔了過去，閻魁展開臂膀一邊抱起了一個，看來寨子裡的小孩子都不怕他，這閻魁為人倒是親和。

胡小天無意中看了閻怒嬌一眼，卻發現她的俏臉已經失去了血色，明顯處於驚恐之中。

胡小天伸手想要摟住她的肩頭，安慰她一下，閻怒嬌嚇得一顫，慌忙躲開，她低聲道：「你務必記住，你們幾個千萬不可表露自己的身分。」

胡小天不禁皺起了眉頭：「什麼？」閻怒嬌的這番話讓他很是不解。

閻怒嬌道：「我從未向我爹提過我們的事情，他對外人充滿戒心，你要記住，千萬不可透露你的身分，因為我二哥的事情，他非常恨你。」

胡小天道：「你二哥不是認識我？」就算他想要隱瞞身分恐怕也不能，閻伯光又不是不認識自己，而且也不排除還有其他人認得自己的可能。

閻怒嬌道：「總之你別說就是了，我先去應付我爹爹，如果沒有特別的事情，你們幾個儘量不要露面。」

胡小天心中暗笑，閻怒嬌居然怕成了這個樣子，可看起來閻魁也沒那麼可怕，大概是她擔心他們之間的私情會觸怒閻魁吧。

閻怒嬌已經離開了吊腳樓，迎著父親走去，笑靨如花，俏臉如朝霞般燦爛：「爹！您怎麼回來了？」

閻魁將那兩個小孩兒放下，滿面笑容道：「辦完事情自然要回來，怒嬌，我聽說你們昨晚去山上圍獵了？」

閻怒嬌笑道：「有狼群襲擊過路的客商，我帶著弟兄們將人救了。」

「狼群？」閻魁皺了皺眉頭道：「黑涼山怎麼會有那麼多的狼出現？此事不同尋常啊！」

閻怒嬌慌忙岔開話題道：「爹，您累了吧，趕緊去休息。」又向他身後的中年文士笑道：「秦叔叔，你們不是說要月底才回來嗎？怎麼突然就到了？」

那中年文士乃是閻魁的首席智囊秦伯言，秦伯言微笑道：「事情解決順利，所以就提前回來了，本來是要直接回天狼山的，可寨主說已經許久沒有到蘭溪寨來了，於是過來看看，想不到小姐也在呢，對了，小姐何時從紅木川回來的？」

「剛剛回來不久。」閻怒嬌向隊伍中看了看，卻看到幾個陌生的面孔，閻魁想起一件事，指了指身後一名英俊青年道：「對了，忘了給你介紹，這是剛剛加入我們山寨的少年英雄，他叫馬新生，新生，新生！這就是我女兒怒嬌。」

馬新生抱拳向閻怒嬌施禮，恭敬道：「新生見過小姐！」

閻魁道：「你們年輕人多熟悉熟悉，新生是第一次來蘭溪寨，怒嬌啊，你帶著他到處看看。」

閻怒嬌嗯了一聲，心中卻有些不情願。

胡小天來到龍曦月所在的吊腳樓，看到她仍在熟睡，便靜靜守在一邊，閻怒嬌既然不讓自己和她的父親見面，想必有她的道理，本來胡小天也沒有和閻魁正面相會的打算，此次選擇迴避，倒也避免了許許多多的麻煩。

龍曦月一直睡到正午方才悠然醒來，看到胡小天就坐在窗前讀書，靜靜守著自己，俏臉浮起兩片紅暈，柔聲道：「我怎麼睡了這麼久？」

胡小天笑道：「我也想陪你睡，就怕你醒來怪我占你便宜。」

龍曦月知道他胡說八道慣了，輕移蓮步來到他身邊，雙手搭在他的肩頭，柔聲道：「沒去陪怒嬌聊天？」

胡小天道：「她爹來了。」

龍曦月眨了眨明眸：「咱們要不要去拜會一下？」

胡小天搖了搖頭道：「她好像很怕她爹，跟老鼠見貓似的，讓咱們千萬不可暴露了自己的身分。」

龍曦月道：「既然如此，咱們還是遵照她的意思，避免不必要的麻煩。」

此時一名黑苗女郎敲門走了進來，她是奉了閻怒嬌的命令專程過來送飯的。

胡小天問她閻怒嬌的下落，這黑苗女郎口緊得很，一問三不知。胡小天推測到龍曦月肯定是抽不開身，而今之計，唯有等待，閻魁也不可能在這裡長留，即便是他多留幾日，他們幾人找到機會一樣可以離開，還是靜待閻怒嬌的安排。

午飯後，胡小天抽空去探望了夏長明幾人，夏長明恢復的情況還不錯，胡小天特地交代，他們儘量不要公開露面，更不要暴露自己的身分，等閻怒嬌回來之後再決定去向。

直到臨近黃昏，閻怒嬌方才回來，進門後就道：「收拾一下吧，我這就送你們離開。」

胡小天聽說終於可以離開寨子也是鬆了口氣，輕聲道：「你爹呢？」

閻怒嬌道：「在仁義廳宴請新入夥的兄弟呢，這會兒他抽不開身。」

胡小天點了點頭，他和龍曦月拿起行李，叫上夏長明等人，向寨門外走去。

閻怒嬌送到橫跨小溪的石橋處就停下了腳步，輕聲道：「我只能送到這裡了，曦月姐，你們多多保重！」

龍曦月點了點頭，輕輕用手肘搗了胡小天一下，示意他過去和閻怒嬌道別，自己則和夏長明等人先去下面等著。

胡小天向閻怒嬌笑了笑道：「你不跟我一起走啊？」

閻怒嬌咬了咬櫻唇，眼圈卻有些紅了，小聲道：「咱們終究不是一種人。」

胡小天道：「在我心底早已把你當成了自家人，從未見外過。」

閻怒嬌抿起嘴唇，強忍心中的離愁擠出一絲笑容道：「趕緊走吧，好好對待公主，他日有緣，或許還有相見的機會。」

胡小天望著她的樣子，心中感到一陣歉疚，自己終究還是虧欠她的，他張口想要說幾句寬慰她的話，閻怒嬌搖了搖頭道：「什麼都別說，我明白，我心底全都明白，你快走。」

胡小天點點頭，心中暗忖，如今說再多的情話，給她再多的承諾也只是空話，以後必然會來找她，閻怒嬌已經是自己女人，不可讓她在等待和幽怨中度過一生。

他轉過身去，正準備跨過石橋，卻聽身後一個沉穩的聲音道：「小姐！這麼晚了，客人要往哪裡去？」

閻怒嬌嬌軀一震，慌忙抹去臉上的淚水。胡小天緩緩轉過身去，卻見一位中年文士微笑走了過來，在他身後還跟著一名武士，那中年文士正是天狼山首席智囊秦伯言。

胡小天是第一次見到秦伯言，並不知道此人是誰，可閻怒嬌卻是暗暗叫苦，在天狼山秦伯言雖然只是四當家，可是他在山寨中深受擁戴，威信僅次於父親，就算是父親也對他非常的倚重，秦伯言智慧超群，天狼山能夠屹立於西川邊陲數十年不敗，正是因為他出謀劃策的緣故。

閻怒嬌故作平靜道：「秦叔叔，他們就是遭遇狼群襲擊的客商，因為有急事，所以才要離去呢。」

秦伯言微笑道：「欲速則不達，此時已近黃昏，離開蘭溪寨只怕天就要黑了，外面荒山野嶺，野獸出沒，若是再遇到狼群襲擊，恐怕這位公子就沒有那麼好的運氣了，為何不多留一夜，明日清晨，派人護送你們離去，不知這位公子意下如何？」深邃的雙目靜靜望著胡小天。

胡小天笑道：「這位先生客氣了，不是我們不願留下，而是因為家中確有急事，必須儘快趕回去。」

秦伯言道：「秦某也不是湊巧經過這裡，而是奉了寨主的命令，請幾位客人去仁義廳一起喝酒呢。」

閻怒嬌還想說什麼，卻看到蘭溪寨的寨門已經緩緩關閉，秦伯言顯然早已做好了安排。

看到如此情景，胡小天也不好強行離開，雖然預感到或許會有麻煩，可事已至此，也只能隨遇而安，見機行事了，更何況，他不想閻怒嬌夾在中間難做，微笑道：「既然寨主如此盛情，我等恭敬不如從命。」

秦伯言呵呵笑道：「這位公子一看就是爽快人，還未請教公子的高姓大名呢。」

胡小天尚未開口，閻怒嬌已經率先答道：「他是吳能吳公子！」

胡小天真是欲哭無淚，損人也不要那麼明顯好不好。無能？我哪裡無能了？能力究竟有多強你又不是沒有親身體會過。

秦伯言微笑道：「吳公子好，在下秦伯言。」

龍曦月幾人也折返回來，胡小天藉口回去放行李，然後再去仁義廳。秦伯言也沒有勉強他們這就過去，只是說宴會將在半個時辰後開始，讓他們儘量不要遲到。

胡小天和龍曦月幾人回去商量了一下對策，他讓夏長明和那幾名武士留下休息，反正幾人都受了傷，藉口也足夠充分，他們留下，也可在週邊照應，以防萬一形勢有變。夏長明的馭獸術在關鍵時候可以起到作用。

而且看來今天主要的宴請對象是自己，秦伯言分明是有備而來，依著胡小天的意思，龍曦月也不要去的，可龍曦月又放心不下，非得堅持跟他一同前去。

龍曦月雖然穿著男裝，可外人一看就知道她是女子。兩人來到仁義廳外，卻見裡面已經是燈火通明，龍曦月道：「吳公子請！」想起剛才閻怒嬌對他的介紹，不禁笑了起來。

胡小天道：「這位貌比潘安的小公子，我回頭應該如何介紹呢？」

龍曦月笑道：「你是吳能，那我就是吳用。」

胡小天笑道：「人家一看就知道你是女孩子，騙不過那幫老江湖的。」

龍曦月道：「你是說他們可能已經知道了咱們的身分？」

胡小天點了點頭道：「很有可能，秦伯言是天狼山的智多星，他不會輕易出動的，既然怒嬌這樣介紹我，只能將錯就錯了，咱們今晚見機行事。」

龍曦月道：「沒事，怒嬌肯定會站在咱們這一邊。」對閻怒嬌她充滿了信心，她能夠看出來閻怒嬌寧願犧牲自己也不會加害胡小天。

胡小天天生是個不怕事的人，開始之所以想繞過天狼山並非是出於對閻魁的害怕，而是想避免不必要的麻煩，現如今既然已經事到臨頭，沒了迴避的可能，也只有凜然面對。閻魁此次帶來了一百多人，就算加上此前幫他們從狼群中解圍的二百多人，總數也不超過四百，這其中高手並不多，就算發生衝突，突圍也不困難。

閻怒嬌已經換上了典型黑苗族人的服飾，戴著精美的銀飾，五彩斑斕的短裙，一雙晶瑩如玉的美腿毫不吝惜暴露人前，連龍曦月看得都是臉紅，心中暗忖，她還真是敢穿，其實這和地域民族習慣不同。

閻怒嬌迎向他們兩個，周身銀飾叮噹作響，龍曦月讚道：「奴嬌妹子這身打扮真是漂亮。」

閻怒嬌笑道：「姐姐若是喜歡，回頭我給您準備一套。」她來到胡小天身邊，壓低聲音道：「我懷疑我爹或許猜到了你的身分，回頭你們看我的眼色行事？」

胡小天看了看周圍，壓低聲音道：「你爹該不會在酒菜中下毒吧？」

閻怒嬌白了他一眼：「我爹做事從來都是光明磊落，不是你說的那種人，他就算想對付你也會光明正大地下手。」

胡小天嘿嘿一笑，一個惡名遠播的山大王居然會光明正大，打死他都不信！

兩人跟著閻怒嬌進入仁義廳，廳內已經擺好了長桌，閻怒嬌將他們兩人帶到閻魁的面前，閻魁長相威猛，胡小天本以為他是不好相處之人，卻想不到他居然表現得頗為和善，哈哈大笑著站起身來，向胡小天和龍曦月抱拳道：「兩位貴客遠道而來有失遠迎，老夫失禮之處還望多多擔待。」

胡小天也沒想到這個外貌粗獷的人一舉一動居然溫文爾雅，轉念一想，閻魁乃是渤海國王族，和尋常打家劫舍的山賊自然不同。胡小天抱拳深深一躬：「晚輩吳能參見閻寨主！」龍曦月也跟著他向閻魁行禮道：「晚輩吳用參見閻寨主！」

這吳能的名字還是閻怒嬌給他起的，閻怒嬌自己聽著都忍不住想笑，一個吳能一個吳用，誰父母會給孩子起這樣的名字？

閻魁呵呵笑道：「吳能、吳用！好名字好名字，夠低調，夠謙虛！」

胡小天總覺得他話裡有話，也笑道：「打小我父母就教我，要低調做人，高調做事！」

閻魁道：「兩位吳公子的父母想必是大智慧的人物，有機會一定要介紹我認識。」

胡小天道：「只怕是沒有機會了。」

閻魁微微一怔。

胡小天陪笑道：「我們的父母早已亡故了。」

閻魁點了點頭，歎了口氣道：「原是老夫不該問，坐！快請坐！請上座！」

胡小天見到閻魁對他如此客氣反倒有些不好意思了，雖然閻魁是個山大王，可畢竟人家是地主，又是閻怒嬌的父親，自己是個晚輩，怎麼都要懂得禮節。

眾人坐定之後，閻魁起身端起酒碗道：「各位遠道而來的朋友，各位兄弟，今日閻某在此設宴，一是是歡迎新生和他的兩位兄弟加入我們天狼山，二是為怒嬌的朋友接風洗塵。」

胡小天心中暗起，這新生是誰？居然比我們更加重要？舉目望去，卻見坐在閻魁右手的年輕人站了起來，那年輕人相貌英俊，膚色白皙，恭敬道：「寨主實在是折殺新生了，新生何德何能，得到寨主如此厚愛？」

閻魁哈哈大笑，拍了拍馬新生的肩膀道：「若非是新生幫忙，這次老夫險些在西州栽了一個大跟頭，說起來新生可是我的救命恩人吶！」

馬新生謙虛道：「寨主真是折殺我了，新生可沒幫上什麼忙，是寨主洪福齊天方才能夠逢凶化吉。」

閻怒嬌此時方才知道父親出門遇險，芳心中不禁一陣關切。

閻魁舉杯和眾人同乾了這一杯，坐下之後又向眾人道：「老夫還有一件事情想要宣佈。」他笑眯眯轉向閻怒嬌道：「我有意將怒嬌許配給新生為妻，不知你意下如何？」

閻怒嬌驚得鳳目圓睜，她無論如何都想不到父親會當眾把這種事情說出來，此前竟然都沒有徵求自己的意見。

閻怒嬌還未來得及說話，馬新生就已經站起身來：「寨主，新生如何配得上小姐。」

閻魁道：「噯！你相貌堂堂為人正直，又救過老夫的性命如何不可？英雄不問出身，咱們江湖中人不必拘泥這些小節。」

閻怒嬌不由得向胡小天看了一眼，胡小天也是因這個消息被酒給嗆著了，連連咳嗽，差點沒閉過氣去。閻怒嬌咬了咬嘴唇道：「我不願意！」

大廳原本熱鬧的場面頓時靜了下去，本來眾人都開始準備上前恭賀這對新人了，卻想不到閻怒嬌當眾拒絕了她的父親。

閻魁一張面孔頓時沉了下去，陰沉可怕，之前的笑意一掃而光，冷冷道：「你說什麼？」

「我不願意！」閻怒嬌清晰無誤地回答道。

閻魁怒道：「混帳，你是我女兒，我當然可以為你做主！」

閻怒嬌怒道：「我雖是你的女兒，可並不是你的物品，你想送給誰就送給誰？我有選擇的自由！」

閻魁指著女兒道：「你因何不願意？新生無論人品相貌，武功文采又有哪一點配不上你？更何況他救過我的性命，你是我的女兒，就應當知恩圖報。」

閻怒嬌到了此時索性豁出去了，她大聲道：「他救了你的性命又沒有救過我，你要報恩，你自己嫁給他，拉著我作甚？」

眾人聽到這句話全都忍俊不禁，可又不敢當著閻魁的面發笑，一個個轉過身去忍得相當辛苦。可大廳內還是有一個人笑了起來，眾人循聲望去，發笑的人正是胡小天。

胡小天這一笑把所有人的注意力都吸引了過來，閻魁怒氣沖沖地望著他：「吳公子你因何發笑？老夫有何可笑之處？」

胡小天道：「對不住，對不住……只是突然忍不住……」這廝又笑了起來。

閻魁瞪大了眼睛，連閻怒嬌都愣了，心想你跟著添什麼亂？我爹脾氣不好，原本就懷疑你，你這樣一來豈不是讓他更加懷疑？

閻魁冷冷道：「吳公子有什麼話不妨說出來。」

胡小天笑得眼淚都快流出來了：「你們的家事……我一個外人怎好過問，其實寨主原不該在……我們面前說……」

閻魁道：「你既然聽到，不妨說說你的意見。」他倒是沒有暴跳如雷。

胡小天道：「如果要我說，閻姑娘的話也不是沒有道理，冤有頭債有主，這世上無論是報仇還是報恩都得找準對象，按照寨主的道理，若是有位老太太救了閻姑娘，閻姑娘為了報恩，將寨主送給這老太太當丈夫，寨主願不願意？」

「呃……」閻魁被他問得張口結舌。

胡小天道：「按照寨主的道理，寨主肯定是願意的。」

周圍人聽到這裡，佩服這年輕人大膽之余，有不少人已經忍不住笑出聲來。

閻魁道：「我可以做得她的主，她卻做不了我的主。」似乎感覺到自己在道理上占了上風，他不無得意地看了胡小天一眼道：「看來你爹娘給你起這個名字果然另有深意。」他在言語上占了上風，眾人果然捧場，同聲哄笑起來。

龍曦月和閻怒嬌都感覺俏臉一熱，別人嘲笑胡小天，她們感同身受。

閻魁不再理會胡小天，又轉向閻怒嬌道：「你因何不願意？」

閻怒嬌道：「我心裡有人了！」她的性子和中原女子畢竟不同，這種話當眾就說了出來。

閻魁怒道：「哪個？」

胡小天熱血上湧，實在不忍心看到閻魁如此逼迫她，心想老子不妨認了。龍曦月似乎猜到他的想法，在桌下將他的手握住，這種時候站出來並不明智。

閻怒嬌道：「胡小天！」一臉的大無畏。

眾人聽到胡小天的名字全都靜了下去。

胡小天方才意識到自己是吳能，不是胡小天。

馬新生聽到胡小天這三個字，雙目之中突然閃過一絲陰冷的殺機。

閻魁怒道：「你這死丫頭簡直胡說八道。」

閻怒嬌道：「我才沒有胡說，你根本就是知道的，你明明知道這世上我只喜歡他一個，除了他之外我不會再喜歡任何其他人，你為何還想將我許配他人？我不怕告訴你，你就等著當外公吧！」

閻魁聽到這消息頓時暴跳如雷，抓起酒壺就要向閻怒嬌砸去，卻被秦伯言攔住，秦伯言笑道：「寨主息怒，寨主息怒。」

閻魁大吼道：「老子的臉面全都被你丟盡了。」

閻怒嬌狠狠瞪了馬新生一眼，將所有的責任都歸咎到他的身上，馬新生一臉無辜，的確他又沒提親，明明是閻魁主動提起的。

胡小天聽到閻怒嬌剛才的那句話又驚又喜，驚得是閻怒嬌難不成當真有了？

秦伯言好不容易才將閻魁勸住，又來到閻怒嬌面前，讓她給父親端酒道歉。事情鬧到這種地步，閻魁自然不能再提將女兒嫁給馬新生的事情，女兒當眾連讓他準備當外公的話都說出來了，再提親事豈不是自取其辱。

馬新生倒也豁達大度，就算發生了剛才的事，在風度上也沒有失去半分，他微笑道：「寨主不必生氣，其實有件事新生還未來得及說，新生在兒時就已定親，多謝寨主美意，雖然新生對小姐的風采也很是仰慕，只是我們肯定是沒有緣分的。」

閻魁剛才暴跳如雷，兇相畢露，這會兒居然又平靜了下來，點了點頭道：「既然如此，老夫也不勉強。」

馬新生笑道：「新生初來山寨，按照寨子裡的規矩需要獻上一件禮物。」他所說的的確是事實，其實不少山寨都有這樣的規矩，加入山寨必須要立投名狀，這投名狀可以是人命，可以是財寶，其實就是表明態度。

馬新生讓兩名手下將一個箱子抬了上來。

眾人的注意力從剛才提親的事情上轉移了過來，都想看看他送的是什麼禮物。

馬新生的那兩名手下將箱子打開，頓時聞到一陣異香撲鼻，從裡面抬出一樣東西，那東西外面蒙著紅色絨布，將之小心放在桌子上，馬新生環視眾人，臉上的表情不無得意，他揭開那紅色絨布，卻見裡面卻是一尊白玉觀音。雕工精美絕倫，玉質溫潤，寶相莊嚴，在燈光的映射下觀音像的周圍竟有七色光暈，更為奇特的是這觀音像還散發出淡淡的香氣，這香氣讓人心曠神怡。

閻魁也是見多識廣之人，他起身走向那一尊觀音像，雙目灼灼露出癡迷之色，手撫虬鬚道：「這可是妙香無量觀世音造像？」

馬新生微笑點了點頭道：「正是！寨主果然好眼力。」

閻魁道：「老夫早就聽說過這件稀世之寶，只可惜一直無緣一見，果然名不虛傳，巧奪天工，精美絕倫。」

胡小天遠遠望著，也覺得這觀音像不錯，只是一座白玉觀音當真當得起閻魁的如此誇讚嗎？他聞了聞這淡淡的香氣，舉目向閻怒嬌看了看，閻怒嬌剛巧也向他看來，露出一絲意味深長的笑意。

馬新生又從箱中取了一個白玉瓶，向閻魁道：「寨主可能還不知道這觀音像的另外一個妙處！」

閻魁按照他的指引將白玉瓶內的清水滴在蓮台上少許，奇異的一幕發生了，卻見原本和觀音一色，潔白無瑕的蓮台竟然改變了顏色，轉瞬之間變成了蓮花的粉色，而觀音像卻依然潔白如故。閻魁哈哈大笑：「果然是稀世珍寶，如此貴重的禮物，老夫可不好收。」

馬新生道：「寨主又何必客氣，新生既然決定投入到寨主門下，莫說這觀音造像，就算是新生的性命以後也是寨主的，只要寨主一聲令下，刀山火海新生必率先前往，絕不會皺一下眉頭。」

胡小天心中暗歎，難怪閻魁喜歡這廝，這小子不但出手大方而且還會拍馬屁，這樣的人自然受歡迎。

身邊龍曦月卻一把抓住胡小天的手臂，胡小天轉身望去，卻見龍曦月秀眉緊皺，手捂額頭，虛弱道：「我……我忽然喘不過氣來……」話未說完已經暈倒在胡小天的懷中，胡小天心中一怔，卻見身邊眾人一個個倒了下去，他心中一怔，馬上猜到那觀音像必然有問題，也裝出頭暈的樣子，抱著龍曦月緩緩倒了下去。

閻魁距離最近，自然首當其衝，魁梧的身軀直挺挺就倒了下去。

馬新生原本一臉恭敬獻媚的笑容頃刻間變得陰森無比，望著廳內眾人一個個倒了下去，他抬起腳照著閻魁的身上踢了一下，看到閻魁毫無反應，這才放下心來。

整個大廳內依然能夠站著的就只有他和兩名手下，馬新生向兩人拱手道：「這閻魁就交給你們了。」

兩人點了點頭。

馬新生抽出腰刀直奔胡小天走了過去。

胡小天聽到他越來越近的腳步聲，不由得心中一怔，這小子分明是朝著自己來了？老子跟你無怨無仇，你不找閻魁，找我幹什麼？

馬新生來到胡小天面前，抬腳將他的身體翻了過來，望著胡小天咬牙切齒道：「奸賊，就算你燒成灰我也認得，你殺了我爹，毀掉黑水寨，我今日就要挖出你的心肝祭奠我的親人和弟兄。」

胡小天聽到這裡心中已經明白了，敢情這廝乃是碧心山黑水寨馬行空的兒子，少寨主馬中天，難怪他會起了個馬新生的名字。胡小天雖然閉著眼睛，卻對馬新生的一舉一動瞭若指掌。

馬中天雙手舉起鋼刀，準備照著胡小天的脖子狠狠砍下的時候，卻聽到身後突然發出兩聲慘叫。那兩名跟他前來的手下已經口吐鮮血倒飛出去，卻是原本暈倒在地的閻魁，一雙鐵拳轟擊在兩人的胸膛之上，閻魁的雙拳威猛無匹，將兩人胸前骨骼盡數打碎，內臟爆裂，還未落地就已經一命嗚呼了。

這猝然發生的變化讓馬中天為之一驚，閻魁冷笑道：「就憑你，也想騙過老夫的眼睛嗎？」他抓起妙香無量觀音造像，朝著馬中天猛地扔了過去。

馬中天嚇得慌忙閃到一邊，觀音像擦著他的手臂落在遠處，摔了個粉碎，一時間室內香氣更濃。

馬中天這才意識到閻魁根本一直都在偽裝，他揚起右手，一排袖箭向胡小天射去，就算是要逃，也要在逃走之前將這殺父仇人殺死。

胡小天原本並不想動，可馬中天近距離射殺，逼得他不得不動作起來，一揚手將空中袖箭盡數抓住，然後身體從地上騰躍而起，獵豹般竄了出去，一拳打在馬中天的下頜之上，將馬中天打得橫飛了出去。

馬中天的武功畢竟和胡小天相差太遠，閻魁看到馬中天的身軀飛來，張開蒲扇般的大手，一把就揪住他的領子，隨手點中了他的穴道，扔在了地上。一雙虎目盯住胡小天，唇角露出一絲意味深長的笑意：「小子，看來你並不無能啊！」

胡小天笑道：「薑是老的辣，再深也比不上寨主！」

此時剛剛暈倒的眾人紛紛醒來，原來那解藥就藏在觀音造像內部，只要打破觀音像，裡面的香氣就會彌散出來，眾人自然甦醒。閻怒嬌雖然是影婆婆的高徒，今次也不免中招，揉了揉酸麻的肩頭，看到父親和胡小天站在一起，馬新生蜷曲在他們的腳下，大廳內還多了兩個死人，不知剛剛到底發生了什麼。

閻魁抬腳在馬中天身上踢了一腳道：「若非這廝沉不住氣，也不會那麼早暴露。」他向胡小天望了一眼道：「他好像很恨你啊？」

胡小天揣著明白裝糊塗道：「在下也不明白他因何會如此恨我？」

閻魁向女兒看了一眼道：「不是為情就是為仇！到了這種地步，胡公子還打算隱瞞身分嗎？」

胡小天聽他這麼說已經明白人家果然早就清楚了自己的身分，笑道：「也不是我想隱瞞，閻姑娘給我起了個名字，我若是不答應，豈不是太不給她面子。」

閻怒嬌羞得俏臉通紅，本來還有些擔心，可是看到父親的臉上並無太多的敵意方才放下心來。

第十章

刺殺之夜

胡小天對那隻黑吻雀能夠順利找到飛梟
並將之帶到這裡不抱有太大希望，
隨著時間的推移，希望也變得越來越渺茫，
他已經做好了最壞的打算，如果飛梟無法準時到來，
那麼他仍然會執行這一計畫，
以自己的武功潛入行轅刺殺楊道遠未必沒有把握。

秦伯言率人將馬中天押下去審問，閻魁讓閻怒嬌和龍曦月迴避，他要單獨和胡小天聊上幾句。

醜媳婦總得見公婆，胡小天也明白不可能逃避一輩子，其實從秦伯言在蘭溪寨門前將他們攔住的時候，他就已經預感到可能暴露。

閻魁指了指廳外道：「陪我去外面走走。」

胡小天點了點頭，跟著閻魁一起離開了仁義廳，沿著右側的石階循著小溪向上走去，來到上方竹亭內，閻魁停下腳步，從這裡可以俯瞰整個蘭溪寨，寨子裡面多半都亮著燈光，偶爾傳來犬吠之聲。

閻魁道：「怒嬌說的都是真的？」

胡小天裝傻道：「不知寨主所說的是什麼事情？」他心裡明白著呢。

閻魁看了他一眼不怒自威道：「都說你胡小天膽大包天，居然也是敢幹不敢認的角色！」

胡小天尷尬得滿頭大汗，閻魁還真是什麼話都能說出口。

閻魁道：「知女莫若父，她心裡怎麼想，我這個當爹的自然清楚，胡小天你以為在老夫掌控的範圍內，有什麼能夠瞞得過我的眼睛嗎？」

胡小天道：「寨主目光如炬料事如神，真是讓晚輩佩服得五體投地，晚輩對寨主的景仰如滔滔江水連綿不絕，又如黃河氾濫一發而不可收拾。」經典之所以成為經典絕對有原因，這句拍馬屁拍得如此明顯的話屢試不爽，足以證明它的價值。

閻魁冷哼了一聲道：「少拍馬屁，花言巧語，我女兒就是被你這樣騙走的。」可這句話聽起來還是很順耳，連帶著覺得胡小天也有些順眼了。

胡小天尷尬咳嗽了一聲道：「小天對閻姑娘尊重得很，對寨主敬重得很，全都是肺腑之言。」

閻魁向他走了一步，閻魁的身材本就高大，比起胡小天高出半頭，再加上他本身氣場強大，自然給人一種強大威壓，若是尋常人在閻魁的面前只怕會嚇得心驚肉跳，可胡小天還是一副嬉皮笑臉的樣子。

閻魁虎視眈眈望著他道：「你弄大了我女兒的肚子，還敢說尊重？」

胡小天哭笑不得，此事他也無法確定，還沒有來得及找閻怒嬌證實，如果當真把閻怒嬌的肚子弄大了，倒也不失為一件喜事。

閻魁見到胡小天未回應，一把將他的領子給揪住了：「小子，你還不承認？」

胡小天苦笑道：「寨主息怒，你讓我承認什麼？」

閻魁道：「我女兒肚子裡的孩子。」

胡小天道：「寨主，此事我真不知道，我也是剛剛才聽說。」

閻魁怒道：「這種事情她豈會賴你？你認是不認？」

胡小天拱手討饒道：「寨主，不……伯父，我認……我認，若是她當真懷上了，我自然認！可我上次跟她親熱還是在渤海國，事情過去了那麼久，若是懷上了，按照時間來推算，孩子都該生下了，您說是不是？」其實他和閻怒嬌上次親熱是在火樹城，這才幾天，應該不太可能。

閻魁冷哼一聲道：「你終於認了？好小子，你居然在渤海國就把我女兒給……給……」閻魁揚起拳頭並未砸在胡小天臉上，而是砸在竹亭的柱子上，整座竹亭都顫抖起來。

閻魁道：「不對啊，如果是在渤海國，的確孩子都應該生下來了，可我怎會不知道？難道怒嬌騙我？」

胡小天道：「我也覺著不對啊！」

閻魁怒道：「你說什麼？想吃飽了不認帳嗎？」

胡小天遇到這麼一位老丈人真是頭疼：「我認，我認！咱們先不談論吃飽沒吃飽的問題，咱們不是在探討她有沒有懷孕嗎？我覺得這事不太可能，怒嬌應該是當時被你逼急了方才這麼說的，她只是不想嫁給馬中天。」

閻魁放開了胡小天的領口，點了點頭道：「是啊，你這麼一說，我也覺著此事非常蹊蹺，你說你最近一次跟她……咳咳……是什麼時候？」老傢伙這會兒總算覺得有些尷尬了。

胡小天反倒無所謂了，既然都擺到明面上了也沒什麼好怕：「你說哪次啊？」

閻魁一雙眼睛瞪得老大，樣子恨不能將這廝給吃了：「你祖宗，你到底跟她……有過幾次……」

胡小天歎了口氣道：「伯父，這事兒跟您有關係嗎？有道是老不問少事，您老覺得過問這種事合適嗎？您老的好奇心是不是有些過重？」

閻魁怒道：「我是關心我女兒，你這種油頭粉面的小子甜言美語的騙她，老子又怎能放心得下。」

胡小天居然拍了拍他的肩膀，在竹亭中坐了下去。

閻魁看到這廝淡定自若的樣子，反倒有些懵了，這小子顯然是個吃霸王餐的主啊！閻魁陰森森看著胡小天，他點了點頭也在胡小天身邊坐下：「說！」

胡小天道：「此事說來話長。」

「老子有的是時間！」

胡小天道：「還是從第一次說起吧……」

閻魁伸出蒲扇大的手掌：「打住，我還是不聽了。」

胡小天道：「那就說最近一次，看你好奇的樣子一定很想知道。」

閻魁冷笑道：「你不說我都知道，肯定是在火樹城！」

胡小天在大腿上重重拍了一記道：「佩服啊！當真是什麼事都瞞不過您老。」

閻魁咬牙切齒道：「你簡直禽獸不如，依我當年的脾氣，我一巴掌拍死你。」

胡小天道：「別，萬一怒嬌若是真懷上了，你拍死了我就殺死了她的丈夫，不但如此你還是你外孫的殺父仇人，您老這以後的日子都會在悔恨中渡過。」

閻魁眨了眨眼睛：「那你說怎麼辦？」

「什麼怎麼辦？」

閻魁伸出手指在這廝的腦門上重重一戳：「你想吃完不認帳嗎？我閨女，我閻魁的女兒不能白白被你給……那啥了……你得有個交代！」

胡小天看到這位惡名遠播的山大王居然弄得無計可施，心中暗暗發笑：「交代，好啊，我承認就是，我也沒不承認。」

「怎麼辦？」

「什麼怎麼辦？做都做過了，我總不能當什麼都沒發生，也回不去了。」

「你得娶她！」閻魁總算把這句話給說出來了，他原本指望著胡小天主動求婚，可這廝太滑頭，跟自己彎彎繞繞了半天，始終不提起最關鍵的事情。

胡小天道：「您老跟我說句實話，你是不是早就知道我倆的事……」

閻魁怪眼一翻，滿臉倨傲之色：「我老人家縱橫大半生，什麼事情沒經歷過？就憑你們？呵呵也想將我瞞過？」

胡小天道：「您既然明明知道，為何剛才又提出要把她許配給馬中天？」

「我是故意……」閻魁出口之後馬上意識到自己說走了嘴，他當然是故意試探女兒和胡小天的反應，不過自己這次是中了胡小天的圈套。

胡小天哦了一聲，瞪大雙眼，若有所悟：「哦！喔！喔！」

「你喔個屁啊！有話快說，有屁快放，老子最討厭你這種不爽利的小子。」

胡小天道：「您老可真夠陰的。」

閻魁道：「那我也沒像你，卑鄙無恥，無恥下流，寡言廉恥，我都……我都羞於啟齒，你偷人家女兒，簡直太，太不要臉了！」

胡小天道：「您老沒聽說過一句話，那叫兩情相悅，你情我願，乾柴烈火，一個巴掌拍不響，反正該發生的都發生了，您老要是覺得氣不順，您殺了我？」

「你……」閻魁揚起拳頭，在空中揮了揮，又無奈放下：「太不要臉了，怒嬌怎麼就喜歡你這麼個東西！現在的年輕人怎麼都是這個樣子？」

胡小天道：「至少我敢作敢當，這也算優點吧！」

「你一身的毛病，沒任何優點。」閻魁道：「怎麼辦？」他被胡小天給繞暈了，這會兒才想起自己是要說法，讓他承擔責任的。

胡小天道：「你老一點都不爽利，兜了半天圈子，不就是想我娶了怒嬌嗎？」

「噯，這就對了……咦，你什麼意思？你當我閻魁的女兒嫁不出去？」

胡小天道：「我沒那麼想，您老是什麼人物，天下間哪有能難住您的事情？不過除了我之外，你給怒嬌肚子裡的孩子找個親爹？」

「你……」閻魁就差沒噴出一口老血了。

胡小天笑道：「什麼事情不能坐下來談，您老說說，男歡女愛本來是你情我願的好事兒，您要打要殺的，是不是大煞風景？因為怒嬌，咱倆也算是親人了吧？」

閻魁氣得都翻白眼了，他姥姥的，這小子咋就那麼氣人呢？明明占了我閨女那麼大便宜，咋說起來跟我欠他似的，真是氣死我也！

可閻魁也不能否認這廝說的是事實，因為女兒的緣故，他們兩人可不就是親人了？閻魁一肚子話想說，可總覺得說出來顯得自己寒磣，今兒的表現真有點急著把女兒嫁給人家的意思。眉頭一皺，嘿嘿笑道：「我閻魁這輩子最疼愛的就是怒嬌，瞭解我的人都知道我天生護短，誰要是欺負了我的女兒，嘿嘿……」

胡小天歎了口氣道：「咱爺倆啊能好好說話嗎？一個女婿半個兒，以後啊，說不定你就得指著我這半個兒孝順呢。」

「我自己有兒子！」閻魁大聲道。

胡小天又歎了口氣：「您老說的是閻伯光，我那大舅子什麼人您老還能不清楚？說句不好聽的話，您老健在還能護著他，若是您老百年之後，誰能保護他？」

「你……」閻魁感覺自己快噴血了，有女婿給丈母爺這麼說話的嗎？可他又不得不承認胡小天說的在理，自己的那個兒子忒不成器，好不容易收心養性了，也給他討了房媳婦，可那兒媳婦自從婚後整天哭喪著臉，閻魁費了好大功夫方才問出自己的寶貝兒子現在不能人事，也就是個活太監，這事讓閻魁好不頭疼。而這件事卻恰恰是從胡小天為他療傷之後發生的，閻魁也聽說過胡小天在醫術方面的不少傳說，兒子這方面不行該不會跟他有關係吧。

胡小天道：「伯父！」

閻魁瞪了他一眼：「別叫我伯父！」

胡小天點了點頭，極其不要臉地叫了一聲：「岳父大人！」

閻魁其實本來已經承認了這個女婿，可乍聽到他這麼叫還是被嚇住了，愣了一下方才道：「你叫我什麼？」

「岳父大人！」胡小天的臉皮早已修煉得油鹽不浸。

閻魁指著他的鼻子道：「小子，你給我好好聽著，我女兒不可能偷偷摸摸不明不白就進了你們胡家，還有，沒有明媒正娶之前，我也不是你岳父！」

胡小天道：「我無所謂啊，我是為您著想，明媒正娶原是應該的，可我要明媒正娶，也是天下轟動的大事，您覺得成了我的岳父是不是特有安全感？」

閻魁內心一沉，胡小天倒不是危言聳聽，這小子雖然在庸江實力不弱，可畢竟樹敵不少，若是他娶了自己女兒的事情宣揚出去，至少在目前對自己並無好處。

胡小天道：「不如問問怒嬌的意思？」

閻魁道：「胡小天，如果不是你哄了我家閨女，我根本看不上你。」

胡小天道：「也是應該的，不如這樣我下份聘禮如何？」

閻魁道：「聘禮當然不能少，老夫回頭就讓人列出禮單。」

胡小天笑道：「我雖然拿不出太多東西，可我說一樣，您老一定滿意。」

閻魁將信將疑地望著他，胡小天湊近他耳邊低聲說了句什麼，閻魁驚得張大了嘴巴：「當真？」

胡小天咧嘴笑道：「當真，我手到病除，您老覺得這份聘禮如何？」

閻魁強忍著心中的喜悅：「你該不會騙我吧？」

「咱爺倆誰跟誰？我騙誰也不會騙我岳父啊！」

閻魁真是服了他，不過這次居然沒有表示反對，酸溜溜道：「小子，只怕岳父滿天下吧？」

「您是我叫的第一個。」

「信你才怪！」

胡小天道：「您老若是喜歡，以後我就只叫您岳父。」胡小天說這句話的時候都在心底罵自己無恥了，不過話說回來他暫時還真沒有什麼岳父，老皇帝勉強算一個，死了！霍勝男無父無母！維薩也沒爹沒娘！夕顏那邊八字沒一撇呢，慕容展那不死不活的樣子，連慕容飛煙都不認他，自己更不可能叫他岳父。

閻魁明知這小子是信口胡說，可聽起來仍然非常地受用，可他也沒被這小子的甜言蜜語給弄暈了，低聲道：「我女兒做大，那映月公主不會有什麼想法吧？」

胡小天心中暗笑，老傢伙夠滑頭啊，居然幫女兒爭起大小來了，胡小天笑道：「公主當然不會有什麼想法。」

閻魁樂呵呵點頭，可馬上又警惕地望著胡小天道：「我女兒是不是做大啊？」

胡小天道：「當然做大！」

「正妻？」

「正妻！」

閻魁心滿意足道：「算你還有點良心，可妻不如妾，妾不如偷啊，名份並不重要，對她好才是關鍵。」

胡小天伸手搭在閻魁肩膀上了，這老岳父說到自己心裡去了：「岳父大人，小婿真是佩服佩服，如果不是切身體會，如果不是在情場之中身經百戰，絕不會有那麼深的感悟，佩服！佩服！」

閻魁道：「滾犢子！趁著我沒發火之前，給我滾遠遠的。」

胡小天哈哈大笑，向閻魁深深一揖：「小婿告辭！」

閻魁惡狠狠瞪了他一眼，可是等胡小天走後，卻禁不住笑了起來，要說這小子還真是對自己的脾氣呢，能讓名滿天下的胡小天叫岳父，也是一件很有榮光的事。

龍曦月和閻怒嬌都在房內等著胡小天，看到他回來，兩人同時站起身來，胡小天笑道：「怎麼？都在擔心我？」

閻怒嬌道：「我爹脾氣不好，沒有難為你吧？」

胡小天搖了搖頭道：「還好啊，我們聊得挺投緣。」

龍曦月打了個哈欠道：「我累了，先去休息，你們兩個可不可以換個地方接著聊？」她說完笑了笑轉身走入房內，胡小天和閻怒嬌對望了一眼，彼此都沒說話，胡小天率先離開，返回了自己所住的吊腳樓，過了一會兒，閻怒嬌方才跟了過來。她在門前站著卻沒有急著走進去，有些難為情道：「公主越是這樣，我越是覺得對不起她呢。」

胡小天伸出手牽著她到房內，輕聲道：「她是給咱們一個好好說話的機會。」

閻怒嬌撲入他的懷抱中，小聲道：「我爹當真沒有為難你？」

胡小天笑道：「沒有，就是問了一些咱們之間的事情。」

閻怒嬌抬起頭來，俏臉發熱道：「你跟他都說什麼了？」

胡小天道：「當然有什麼說什麼。」

閻怒嬌羞得將頭埋在他懷抱中：「你怎麼可以這樣。」

胡小天笑道：「你都有了我的骨肉，我還有什麼好怕？」

閻怒嬌搖了搖頭道：「小天，沒有的事，我是故意這麼說，當時他要把我許給那個馬中天，人家一時情急才這樣說的。」

胡小天鬆了一口氣的同時又不禁有些失望，如此說來自己是空歡喜一場，仍然沒有播種成功？

閻怒嬌道：「他還跟你說什麼了？」

胡小天道：「也沒什麼，就是說要讓你做我大老婆。」

閻怒嬌和胡小天分開，她又羞又急地跺了跺腳道：「我找他去，怎麼什麼話都能說出口。」

胡小天笑道：「可憐天下父母心，他也是為你好。」

閻怒嬌道：「我可從未想過要什麼名份，更沒有奢望過和公主爭名份，小天，我發誓沒有。」

胡小天笑道：「何必發誓，你是什麼人，我還能不瞭解？只要你不覺得跟著我受委屈，以後我對你們肯定會一視同仁，在我心中絕不會有所偏頗。」

閻怒嬌咬了咬櫻唇，心中喜悅無限，再次投入胡小天的懷中，她本以為會遭到父親的反對，卻想不到今日發生的事情峰迴路轉，她和胡小天的這樁姻緣居然獲得了父親的認同，至今都不敢相信這一切都是真的。在胡小天懷中體會了一下愛人給予自己的溫暖和踏實，卻又突然推開胡小天道：「我該回去了。」

胡小天愕然道：「去哪裡？」

閻怒嬌道：「我去陪曦月姐，陪著她好好聊聊。」

胡小天道：「她不是睡了？」

閻怒嬌笑道：「才沒有呢。」她擺了擺手，轉身飄然而去。

胡小天望著她遠走方才回過神來：「喂，你們都走了？誰來陪我？」

胡小天在蘭溪寨待了七日，利用這七日的時間，夏長明和幾位手下的身體剛好得以康復。

閻魁並未在蘭溪寨久留，抵達蘭溪寨的第二天就已經離開，不過他離開不久，閻伯光就在一干手下的護送下到來，他此次前來卻是為了找胡小天看病，甚至連閻怒嬌這位親妹妹都不知道閻伯光究竟得了什麼病。總之這件事很神秘，胡小天全程都未讓她介入，更不用說讓她當助手，和夏長明兩人花了半天的時間為閻伯光做了個小手術。

修復手術非常的順利，這日已經到了拆線的時候，胡小天為閻伯光拆線之後，閻伯光滿意地看了看自己重煥新生的小寶貝，這次胡小天不但幫他做了修復血管的手術，還順帶幫他將過長的包皮給割掉了，閻伯光嘖嘖贊道：「妹夫，你這醫術真是天下無雙了，感覺果然比過去順眼多了。」

胡小天真是哭笑不得，這位大舅子也是個缺少節操的貨色。

他拍了拍閻伯光的肩頭道：「人生不過短短百年，這裡的好時光更是沒有多久，且用且珍惜，千萬別再做傷天害理的事情了。」

閻伯光提上褲子，歎了口氣道：「妹夫，你跟我說句實話，是不是當年你在我這裡動了手腳？」他也不是傻子，解鈴還須繫鈴人的道理還是懂得的，胡小天如此輕易就幫他解決了困擾數年的問題，證明胡小天十有八九就和這件事有關。

胡小天道：「我哪有那麼陰險，再說你是怒嬌的哥哥，我害誰也不會害你。」

閻伯光點了點頭，可馬上就覺得胡小天這番話有糊弄自己的意思：「你幫我治病的時候，好像還不認識怒嬌吧？」

胡小天道：「事情都過去這麼久，再提也沒意思，重要的是你現在好了。」

閻伯光還想追問，剛好此時閻怒嬌過來敲門，胡小天趁機逃了出去，這位大舅子還真是有些囉嗦。

閻怒嬌牽著胡小天的手來到無人之處，小聲道：「你跟我哥在幹什麼？鬼鬼祟祟的？」這幾日她對兩人之間的事情非常好奇，胡小天一臉壞笑，終於還是附在她耳邊小聲告訴了她，閻怒嬌羞得滿臉通紅啐道：「人家不要聽，不要聽了。」

胡小天看到她嬌羞滿面的樣子，不禁心底一熱，低聲道：「咱倆好像有日子沒那啥……了」

閻怒嬌橫了他一眼，眉眼之間寫盡嫵媚，小聲道：「你心中就只想著這種事兒，難道你就不擔心萬一弄大了人家的肚子……」她自己都不好意思說下去了。

胡小天哈哈大笑，可心底不覺有些慚愧，到底是什麼緣故？看來要想個辦法好好檢查一下自己的精子成活率了，該不是我有什麼問題？

兩人在這裡你儂我儂時，卻見一隊人馬進入蘭溪寨，閻怒嬌走過去，看到來的是天狼山的人馬，為首一人是七當家黃友范，她笑道：「七叔，您怎麼有空？」

黃友范歎了口氣道：「寨主讓我過來護送你們回天狼山。」

閻怒嬌看到他表情嚴峻，料到有大事發生，低聲道：「什麼事情？」

黃友范向胡小天看了一眼，胡小天雖和閻怒嬌已有夫妻之實，可並未向外公開，黃友范對他警惕也是理所當然。閻怒嬌道：「不妨事，胡公子是自己人。」

聽到自己人這三個字，胡小天心中一暖，閻怒嬌雖然出身草莽，可是她做事頭腦清晰，通情達理。

黃友范道：「西川李天衡集結六萬兵馬，於紅谷和青雲紮營列陣，這次絕非過往虛張聲勢，應該是想要攻打我們，若是他們率兵進山，蘭溪寨自然首當其衝，寨主傳令讓這裡的所有人轉移到天龍山，等到官軍退後，再重返這裡。」對他們這些山賊來說，來回遷移，躲避風頭，打打遊擊都是常有的事情。

閻怒嬌點了點頭，讓黃友范前去通知，美眸轉向胡小天道：「你要不要和我一起回天狼山？」

胡小天搖了搖頭道：「恐怕去不了了，離開東梁郡太久了，不如……」

閻怒嬌猜到他的想法，柔聲道：「我要回天狼山，等到這邊的事情結束之後，我自己去那邊找你。」

胡小天望著閻怒嬌道：「李天衡此番來勢洶洶，你們也要小心。」

閻怒嬌道：「我們和西川糾纏了十幾二十年，論到對這裡的熟悉，他們遠不如我們，想要擊敗我們哪有那麼容易。」她的俏臉上充滿了強大的自信，絕非盲目，而是在和西川將士多年的戰鬥中養成。

胡小天道：「西川這次進攻你們，或許和紅木川的歸宿有關，總之你要記住，打得過就打，打不過就逃，實在不行可以暫時後撤到紅木川。」

閻怒嬌笑道：「你放心吧，這麼些年，李天衡好像還從未贏過我們呢。」

胡小天握住她的柔荑，深情凝望她的美眸，閻怒嬌本以為他要說出如何深情款款的話語，卻想不到他低聲道：「趁時間還來得及，咱們是不是再把射日真經修煉一下？」

短短一個上午，蘭溪寨的所有居民就收拾停當，隨同天龍山前來接應的隊伍向天龍山轉移，偌大的蘭溪寨頓時變得空空蕩蕩。

胡小天等人和閻怒嬌在路口道別，閻怒嬌隨同轉移的隊伍遠去，走上半山腰的時候，終情不自禁轉過身來，兩行晶瑩的淚水順著面頰滑落。

以胡小天的目力自然能夠看到閻怒嬌臉上的淚光，他舒了口氣，卻聽龍曦月在他身邊道：「或許我們應該留下幫忙。」

胡小天笑著搖了搖頭：「即便是我們留下也幫不上什麼忙，這片土地上沒有人能夠打贏閻魁。」

龍曦月柔聲道：「打仗的事我不懂，只是我覺得不該將怒嬌留在這裡。」

胡小天道：「走吧，相信過不了多久，我們還會重逢。」

夏長明道：「主公說得對，別看西川來了六萬人，可是人數再多，來到這崇山峻嶺之中也沒有用武之地，李天衡之所以在山下擺陣，其根本原因還是心中忌憚不敢輕易進入山林，天狼山的馬匪……」說到這裡他停頓了一下，畢竟現在胡小天和閻魁之間的關係和過去已經有所不同，以馬匪直呼他的老岳丈似乎有所不敬。

胡小天微笑道：「接著說！」

夏長明道：「天狼山的人馬最擅長就是叢林作戰，對地形非常熟悉，我看李天衡不敢輕易冒險，這黑涼山一帶山勢還算平緩，天狼山山勢險峻，莽林叢生，地勢陡峭，易守難攻，多得是一夫當關萬夫莫開的險要關隘，李天衡想要拿下天狼山無異於癡人說夢，今天閻寨主及時將蘭溪寨的人撤走，也證明他並不準備和李天衡的人馬正面開戰，主動放棄黑涼山。」

龍曦月有些不解道：「因何要主動放棄這裡呢？」

夏長明道：「避其鋒芒，又或者準備誘敵深入，等到李天衡的人馬進入黑涼山之後，再利用本身對山地的熟悉進行偷襲。」

胡小天哈哈大笑，夏長明的分析和他不謀而合。

龍曦月點了點頭道：「如此說來，好像天狼山方面還要佔據優勢呢。」

胡小天道：「天時地利人和，沒一樣在李天衡面前，他想贏沒那麼容易的。」

他們抓緊時間下山，途中遇到不少從南越國通過這裡的商旅，混入其中，當天黃昏時分就已經抵達了紅谷縣境內，通過入境關卡，遭到嚴密盤查，他們早已準備好了通關文書，身分並未遭到質疑，正式進入紅谷縣境內，就看到連營此起彼伏，在當地駐紮的將士無數，到處都是旌旗招展刀槍鮮明，一副大戰即將來臨的氣氛。

進入紅谷縣城的時候，又遭遇一輪盤查，等他們進入城內，夜幕已經降臨，胡小天此前就來過紅谷縣，這裡和他曾經任職的青雲毗鄰，不過要比青雲富庶許多，記得上次到來的時候，整個縣城內都是車水馬龍，人山人海的喧鬧場景，可今次前來卻和昔日印象完全不同。

貫通紅谷縣南北的富貴街上行人稀少，店鋪大都早早關了門，不時有巡城兵馬經過，問過之後方才知道這次乃是李天衡最得力的助手燮州太守楊道遠親征，他的行轅就臨時坐落在紅谷縣，所以紅谷縣內戒備森嚴。

胡小天幾人也不敢在外面做過多逗留，以免招惹不必要的麻煩，他們尋了家相對偏僻的客棧住下，那店老闆也是慎之又慎，反覆盤問他們的身分，又看過他們的通關文書，方才為他們準備了房間，胡小天出手闊綽，直接將客棧西側的院落整個包了下來，一來落得清靜，二來也便於他們相互照應，最主要的是關上院門就是一個獨立的空間，安全可以得到一定的保障。

晚飯過後，夏長明和胡小天兩人坐在院中聊天，夏長明道：「主公，咱們明兒一早是不是就要走？」

胡小天笑了笑道：「不急！」

夏長明和胡小天相處得久了，對他的為人也算是有所瞭解，環顧了一下四周，向胡小天湊近了一些，低聲道：「主公是不是還有什麼其他的打算？」

胡小天呵呵笑了起來，沒說話，望著空中的圓月，忽然道：「那是什麼？」

夏長明舉目望去，卻見空中一道黑影如同閃電般向他們的位置飛來，夏長明驚喜站了起來，卻是在黑涼山遭遇獸群圍攻之時失落的黑吻雀。

夏長明難掩心中驚喜，伸出手掌，那黑吻雀飛落在他的掌心，嘰嘰喳喳叫個不停。夏長明笑道：「小東西，你逃到哪裡去了？危急關頭竟然不顧主人而去？不忠不義的傢伙。」

黑吻雀嘰嘰喳喳，應該是向夏長明訴說別後經歷，不過無論他們倆聊什麼，胡小天壓根是一句都聽不懂。瞪著一雙大眼睛直愣愣望著那隻黑吻雀，看得出這黑吻雀還挺能聊的，嘰嘰喳喳叫個沒完。夏長明不停點頭，望著黑吻雀的目光充滿了溫柔，同樣的目光胡小天只能出現在對待情人的時候，胡小天暗暗想笑，看來夏長明真應該找個鳥兒當老婆呢。

夏長明聽完之後轉向胡小天道：「那天牠遇到了一隻海東青，好不容易才逃出去，兜了一個大圈子，等發現咱們，咱們又在蘭溪寨，蘭溪寨的不少黑苗人飼養獵鷹，牠不敢靠近，這不，一路跟過來了。」

胡小天笑道：「這鳥兒還真是聰明啊，你說牠這麼聰明，該不會被你師兄抓去之後投敵叛變吧？」

夏長明哈哈大笑起來，他充滿信心搖了搖頭道：「不可能的，黑吻雀非常忠實，如果落入敵人的手裡，牠寧願死也不會變節，這就是我寧願相信鳥兒也不願相信人的原因。」一說到這裡他不覺想起了曾小柔，心中一陣難過。

胡小天伸出手想要逗弄那隻黑吻雀，卻被牠在手指上輕啄了一下，胡小天呵呵笑了起來：「牠不怕我啊！」

夏長明道：「牠的記憶力很好，知道什麼人是我的朋友，你又不是沒領教過，當初在蟒蛟島，我曾經讓牠追隨過你。」

胡小天點了點頭，想起蟒蛟島，忽然想起了自己的那隻飛梟，自己離開東梁郡的時候，飛梟因為受不了天氣炎熱，而飛去北方過冬，現在已經是深秋，若是飛梟能在身邊多好？

夏長明看出他臉上的遺憾，低聲道：「主公好像有心事呢。」

胡小天指了指那隻黑吻雀道：「也不是什麼心事，看到了牠，突然就想起了飛梟和雪雕，如果牠們在，咱們很快就能回去了。」

夏長明道：「以雪雕的飛行速度，一個日夜可以來到這裡，飛梟比牠們更快，現在這種時候，雪鷹估計還在雪鷹谷，飛梟不知在不在，不過黑吻雀能夠找到牠們。」夏長明向黑吻雀吹了個口哨，黑吻雀重新飛上他的手掌，夏長明嘰嘰咕咕地發出聲音，黑吻雀也嘰嘰喳喳回應，過了一會兒，黑吻雀舒展翅膀向夜空中飛去，很快就消失在夜色之中。

胡小天愕然道：「怎地又走了？你跟牠說什麼了？」

夏長明笑道：「讓牠去找飛梟和雪雕。」

胡小天道：「這麼遠？」

夏長明道：「黑吻雀的飛行速度雖然比不上雪雕，可兩天兩夜應該能夠抵達雪鷹谷，這些飛禽之間有著某種不為我們所知的聯繫方式，牠找到雪雕應該不難，如果一切順利，我看最多三個日夜雪雕就可以來到這裡，不過飛梟我不敢保證，那鳥兒性情孤傲古怪，也只有主公才能降服牠。」

胡小天一聽不由得有些懊悔，連連搓手道：「也不早說，讓我跟黑吻雀說幾句，讓牠幫我給飛梟帶個話兒。」

夏長明笑道：「有什麼話我都替您說了。」

胡小天點頭道：「若是牠們能回來最好不過。」

夏長明道：「不過咱們可能要在這裡待上幾天了。」

胡小天道：「多待幾天也沒什麼關係，反正我也沒打算現在就走。」

夏長明意味深長道：「主公，我早就看出來了，您是不是早就有了打算？」

胡小天笑道：「你又不是我肚裡的蛔蟲，我有什麼想法？你倒是說來聽聽？」

夏長明道：「我不知道你有什麼想法，可我知道您不會這麼就走，西川這次集結六萬大軍，可謂是歷史上從未有過的清剿規模，我也問過蘭溪寨的一些人，他們在寨子裡已經住了十年都未曾有過遷徙，也就是說這次李天衡是玩真的。」

胡小天點了點頭，夏長明所說的事情他也調查過，只不過他並未將這些事告訴其他人，由此可見夏長明也是有心之人。

夏長明道：「閻魁……呃，閻寨主若非感到此次非同小可，也不會急於將蘭溪寨的家眷轉移。而且……」

胡小天笑了笑鼓勵他道：「說吧！沒什麼需要顧忌的。」

夏長明道：「我看到閻姑娘臨走的時候目光非常感傷，讓我有種生離死別的感覺，我都能看出來，主公肯定能夠感覺到。」

胡小天歎了口氣，夏長明對自己果然非常瞭解。

夏長明道：「主公向來注重情意，您當時卻沒有表現出太多的留戀，走得毅然決然，所以這就更加的不合理。我覺得，主公應該想為天狼山解圍。」

胡小天哈哈笑道：「長明啊長明，以後我還真得提防你點兒，我過去一直都以為你只是瞭解鳥兒，想不到你對人的心理揣摩得也是如此透徹。」

夏長明道：「有些事只要細心觀察，多少還是能夠看出來一些的。」

胡小天道：「那你跟我說說，咱們應當如何為天狼山解圍？」

夏長明道：「這我倒沒想出來，西川這次一共派來了六萬大軍，我們就算有心幫忙，可就憑著咱們眼前的力量也不可能對付那麼多人。除非……」他轉向胡小天，雙目一亮。

「除非什麼？」

「除非刺殺他們的統帥，擊破他們的軍心！」

胡小天笑著點了點頭道：「我一直都這麼想，本來我是打算讓你護送公主先行離開的，可現在看來，咱們好像又多了幾分把握。」如果雪雕和飛梟能夠如期而至，那麼，他的刺殺行動必然如虎添翼。

夏長明道：「主公的想法非常大膽，也非常危險，不過如果雪雕和飛梟在，不是沒有可能。」

胡小天道：「刺殺行動不可人多，這件事必須要我親力親為，你要做的就是保護好公主，為我解除後顧之憂。」

夏長明面露難色道：「只怕公主未必肯聽我的奉勸，主公打算瞞著她嗎？」

胡小天想了想，緩緩站起身來：「也許我還是跟她說清楚的好。」

龍曦月聽胡小天說完，眨了眨美眸，唇角流露出一絲會心的笑意：「我就知道你不會對怒嬌的事情坐視不理。」

胡小天道：「我當然不會不管，可是我們即便去了天狼山也幫不上任何忙，所以我才想到這裡看看，想要解決這件事，唯有從根源上想辦法，那燮州太守楊道遠本就不是什麼好東西，殺了他也算為民除害，而且也可以削弱西川的力量。」

龍曦月道：「你想自己做這件事，讓我離開？」

胡小天點了點頭：「不是離開，是讓你先去安全的地方等我會合，畢竟這種事，不適合太多人前往，多一個人就多了一番風險。」

龍曦月道：「他們這麼多人，就算你成功潛入，又怎能保證安全離開？」

胡小天充滿信心道：「只要飛梟如期到來，一切都不成為問題！」

胡小天道：「趁著這兩天的時間，我剛好可以查探一下敵營虛實，看來需要找個熟悉此地情況的人好好問問。」

龍曦月道：「這倒是不難。」

胡小天有些不明白她的意思，怔怔望著她。

龍曦月笑道：「別忘了，我是乞丐頭兒，打探消息的事情本來就是丐幫之所長。」她起身拿出錦囊，這還是離開火樹城的時候穆樹生交給她的，這裡面裝著丐幫的竹節令，竹節令本身分為很多種，龍曦月所擁有的這種乃是丐幫最高級別的星竹令，見到此令如同幫主親臨。

龍曦月直接將那一袋子星竹令全都遞給了胡小天：「拿去用唄！」

胡小天心中感動之餘又有些好笑，所以女人還真是不適合擔當領導工作，容易感情用事，不過也不能以偏概全，龍曦月的確是為了他可以犧牲一切，可若是七七就絕不會這樣做！兩相比較，心中對龍曦月更是愛極，從中抽了一根星竹令收好，其他的重新交還給龍曦月，微笑道：「要不了那麼多，龍幫主，我可要提醒你，你現在的行為是假公濟私，公器私用，若是讓幫中的長老知道，肯定會心生不滿。」

龍曦月將那錦囊收好，柔聲道：「什麼假公濟私，什麼公器私用，這個幫主我本來就不想當，我也難當大任，之所以接下來還不是做個樣子，當家的還不是你。他們若是不高興，我把這些東西全都還給他們，讓他們另選高明去。」

胡小天抓住她的纖手，輕輕一拉，讓她坐在自己的雙膝之上，摟住她的嬌軀，在她俏臉上狠狠親了兩口，低聲道：「你對我這麼好，不如咱們趁著今夜良辰美景，把你的私器也讓我用用！」

「啊！」龍曦月尖叫了一聲，俏臉羞得通紅，一把將這廝探入自己雙腿之間的大手抓了出來，用額頭抵著他的頭道：「你都未娶我呢。」

胡小天呵呵笑道：「都什麼年代了，咱們年輕人還那麼傳統，做那麼老套的事情？你不是總想把武功提升一下，要不，我今晚就幫你好好提升提升，變成一個真正的高手如何？」

龍曦月羞得都不敢看他，聲如蚊蚋道：「不行，人家一點點思想準備都沒有，你還答應過一定要給我一個終生難忘的婚禮，屬於咱們兩個的婚禮……」

胡小天這才想起自己的確說過，恨不能反手狠抽自己一個嘴巴子，甜言蜜語說多了也不好，這不是搬起石頭砸自己的腳，把自己的後路都給封上了？這廝厚顏無恥道：「其實我跟你在一起的每一個夜晚都是終生難忘。」

龍曦月道：「我……我只是……不喜歡這裡……」

胡小天心想你還挑地方啊，可是他雖然心癢難忍，可骨子裡對龍曦月還是非常敬重的。龍曦月內心深處其實是個非常傳統，她渴望擁有一個終生難忘的婚禮，無需奢華，無需廣為人知，只求一世不忘。應該說胡小天對龍曦月的心思還是非常瞭解的，他的腦海中突然產生了一個奇妙的想法，放開了龍曦月道：「曦月，其實我是逗你玩的，我能等，我一定會給你一個終生難忘的婚禮。」

龍曦月偎依在他的懷中道：「我相信你。」忽然感覺身下似乎有所變化，紅著臉站起身來：「你怎麼了？」

胡小天舒了口氣道：「有些時候，意志控制不住身體，不怪我，都怪我的公主實在太美麗動人了。」

有了龍曦月送給他的星竹令，胡小天在紅谷很容易就找到了這裡的丐幫分舵，別看紅谷縣不大，這裡分舵的級別卻是不低，分舵舵主居然統管夔州一帶的丐幫子弟，身分還是五袋弟子。胡小天隨便找了個老乞丐，見到星竹令之後，那老乞丐馬上就把他引到了城西城隍廟。

胡小天發現丐幫弟子特別喜歡在城隍廟土地廟之類的地方聚集。

夔州分舵舵主孟廣雄正躺在大殿門外曬著太陽，小乞丐推醒他，將星竹令遞給了他，孟廣雄接過星竹令一看，一骨碌就從地上爬了起來，來到胡小天面前慌忙抱拳道：「屬下孟廣雄參見尊使！」擁有星竹令的人就意味著是幫主的特使，見到星竹令如同見到幫主本人到來。

胡小天目光在他肩頭瞄了一眼，發現孟廣雄居然是一位五袋弟子，不覺有些驚奇，畢竟這紅谷縣只是西川夔州屬下的一座小小縣城，這裡的丐幫當家居然是五袋弟子，這如同高職低配，笑瞇瞇道：「級別不低啊，都五袋弟子了？」

孟廣雄陪著笑道：「不敢和尊使相比。」看到胡小天衣飾華美，典型的公子哥打扮，心中也猜到他不是丐幫中人，孟廣雄道：「敢問尊使可是姓胡？」

胡小天眨了眨眼睛，這廝怎麼知道自己姓胡？心中頓時有了警惕。

孟廣雄看出他的懷疑之色，慌忙解釋道：「公子千萬不要介意，我們收到消息，說最近幫主很可能會從紅谷縣經過，可剛巧這邊又要爆發戰事，為了幫主安全著想，我才帶著弟兄們從夔州分舵來到了這裡，尊使千萬不要質疑我的動機。」

胡小天這才明白這其中的原因，他笑道：「怎麼會？」

孟廣雄恭敬道：「請問公子高姓大名？」

胡小天道：「你猜對了！我姓胡，胡小天！」

孟廣雄聽到他道出名字，深深一揖，恭敬道：「久仰公子大名，如雷貫耳，今日得見果然名不虛傳。」

胡小天笑道：「少來這套，丐幫弟子也這麼浮誇？」

孟廣雄道：「屬下所說句句都是實話，廣雄對公子之敬仰如長江之……」

胡小天趕緊伸手制止：「打住，打住，這種話我耳朵都聽出繭子來了，拍馬屁也得講究尺度，過猶不及。」

孟廣雄被胡小天當面拆穿，居然臉不紅心不跳，臉皮厚度可見一斑，他嘿嘿笑道：「千穿萬穿，馬屁不穿，公子果然和普通人不同，在廣雄的有生之年，還從未見過公子這般英明睿智的人物，剛正不阿，公子的風骨實在是讓人佩服佩服！」

胡小天咧開嘴，心想難怪你這麼年輕就混到了五袋弟子的地位，果然還是有原因的。胡小天道：「孟廣雄，你別拍了，我來此是跟你說正事的。」

孟廣雄點了點頭，揮了揮手，示意其餘丐幫弟子全都退了出去，關好城隍廟的大門，裡面只有他們兩個，孟廣雄又重新作揖道：「公子拿星竹令過來，如同幫主親臨，有什麼吩咐只管直說，在紅谷縣，目前我們丐幫能夠調動的弟子約三百二十三人，即便是西川軍中也有我們的二十多名內應。」

這對胡小天來說算得上是一個好消息，他點了點頭道：「我想查清此次進攻天狼山的核心指揮人員有哪些？」

孟廣雄道：「統領兵馬的乃是燮州太守楊道遠，監軍乃是張子謙。」

胡小天道：「你能不能查清他們的住處？」

孟廣雄道：「沒問題，公子能給我一天一夜的時間嗎？」

胡小天道：「三天都沒問題，還有幫我搞清楚他們的兵力分配，準備何時發起進攻，各路先鋒是誰？」

孟廣雄道：「公子明日這個時候過來，我會將所有消息全都奉上。」

胡小天開始感受到擁有天下第一大幫派的好處，現代社會傳遞資訊可以靠網路，古代社會傳遞資訊，收集資料依靠的是人力。丐幫人多勢眾，其勢力遍及五湖四海，更何況這些人平時全都隱藏於民間之中，別看平時不顯山不露水，可是振臂一呼，馬上就可以集結千軍萬馬。有了丐幫的背後支持，胡小天更增添不少底氣。

楊道遠的行轅就位於紅谷縣的縣衙，周圍戒備森嚴，通往縣衙的道路也暫時封閉，他們的大軍抵達紅谷已經有五日，可楊道遠卻遲遲沒有發動進攻，之時頻繁調兵遣將，封住各個通往黑涼山的路口。

胡小天有一件事並未想通，紅谷縣並未和天狼山直接接壤，若是攻打天狼山，應該從青雲縣出兵最為直接，可楊道遠的大部分兵力還是集中在紅谷縣。從表面上看，楊道遠應該是想從黑涼山入手，先攻佔黑涼山，然後再圖謀攻下天狼山。胡小天雖然頭腦精明，可排兵佈陣並不是他之所長，實在想不透楊道遠的真正用意。

他和夏長明兩人坐在城中心的五味樓內，遠遠眺望著縣衙的方向，因為現在城內外到處都是西川軍隊，所以當地百姓為了少惹是非，很少有人離開家門，平日人滿為患的五味樓如今也清淨了許多。

夏長明夾起一塊牛肉塞到嘴裡，低聲道：「防衛森嚴啊，想要潛入不易，如果梁英豪在就好了。」

胡小天望著窗外，他的目力比夏長明要強上不少，在這樣的距離下，夏長明看的是人數和巡邏情況，胡小天觀察入微，可以從對方腳步的節奏上推測他們的修為，讓胡小天感到驚奇的是，在縣衙外巡邏的全都是身懷武功之人，他不由得想起了上次遭遇之時的武陣合一，難道這些人全都是陣法高手？

孟廣雄樂呵呵走了過來，本來他和胡小天約好要在原地相見，可胡小天去了那邊他卻不在，於是胡小天留下消息讓他到這裡相見。

孟廣雄今日雖然穿著破舊可畢竟乾乾淨淨，出入這些場合如果還穿著乞丐服容易讓人趕出去。孟廣雄樂呵呵道：「對不住，胡公子剛剛讓您撲了個空，因為有點要事耽擱了。」看了看周圍，發現有不少人在，原本探入懷中的手又放了回去。

胡小天笑道：「先吃飯再說。」

三人吃過飯離開，跟著孟廣雄來到了不遠處的一座院子裡，這裡也是丐幫兄弟臨時落腳的地方，關上院門，孟廣雄方才從懷中取出了兩幅圖，第一幅是紅谷縣衙的建築結構圖，裡面標注得非常詳細，甚至連楊道遠下榻的地方都清清楚楚。

另外一幅圖卻是兵力分佈圖，胡小天在排兵佈陣方面還是一個外行，就算這幅圖擺在他的面前他也看不懂其中的奧妙，他最為關心的還是張子謙的下落。

孟廣雄道：「張子謙就在軍中，這次除了楊道遠外，還從西川來了一位大將，此人叫燕虎成，能征善戰，乃是新近崛起的一員驍將，他還是張子謙的義子。」

胡小天道：「燕虎成和楊道遠誰當家？」

孟廣雄道：「這六萬兵馬其中有兩萬是楊道遠從夔州所發，其餘四萬乃是從西川各地徵集，表面上是讓楊道遠統領，可張子謙其實才是一錘定音的人物，所以楊道遠將行轅放在城內，而張子謙則住在城外大營。」

夏長明道：「你的意思是他們兩人之間不睦？」

孟廣雄搖搖頭道：「具體的我不清楚，不過我看他們這次的陣仗非常奇怪。」

「老孟，你說來聽聽，到底哪裡奇怪？」

孟廣雄被胡小天這聲老孟喊得也有些發毛，自己何時跟他那麼親近了，再說自己也不老啊？不過孟廣雄年齡雖不大，可生就老相，二十多歲的人看起來跟四十多似的，他笑瞇瞇道：「胡公子別笑話我，我也就是隨便說說，你們隨便聽聽。這次西川出兵蕩寇可謂是聲勢浩大，過去，從未有集結六萬兵力來清剿天狼山賊寇的經歷，應該說，這是開天闢地頭一回。」

胡小天點了點頭，這件事他也知道。

孟廣雄道：「可征討天狼山，為何要在黑涼山下的紅谷縣排兵佈陣？為何要捨近求遠？」

胡小天道：「對啊！為什麼？」

夏長明道：「難道他們想打的本來就是黑涼山？」

孟廣雄道：「他們要的是路啊！」

一語驚醒夢中人，胡小天驚呼道：「我靠！他們真正的目標是紅木川？」

孟廣雄點了點頭道：「我不知道他們怎麼想，反正我是這麼想，李天衡打閻魁打了那麼多年，也沒見他打出什麼成果，他們說是要攻打黑涼山，可放出那麼久的消息，排兵佈陣於黑涼山下，卻遲遲沒有動作，原因何在？就是要虛張聲勢，天狼山易守難攻，可黑涼山卻山勢平緩，想要拿下黑涼山要相對容易得多。黑涼山上也有不少馬賊和家眷，如果即刻展開清剿，必然會造成不少死傷，而天狼山的馬賊若是看到己方死傷，又豈肯善罷甘休，必然不惜一切代價和官軍周旋。」

胡小天點了點頭道：「所以他們才先放出剿匪的風聲，天狼山馬匪聽說之後，馬上將黑涼山的部下和家眷轉移，這樣一來等於將黑涼山清空，而西川方面根本沒有花費一兵一卒。」

孟廣雄道：「他們等到黑涼山讓出道來，直接越過黑涼山推進到紅木川。」

胡小天對孟廣雄真有些刮目相看了，原來這廝不僅會拍馬屁啊，在軍事上的見識顯然是要超出自己許多，如果不是他的分析，自己都沒想到這一層。

胡小天讚道：「老孟啊，真是人不可貌相，你還真是不簡單呢。」

孟廣雄苦笑道：「胡公子，我長得雖然比不上您英俊，可也算馬馬虎虎吧。」

胡小天哈哈小刀啊：「接著說，接著說。」

孟廣雄道：「其實這事我是從他們的輜重補給看出來的，若是進攻天狼山，根本不需要那麼多的物資，現在遲遲沒有發動進攻還有這方面的原因，他們想要進攻紅木川，佔據這塊戰略要地。」他向胡小天望了一眼道：「胡公子，那紅木川可是您的封地啊，您打算怎麼辦？」

胡小天道：「你說我應該怎麼辦？」聽孟廣雄說了那麼多的話，胡小天明顯開始欣賞這個馬屁精了。

孟廣雄嘿嘿笑道：「公子智勇雙全，我老孟哪敢在公子的面前班門弄斧。」

胡小天道：「我說你不拍馬屁是不是渾身難受？說正事。」

孟廣雄道：「我認為必須要阻止他們前往紅木川，一旦他們越過黑涼山，再想阻止就來不及了。」他此時方才拿出了自己藏著的第三張圖，這張圖卻是黑涼山、天狼山、紅谷縣、青雲縣一帶的地形圖，他將地圖平鋪在地上，胡小天和夏長明全都湊了過去。

孟廣雄道：「他們的兵力總數六萬，我們目前能夠調動的丐幫弟兄也就是一千餘人，一千人對付六萬人肯定必敗無疑，但是我們可以進攻他們的糧草部隊，將他們的糧草放火焚燒，一旦斷了他們的補給，他們的進攻計畫必然受挫，重新再組織糧草，需要很長一段時間，而這段時間足可通知紅木川方面做好準備。」

胡小天道：「你有多大把握？」

孟廣雄道：「他們的糧草營在防禦上有不少的缺點，距離白龍河不遠，這是為了便於牲口吃草飲水，我們剛好就可以利用這一點，現在這一帶的枯草很多，只要把握風向，點燃這片草甸，就可以燒他們一個片甲不留！」

胡小天道：「白龍河兩岸必然會有人佈防，這麼重要的地方不可能疏漏的。」

孟廣雄嘿嘿笑道：「胡公子難道忘了，我們還有二十多個弟兄隱藏在他們的軍中嗎？如果不是他們，我又怎能將這張圖畫得如此詳細？」

胡小天道：「這把火，你是想從內部開始燒？」

孟廣雄點了點頭。

胡小天直起身來，在院落中緩緩踱了幾步：「有沒有想好如何撤離？」

孟廣雄道：「公子不用擔心，白龍河就是逃生之地，一旦火勢開始燃燒，看到撲救不及，所有人都會前往白龍河，到時候誰又能分得清敵我？」他抱了抱拳道：「屬下已經將全部的計畫都說了，不知公子還有什麼安排？」

胡小天道：「你斷他們的糧道，我幹掉他們的主帥！」

孟廣雄笑道：「就知道公子要我調查行轅的目的是如此。」

胡小天嘿嘿笑道：「你很精明啊！」

孟廣雄老臉一熱，恭敬道：「再精明也比不上公子萬一。」

胡小天道：「我才發現你是個老滑頭，就怕以後被你給賣了還要幫你查錢。」

「殺了我我也不敢，您是我們幫主的未來夫君，我哪有那個膽子。」

胡小天聽這句話卻有些不入耳：「什麼意思？你說我吃軟飯啊？」這下不但是孟廣雄，連夏長明也笑了。

孟廣雄道：「公子，我有一事必須要提醒你，行轅內外防守嚴密，據我得到的消息，這外面的護衛全都是武功高手，而且好像擅長陣法。」

胡小天點了點頭道：「那楊道遠就是個陣法高手，而且他的劍法也早已躋身一流高手的行列。」

孟廣雄身為丐幫夔州分舵舵主，對楊道遠的事情瞭解不少，可儘管如此他也不知道楊道遠會武功，聽胡小天將楊道遠描述成一個陣法高手外加劍法大師，孟廣雄幾乎以為自己聽錯，他認為胡小天得來的消息並不確實，低聲道：「公子，楊道遠手下的確有劍法高手，那個人是他兒子的師父馮閑林，馮閑林出身劍宮他的劍法自然厲害，可是他的左臂最近斷了。」

胡小天微微一笑，馮閑林的手臂就是被自己斬斷，他當然再清楚不過，他將此事如實向孟廣雄說了一遍，孟廣雄雖然聽說過胡小天武功不弱，可也沒想到他這麼厲害，竟然可以擊敗馮閑林，擊破劍宮劍陣，難怪他會產生如此大膽的想法。

入夜胡小天輾轉反側，已經是抵達紅谷縣第四天的夜晚了，到現在飛梟仍然沒有過來，從心底而言，胡小天對那隻黑吻雀能夠順利找到飛梟並將之帶到這裡並不抱有太大希望，隨著時間的推移，心中的希望也開始變得越來越渺茫，他已經做好了最壞的打算，如果飛梟無法準時到來，那麼他仍然會執行這一計畫，以自己的武功潛入行轅刺殺楊道遠未必沒有把握。

來到院落中，看到外面有一個人正站在那裡，仰著頭靜靜望著夜空，正是夏長明，其實夏長明的內心也不安穩，和胡小天不同，他對黑吻雀的能力極有信心，相信牠可以找到雪雕並將之帶來，可是因何拖延到了現在？是不是途中出了問題。

胡小天的聲音在他身後響起：「就算牠們不來，我一樣可以成功。」

夏長明道：「若是牠們不來，你不可能在短時間內同時刺殺兩個人。」

「那就二選一！」胡小天想了想方才道：「我殺了楊道遠再說。」

夏長明搖了搖頭，他忽然欣喜道：「來了！」

胡小天瞪大雙眼望著夜空，過了好一會兒方才看到夜空之中兩道白色光影閃電般向他們所在的院落劃來，在兩道光影的中間還有一道極不顯眼的黑色光影，那黑影在空中的時候和兩道白影並駕齊驅，可當開始俯衝降落之時，馬上就拉開了距離，以驚人的速度俯衝而下，在小院的上空卻猛然減緩了速度，仿若時間驟停，飛梟張開雙翅宛如一座浮島般緩緩落在胡小天的面前，從牠身上羽毛之中黑吻雀露出了腦袋，嘰嘰喳喳飛向夏長明，原來牠回來的這一路全都是搭順風車回來的。

飛梟傲然而立，當牠的眼睛和胡小天想接觸的那一刻突然從凌厲變得溫柔，胡小天哈哈大笑來到這隻巨鳥的面前，飛梟將高傲的頭顱低了下去，也只有對胡小天牠才會表現出馴服的一面，用巨大的頭顱輕輕在胡小天的臂膀上蹭了蹭，胡小天伸出手去摸了摸牠頸後的羽毛，飛梟嚇得馬上把腦袋縮了回去，胡小天上次將牠頸後羽毛拔了個精光的事情牠仍然記憶猶新，所以形成了條件反射。

「梟兄啊梟兄，你是以小人之心度君子之腹，我怎麼可能再拔你的羽毛呢？」胡小天親熱地摸了摸飛梟的腦袋。

此時兩隻雪雕也圍在夏長明的身邊，久別重逢，自然親切非常。

龍曦月也被外面的動靜驚醒，披上衣服出來，看到眼前情景不禁吃了一驚，飛梟極其警惕，聽到有人出來，馬上將頭顱轉向龍曦月，雙目凌厲盯住來人的方向。

龍曦月被嚇了一跳，胡小天慌忙止住飛梟：「別鬧，她是我老婆，你弟媳！」

飛梟似乎聽懂了胡小天的話，馬上又把腦袋垂了下去，胡小天生怕嚇到了龍曦月，來到她的身邊道：「別怕，這就是我經常跟你提起的飛梟，我的梟兄！」

龍曦月望著眼前的龐然大物，芳心中還是有些害怕，胡小天笑道：「梟兄，見到我家娘子，你是不是要打個招呼？」

飛梟將嘴吻向前伸了伸，胡小天眨了眨眼睛，這啥意思？莫不是要獻吻？咋對我沒有過這個樣子？這飛梟還挺色。

龍曦月鼓足勇氣，伸出手輕輕摸了摸飛梟冰冷而堅硬的嘴喙，飛梟或許是擔心她受到驚嚇，將一雙凌厲的眼睛閉上。

龍曦月看到飛梟如此配合，芳心安定下來。那邊夏長明已經跨上雪雕的脊背，笑道：「主公，我和牠們去蹓躂蹓躂，你們自便。」說話間雪雕已帶著夏長明投入夜空之中，另外一隻雪雕和黑吻雀也追逐著他們的身影很快離去。

飛梟在胡小天的面前蹲了下去，胡小天牽住龍曦月的纖手，笑道：「想不想去夜空中看星星？」

龍曦月望著胡小天，美眸變得星辰一般明亮，然後異常欣喜地點了點頭。胡小天將她抱到飛梟的背上，還未等他上去，飛梟居然就站了起來，龍曦月嚇得一聲嬌呼，胡小天也嚇了一跳，原來是飛梟故意捉弄他，胡小天哈哈大笑，騰空一躍來到飛梟背上，從身後將龍曦月溫軟的嬌軀抱在懷中，拍了拍飛梟的背脊道：「別嚇著我娘子，你儘量飛得溫柔一些。」

在龍曦月的輕呼聲中，飛梟投入夜空，舒展雙翅飛向空中的明月，龍曦月從未有過這種飛行的經歷，開始的時候還有些害怕，可是很快就被新奇和刺激所取代。

胡小天從後方抱著龍曦月，緊貼著她的面頰，龍曦月望著漫天明亮的星辰，幸福得幾乎就要醉去，她柔聲道：「好美啊，我從未如此接近地看過星星。」

胡小天道：「等將來有了機會，我帶你去星星上看看。」

龍曦月嗯了一聲。

胡小天道：「今晚是不是很浪漫？」

龍曦月點了點頭。

「你是不是終生難忘？」

龍曦月又點了點頭。

胡小天附在她耳邊低聲道：「要不咱倆現在就洞房花燭吧。」

龍曦月驚詫地張大了櫻唇，這廝居然在這麼浪漫的時候想到了洞房，簡直是大煞風景，更何況身邊還有個第三者呢，她紅著俏臉道：「你也不怕牠聽到。」

胡小天道：「牠聽不懂！」

飛梟卻毫無徵兆地向下俯衝起來，龍曦月一聲嬌呼慌忙抓住飛梟頸後翎毛，飛梟感疼痛，江昂叫了一聲，宛如悶雷。

胡小天慌忙保住龍曦月，飛梟又一個轉折陡然向高空中爬升而去。龍曦月嬌呼不斷，胡小天哈哈大笑：「梟兄啊梟兄！你再敢惡作劇，我這就開始拔毛了啊！」

雖然是深夜，可張子謙的營帳內依然亮著燈火，他和義子燕虎成已經談了很久，可似乎仍然未在一些事情上達成共識。燕虎成道：「義父，我已經得到消息，楊道遠已經和沙迦人達成協議，我們這邊進軍紅木川，沙迦人就要攻打南越。」

張子謙道：「沒證據的事情不可亂說，大帥如果不相信他，也不會派他來充當這次的主帥。」

燕虎成反問道：「義父，若是大帥相信他，為何要派您來監軍？您剛剛才從天香國返回，大帥一向最為體恤你，若非遇到緊急的事情絕不會讓您如此勞碌。」

張子謙歎了口氣並沒有說話。

燕虎成道：「義父，有些消息，寧信其有，不信其無，如果這件事情屬實，我們需先下手為強。」

張子謙道：「你有沒有想過，或許是別人想要離間咱們，在我們攻打紅木川之前先出現內亂。」

燕虎成道：「我們此次佈陣非常隱蔽，能夠看出我們動向的應該不多。」

張子謙呵呵大笑起來，他緩緩站起身來，走到前方懸掛著的地形圖前方停了下來，撫鬚望著地圖道：「依著我的意思，此事務必要加快行軍的速度，耽擱的時間越久，計畫暴露的可能性就越大。只可惜人算不如天算，糧草的調度出現了問題，如今咱們已經耽擱了兩日，等到後日進軍已是整整三天了。」

燕虎成道：「您擔心別人看出我們聲東擊西的計畫。」

張子謙點了點頭道：「胡小天那個人可不簡單吶，我擔心這件事被他察覺。」

燕虎成道：「他有多厲害？我倒想見識見識。」話裡充滿了期待，隨著胡小天的名氣越來越大，他心中的期待也變得越來越強烈。

張子謙毫不留情地回答道：「你不是他的對手。」

燕虎成羞得滿臉通紅，心中卻有些不服氣。

張子謙道：「虎成，楊道遠這個人生有反骨，這我也看得出來，可是如今我等的目標一致，在攻下紅木川之前，他應該不會對咱們不利，你且記住，一旦攻下火樹城，馬上將此人剷除。」

燕虎成重重點了點頭，仍然充滿顧慮道：「可是我擔心會貽誤時機。」

張子謙歎了口氣道：「我們現在沒有證據，即便是大帥在這件事上也是猶豫不決，若是我們下手，恐怕大帥那邊不好交代，楊道遠在西川的影響力僅次於大帥，這種事一旦發生，必然要有人出來承擔責任。」

燕虎成終於明白義父在顧慮什麼。

張子謙道：「從排兵佈陣上，我就已經看出楊道遠這個人有些問題，不過他目前應該不敢對咱們不利。」

燕虎成的目光投向前方的那幅地圖：「義父，我不明白，為什麼大帥一定要攻打紅木川？」

張子謙道：「紅木川如果在紅夷族的控制下應該沒什麼問題，這幫蠻族雖然驍勇善戰，可強在單打獨鬥，論到排兵佈陣，他們根本不行。所以紅木川在他們的手中註定翻不起什麼風浪，現如今天香國將這塊自己根本無法控制的混亂之地交給了胡小天，且映月公主成為丐幫幫主，一旦等他們紮穩根基，就會扼守西南，堵住我們西川的南部出路。」

張子謙在天狼山的位置上點了點道：「閻魁雖然凶悍，可是此人卻缺乏大眼界大智慧，你以為大帥當真滅不掉他？只是不想在閻魁的身上損耗太大的兵力罷了，可胡小天的勢力控制紅木川之後就會完全不同。」他的手指指向北方：「我們北部都是山區，山區之外就是瀚海，東北出口位於鄖陽，現在正在蘇宇馳的控制中，蘇宇馳這個人用兵如神，最初將他放在鄖陽的本意是為了牽制胡小天，可是他牽制胡小天的同時也擋住了我們的這條通路。」

燕虎成點了點頭。

張子謙繼續道：「向東更不用說，永陽公主當權之後，明顯加強了東部防線，而且今年大康豐收，永陽公主重用楊令奇變法，此人乃是一個經邦緯國的人才，在他的輔佐下，大康新近出台的律令都得到不少的民心，一掃往日之頹勢。」

燕虎成不由得感歎道：「大帥做事實在有些優柔寡斷，若是果斷出兵東進，也不會給大康苟延殘喘的機會。」

張子謙瞪了他一眼責怪道：「混帳東西，豈可在背後議論大帥是非！」

燕虎成躬下身去，恭敬道：「孩兒只是就事論事，也只敢在義父面前說這番話。只是大帥的很多做法，孩兒都不明白，義父當年給他提出的建議他雖然認同，卻始終都在猶豫，天下大勢瞬息萬變，絕好良機稍縱即逝，正是因為他的猶豫才造成了固步自封，才造成了西川這些年沒有任何發展！」他一激動索性將心中的鬱悶一股腦都說了出來。

這次張子謙卻沒有呵斥他，長歎了一口氣。作為一個領袖，優柔寡斷是致命傷，李天衡雖尊重自己的意見，可多半都是偏重於內政方面，一旦涉及外交擴張，他的猶豫不覺實在讓人無奈，如果早聽張子謙的話也不會落到如今的被動局面。

燕虎成道：「義父，有句話孩兒不知當講還是不當講。」

張子謙點了點頭道：「說吧！」

燕虎成道：「此番義父從天香國歸來，李鴻翰對您明顯不敬，甚至將此番挫敗全都推到了您身上，義父為何不申辯？」

張子謙笑道：「少帥畢竟年輕氣盛，心高氣傲，此番受挫必然心情不好，找個途徑發洩也是正常，我這麼大年紀還能跟他一般計較？再說大帥也沒信他的話，不然也不會馬上就對我委以重任。」

燕虎成憤然道：「可在不少人的眼中，這次是要義父戴罪立功呢。」

張子謙哈哈大笑：「虎成，你多想了，別聽外面的謠言。」

燕虎成道：「難道義父沒有聽說，那李鴻翰大放厥詞，到處說您老的不是，還說此次天香國落敗全都是您的緣故。」

張子謙拍了拍燕虎成寬厚的肩膀道：「虎成，少帥怎麼說那是他的事情，我侍奉的乃是大帥。」

燕虎成道：「可是這西川早晚都要交到他的手中。」

張子謙神情一黯，隨即又歎了口氣道：「老夫還不知能不能活到那個時候。」

燕虎成道：「虎成已經看不到希望了。」

張子謙花白的眉毛抖動了一下，他的雙手緊緊握住燕虎成的肩膀：「虎成！你是不是有了什麼想法？」

燕虎成的唇角動了動，終於鼓足勇氣道：「良禽擇木而棲……」

張子謙忽臉色一凜，狠狠給了燕虎成一記耳光，打得燕虎成懵在那裡。

張子謙怒髮衝冠，怒吼道：「為人臣子當以忠孝為先，這種話在老夫面前你提都不許提！」

燕虎成抿了抿嘴唇道：「孩兒只是為義父覺得委屈。」

「出去！」

請續看《醫統江山》第二輯卷十三　挑燈夜戰

醫統江山 II 卷12 刺殺之夜

作者：石章魚
發行人：陳曉林
出版所：風雲時代出版股份有限公司
地址：10576台北市民生東路五段178號7樓之3
電話：(02) 2756-0949
傳真：(02) 2765-3799
執行主編：劉宇青
美術設計：許惠芳
行銷企劃：林安莉
業務總監：張瑋鳳

初版日期：2021年2月
版權授權：閱文集團
ISBN ：978-986-352-908-8
風雲書網：http://www.eastbooks.com.tw
官方部落格：http://eastbooks.pixnet.net/blog
Facebook：http://www.facebook.com/h7560949
E-mail：h7560949@ms15.hinet.net
劃撥帳號：12043291
戶名：風雲時代出版股份有限公司

風雲發行所：33373桃園市龜山區公西村2鄰復興街304巷96號
電話：(03) 318-1378
傳真：(03) 318-1378
法律顧問：永然法律事務所 李永然律師
北辰著作權事務所 蕭雄淋律師

行政院新聞局局版台業字第3595號 營利事業統一編號22759935

定價：270元

國家圖書館出版品預行編目資料

醫統江山 第二輯／石章魚 著. -- 臺北市：風雲時代，2020.09- 冊；公分

ISBN 978-986-352-908-8（第12冊；平裝）

857.7 109009548